我们小时候

༄། །ང་ཚོ་ཆུང་དུས།(བོད་རྒྱ་ཤན་སྦྱར།)

རྒྱུག་ཆུ།

ཡེ་ཀྲའོ་ཡན་གྱིས་བརྩམས།

青海人民出版社

དཀར་ཆག

ལེའུ་དང་པོ། མཚན་ཁང་སློབ་ཆུང་།

མཚུན་ཁང་སློབ་ཚུང་།

ངས་གྲོང་སྡེ་རུ་ལོ་གཉིས་ལ་སློབ་ཚུང་བཏོན་མྱོང་ཞིང་། དེ་ལས་མང་ཆེ་ཤས་ནི་སྡེ་བའི་མཚུན་ཁང་སློབ་ཚུང་དུ་དུས་འདས་པ་ཡིན། མཚུན་ཁང་སློབ་ཚུང་ནི་མིང་ལ་བལྟས་པ་ཙམ་གྱིས་ཀྱང་དོན་རྟོགས་ཐུབ་པ་སྟེ། ཤིན་ཏུ་ཚུང་བའི་མཚུན་ཁང་ཞིག་སློབ་གྲྭར་བསྒྱུར་པ་དེ་རེད། སློབ་ཁང་གྲུན་གཅིག་དང་དགེ་རྒན་གཅིག་མ་གཏོགས་མེད་ལ། སྒོ་ཁར་ས་དོང་ཞིག་བརྐོས་ནས་རྫ་མ་ཆེན་པོ་ཞིག་དེའི་ནང་དུ་སྦས་རྗེས། ཤིང་ལེབ་ཆེན་པོ་ཞིག་གིས་དཀྱིལ་དུ་བཅད་པ་དེ་ནི་ཕོ་མོའི་གསང་སྤྱོད་ཁང་ཡིན། ཧ་ལམ་སློབ་མ་སུམ་ཅུ་ཙམ་ཡོད་ཅིང་། ལོ་རིམ་དང་པོ་ནས་གསུམ་པའི་བར་གྱི་སློབ་མ་ཚང་མ་སློབ་ཁང་གཅིག་གི་ནང་དུ་འཚང་ནས་སློབ་ཁྲིད་བྱེད་ཀྱིན་ཡོད།

དགེ་རྒན་ནི་ཕལ་ཆེར་ལོ་སུམ་ཅུ་ལྷག་ཡིན། ཁོའི་བྲང་ཁར་པི་པི་ཞིག་བཏགས་ཡོད་ཅིང་། སློབ་ཐུན་འཚོག་དུས་དང་གྲོལ་དུས་ཉམས་དོད་པོའི་སྒྲ་ནས་པི་པི་ཐེངས་དུ་མར་འབུད་པ་རེད། ཁོའི་གདོང་ནི་ཤིན་ཏུ་དཀར་ཞིང་གཞོན་ནུ་མ་དང་སྐྱེས་ཨ་དག་མཐོང་ཚེ། དེ་མ་ཐག་མིག་མདངས་འོད་དུ་འཚེར་བར་བྱས་ཏེ་རང་དབང་མེད་པར་དགོད་གཏམ་བཤད་པའམ་ཡང་ན་སེམས་ལ་མི་གནོད་པའི་ཀུ་རེ་རྩེས་ངེས། སློབ་ཚུང་གི་སྒོ་ཁ་ནི་ཐོན་སྐྱིད་རུ་ཁག་གི་གཡུལ་ཁ་ཡིན་པས་ཕར་འགྲོ་ཚུར་འོང་གི་མི་ཤིན་ཏུ་མང་།

ཐེངས་ཤིག་སློབ་ཁྲིད་བྱེད་བཞིན་པའི་སྐབས་ལ་དགེ་རྒན་གྱི་ཆུང་མ་ཕོ་འཚོལ་དུ་འོངས། མོས་ཕོ་འཐེན་ནས་གཡུལ་ཁར་ཁྲིད་དེ་སྔ་རྟ་ཞིག་ལ་གཤེ་གཤེ་མང་པོ་བཏང་སོང་། སློབ་ཐུན་གྲོལ་བའི་དུས་ཚོད་སྔ་མོ་ནས་འདས་ཟིན་པས། སློབ་མ་ཚོ་སློབ་ཁང་ནང་དུ་བདེ་བར་འདུག་མི་བཟོད་ལ། སྐད་ཆེན་པོ་རྒྱག་པ་ལས་གཞན་ད་དུང་མ་རབས་པྲ་ཆལ་གྱི་ལས་གང་འདོད་དུ་བྱེད་པ་རེད། ཕོ་ཚོས་སྒོ་སམ་ཐོག་ལ་ཅི་འདོད་དུ་བྲིས་ཤིང་། རུས་སྦལ་ཆེན་པོ་ཞིག་གི་མཇུག་ཏུ་སྦྲུར་ཡིག་དང་འདྲ་བའི་སྐད་ཆ་བཙོག་པ་འགའ་བྲིས་རྗེས་འཐོད་རྟགས་ཆེན་པོ་ཞིག་བརྒྱབ་འདུག ཕྲུགས་མ་གཅིག་ཡོད་པ་དེ་དང་ལྕགས་ཤོག་གི་ཟ་བ་ཆུང་ངུ་དེ་སྒོ་ཕྱེད་ཕྱེས་པའི་གླད་ལ་བཞག དགེ་རྒན་གྱི་ཆུང་མ་ཕོང་ཁྲོ་ལངས་ཚེ་གཤེ་གཤེ་བཏང་ནས་མཚམས་མི་འཇོག་པས། དགེ་རྒན་གྱིས་མགོ་བོ་དུད་དེ་རང་སྐྱོན་ངོས་ལེན་བྱེད་པ་ལས། སློབ་ཁང་ནང་གི་སློབ་མ་ཚོ་སྔ་མོ་ནས་གཏིང་བརྗེད་དུ་གྱུར་འདུག

རྫོན་ནས་གཡོ་ཐབས་སྤྱད་རུང་བཀོལ་མི་ཐུབ་པས། སྨྱུག་ནས་འདུག་མི་བཟོད་པའི་སློབ་མ་ཚོས་ཉམས་ཚེ་རྩལ་ཆུང་གི་ཚུལ་གྱིས་སྐད་ཆེན་པོས།

“དགེ་རྒན། ང་ཚོའི་གྲོད་པ་ལྟོགས་སོང་། ” ཞེས་ཨུར་བརྒྱབ།

དགེ་རྒན་གྱིས་སྒོ་བུར་དུ་ཡིད་ལ་དོན་དག་ཅིག་འཆར་བ་ནང་བཞིན་བརྒྱུགས་ཡོང་ནས། པི་པི་འབུད་ཤོར་དུ་སློབ་ཁང་ནང་ལ་མཆོང་ཡོང་། ལྕགས་ཤོག་གི་ཟ་ཆུང་དེ་ཁྲིག་སྒྲ་དང་བཅས་ཐང་ལ་ལྷུང་བ་དང་། ཕྲུགས་མ་དེ་ཐད་ཀར་དགེ་རྒན་གྱི་མགོ་ལ་ལྷུང་། སློབ་གྲོགས་ཚོ་དགའ་ནས་ཧབ་ཆ་བརྒྱབ་པ་དང་། དགེ་རྒན་གྱི་ཆུང་མ་མཛེས་མ་དེ་ཡང་གད་མོ་ཤོར། དགེ་རྒན་ཕོང་ཁྲོ་ལངས་ཤིང་ཡུད་ཙམ་འགོར་རྗེས་ཕོ་ཡང་གླེན་དགོད་བྱས།

དེ་དུས་ང་ནི་སྤར་བཞིན་པོ་རིམ་གསུམ་པའི་སློབ་མ་ཡིན། དུས་དེ་ནི་"རིག་གནས་གསར་བརྗེ་ཆེན་པོ"ཚ་ཚ་ཞུར་ཞུར་དུ་ལངས་པའི་སྐབས་ཡིན་ཞིང་། ངའི་ཕ་མ་གཉིས་ཉིན་གཅིག་ལ་ཐྲོག་ཁང་དུ་སྐྱེལ་བས། སྐད་ཅིག་ཉིད་ལ་ང་ནི་སློབ་གསོ་གཏོང་མཁན་མེད་པའི་བྱིས་པ་ལང་ཤོར་ཞིག་ཏུ་གྱུར་ནས། ཞིང་སྟེའི་ཨ་ཕྱི་ཚང་དུ་མི་ལོག་ཀ་མེད་བྱུང་། ལོ་རིམ་གསུམ་པ་ནི་མཚན་ཁང་སློབ་ཚུང་གི་ཆེས་མཐོ་བའི་བསླབ་རིམ་ཡིན་པས། ང་ལོ་རིམ་མ་འཕར་བའི་སློབ་མ་མི་བྱེད་ཀ་མེད་བྱུང་སྟེ། ཡང་བསྐྱར་ལོ་རིམ་གསུམ་པ་འདོན་དགོས་བྱུང་།

སློབ་ཁྲིད་སྐབས་ཀྱི་ནང་དོན་ཚང་མ་ངས་ཧ་ལམ་ཤེས་ཤིང་། དགེ་རྒན་གྱིས་ལོ་རིམ་མི་འདྲ་བའི་སློབ་མ་ཚོར་མཉམ་དུ་སློབ་ཁྲིད་བྱེད་བཞིན་ཡོད། ལོ་རིམ་དང་པོས་རྩིས་རྒྱག་པ་ཡིན་ན། ལོ་རིམ་གཉིས་པས་པིར་སྨྱུག་གིས་ཡི་གེ་འབྲི་བ་དང་། ལོ་རིམ་གསུམ་པས་སྐད་གསང་མཐོན་པོས་སློབ་ཚན་ཀློག་པ་རེད། སློབ་ཁང་ནི་ནམ་ཡང་རྩོབ་ཅིང་གསོན་ཉམས་དོད་པོ་ཡིན། དགེ་རྒན་ནི་རོལ་མོའི་ཏུ་ཁག་གི་བཀོད་འདོམས་པ་ཞིག་དང་འདྲ་བར། མིག་གིས་གང་སར་ལྟ་བ་དང་ཟ་བས་ཕྱོགས་བཞིར་ཉན་ཏེ། གོ་རིམ་ཡོད་པའི་སྒོ་ནས་དོན་དག་ཡོད་ཚད་ངང་བཀོད་སྒྲིག་བྱེད་ཀྱིན་ཡོད། མཚུན་ཁང་སློབ་ཚུང་ནི་དེ་འདྲའི་གཟབ་ནན་ཞིག་མིན་ལ། ནོར་འཁྲུལ་ཚུང་ངུ་བྱུང་ཡང་སྐྱོན་མེད། དགེ་རྒན་གྱིས་གཟབ་ནན་བྱེད་སྐབས། སློབ་མ་ཚོ་ཅིག་བགད་ན་ཡང་ཁོ་ཁོང་ཁྲོ་ཆེན་པོ་ལངས་པ་དང་། འལ་ལེ་འོལ་ལེ་ཡིན་དུས། སློབ་ཁྲིད་ཀྱི་སྐབས་སུ་སློབ་མ་ཚོ་སྒོ་ཕྱིར་བརྒྱུགས་ཏེ་གསང་སྤྱོད་དུ་སོང་ན་ཡང་བཤད་མཁན་མེད། རྒྱུན་པར་སློབ་མ་ཚོས་འབྲི་དེབ་ལས་ཤོག་བུ་གཅིག་གཤགས

ནས། ཁྲིལ་འཚུབ་དང་སློབ་ཁང་གི་ཕྱིར་བརྒྱུགས་ཏེ་ཉིན་དཀར་ཨོང་ཤ་གནམ་ལ་བརྫངས་ནས། ཆེ་ཉམས་ཀྱིས་སློབ་ཁང་གི་ཐག་ཉེའི་སྐྱུག་དོང་དུ་གཅིན་སྐྱུག་གཏོང་བ་རེད།

སློབ་ཁང་ནང་གི་སློབ་མ་ཚོས“ཕེ། ཁྱོད་ཀྱི་ཨོང་ཤ་ཚང་མས་རིག་སོང”ཞེས་ཅུར་བརྒྱབ་པ་ན།

གཅིན་སྐྱུག་གཏོང་མཁན་དེས“རིག་སོང་ན་རིག་སོང་། ཁྱོད་ཡང་དེ་འདྲ་མིན་ནམ”ཟེར།

སྐབས་འགར་དགེ་རྒན་གྱིས་སློབ་ཁྲིད་བྱེད་སྐབས། སྤྲོ་སྣང་ཡོད་དུས་ང་ཚོགས་ཀྱི་ཁང་བའི་ནང་དུ་འབོད་པ་རེད། དེ་ནི་དགེ་རྒན་གྱི་ཐབས་ཚག་གི་གཞུང་ལས་ཁང་ཡིན། དེའི་ནང་དུ་ཅོག་ཙེ་གཅིག་དང་རྐུབ་སྟེགས་ཤིག་ཡོད་ལ། ཅོག་ཙེའི་ཐོག་ཏུ་སློབ་མ་ཚོའི་ལས་བྱ་འབྲི་དེབ་སྤུངས་ཡོད་ཅིང་། གམ་ན་སྒྲོན་མེ་ཞིག་ཀྱང་བཞག་ཡོད། དགེ་རྒན་གྱིས་ལས་བྱ་འབྲི་དེབ་ཅོག་ཙེའི་མཐའ་རུ་བསྒྱུར་རྗེས། མིག་མངས་བཀྲམ་ནས་རང་གི་འཁོར་ལོ“车”གཅིག་བླངས་རྗེས་ང་དང“འཐབ་རེས”བྱེད་ཅིང་། བཀའ་འཛིན“司令”གཅིག་པུ་ལུས་རག་བར་དུ་མཚམས་མི་འཇོག སྐབས་འགར་མིག་མངས་འདེད་རྒྱུ་མང་དྲགས་ན། ཁོའི་ལས་བྱར་བལྟ་བར་གནོད་པ་ཡོད་པས། ཁོས་ཚུལ་ལྡན་ཡིན་ཁུལ་གྱིས་དེབ་འགའི་དག་བཅོས་མ་དཔེ་བཟོས་རྗེས། ང་ལ་ཀ་པེད་ལྟར་ཐོམ་བུ་འབྲི་རུ་འཇུག་པ་སྟེ། ཁོའི་ཚུལ་ལྟར་ལས་བྱར་དག་བཅོས་བྱེད་དུ་འཇུག ཁོས་དངོས་པོ་ཞིག་འགྲུབ་རེས་བྱེད་པ་ནང་བཞིན་དུ། ཅུང་མ་འགོར་བར་ལས་བྱ་ཡོངས་རྫོགས་དག་བཅོས་བྱས་ཚར་རྗེས། སེམས་འཚབ་ཞོར་དུ་འབྲི་དེབ་དག་སློབ་མ་ཚོའི་ལག་ཏུ་སྤྲད་

རྗེས་ཡང་བསྐྱར་མིག་མངས་འདེད་པ་རེད།

ངའི་མིག་མངས་འདེད་རྩལ་ལ་མགྱོགས་མྱུར་གྱིས་ཡར་སྐྱེད་ཆེན་པོ་བྱུང་། དང་ཐོག་འཁོར་ལོ“车”གཅིག་བཞུག་པ་དང་། དེ་ནས་རྟ“马”གཅིག་བཞུག་ལ། མཐར་བུ“子”གཅིག་ཀྱང་བཞུག་མི་དགོས་པར། སྐབས་འགར་ད་དུང་དགེ་རྒན་ལས་རྒྱལ་བ་ཡང་ཡོད། དགེ་རྒན་གྱི་གཤིས་ཀ་ནི་བྱིས་པ་ལྟ་བུ་ཡིན་པས། ཕམ་མི་ནུས་ལ་རྒྱལ་ཡང་མི་ནུས། རྒྱལ་ན་གོ་སྐབས་དང་བསྟུན་ནས་བདའ་འདེད་བྱེད་ཅིང་། ཁ་ནས“རྒྱལ་ཁ་ཐོབ་དུས་ཇག་ལྷག་བདའ་འདུལ་བྱེད”ཅེས་སྨྲ་ཞོར་དུ་སྤྲོ་བའི་འཛུམ་མདངས་མདོན་པ་དང་། ཕམ་ན་ཁས་ལེན་མི་འདོད་པས་ཡང་ནས་ཡང་དུ་འདེད་ཅིང་། ངོ་གནག་ཞོར་དུ་རྗེའུ་དག་ཡང་བསྐྱར་བསྒྲིགས་རྗེས། སློབ་ཁང་དུ་སོང་ནས་པི་པི་བུས་ཏེ“སློབ་ཐུན་ཁྲོལ། རྫོབ་ཐུན་ཁྲོལ”ཞེས་ཨུར་བརྒྱབ་རྗེས། ཡང་བསྐྱར་བརྒྱུགས་ཡོང་ནས་མིག་མངས་འདེད་རིས་ལ་བལྟས་ཏེ།

“ཡ། ད་ཐེངས་གཅིག་ལ་འདེད། སུ་རྒྱལ་སུ་ཕམ་ཡིན”ཟེར།

དེ་ནས་ཡང་མུན་ནུབ་སྟེ་ངའི་ཨ་ཕྱི་ང་འཚོལ་བར་ཡོང་རག་བར་དུ་འདེད་པ་རེད།

དགེ་རྒན་ལ་སྐྱོན་བརྗོད་རག་སོང་ཟེར། ཡིན་ན་ཡང་སུས་སྐྱོན་བརྗོད་བྱས་པ་ངས་ད་ལྟའི་བར་དུ་ཤེས་མ་སོང་། ཉིན་ཞིག་ལ། དགེ་རྒན་གྱིས་ང་ཁོའི་གཞུང་ལས་ཁང་དུ་བོས་ནས། ངོ་གནག་ཞོར་དུ།

“ང་ཚོས་མཇུག་མཐར་ཟེངས་གཅིག་འདེད། ད་ནས་བཟུང་མིག་མངས་མི་འདེད། ཡང་མི་གཞན་གྱིས་བཤད་ངེས་ཡིན”ཟེར།

མིག་མངས་ཐེངས་དེ་ཡུན་རིང་པོ་ཞིག་ལ་དེད་སོང་། མཐའ་མར་སུ་རྒྱལ་

བ་ཡིད་ལ་འཆར་རྒྱུ་མི་འདུག ངའི་བློ་ངོར་གསལ་པོར་ཡོད་པ་དེ་ནི་དེ་ནས་བཟུང་སྟེ་ངས་དགེ་རྒན་དང་མཉམ་དུ་མིག་མངས་དེད་མ་མྱོང་ལ། དོན་དངོས་སུ། དེ་ནས་བཟུང་སྟེ་ང་ལ་མིག་མངས་རྩེས་པའི་སྤྲོ་སྣང་ཡང་མེད་པར་གྱུར་པ་རེད།

ཟུར་ཡིག་སྐར་མ་བརྒྱད་དང་ལྔ།

ངའི་སློབ་ཆུང་ནི་གོ་མེད་ཚོར་མེད་ངང་ལོ་རིམ་ཅིག་མ་འཕར་བ་དང་ལོ་རིམ་གཅིག་བརྒལ་སྤྲར་བྱས་ནས། ཐམ་མེ་ཐོམ་མེའི་ངང་སློབ་འབྲིང་དུ་སླེབས་པ་ཡིན། སློབ་ཆུང་ལོ་ལྔ་པོ་ལས་ཕྱེད་ཀ་གྲོང་སྡེ་ནས་འཚོ་བ་སྐྱེལ་ཞིང་། སྐབས་དེའི་འབྲི་ཆུའི་ལྗོ་རྒྱུད་ཀྱི་གྲོང་གསེབ་ཤིན་ཏུ་དབུལ་ཕོངས་ཡིན། ངས་སྔོན་ལ་མཉམ་འདྲེས་འཛིན་གྲྭ་བཏོན་ཞིང་། འཛིན་གྲྭ་གཅིག་ལ་ད་ལམ་སློབ་མ་སུམ་ཅུ་ལྷག་ཡོད། ལོ་རིམ་དང་པོ་ནས་ལོ་རིམ་གསུམ་པའི་བར། འཛིན་གྲྭ་གཅིག་ལ་གྲངས་རིག་ཁྲིད་པ་ཡིན་ན། ཅིག་ཤོས་ལ་སྐད་ཡིག་ཁྲིད་དེ། ཐུར་སྒྲའི་སྒྲོང་ནས་སུའི་སྐད་གདངས་མཐོ་བར་འགྲན་སྡུར་བྱེད་ཅིང་། འདི་འདྲ་རེ་སློབ་ཐུན་ནི་སློག་བརྙན་འཁྲབ་པར་ཤིན་ཏུ་འཚམ་པ་ཡིན།

ལོ་རིམ་བཞི་པའི་རྗེས་ནས་གྲོང་རྫལ་དུ་སློབ་གྲྭ་ལ་སོང་། དེ་ནི་མཉམ་བསྲེས་འཛིན་གྲྭ་དང་བསྡུར་ན་ཧ་ཅང་ཚད་ལྡན་ཡིན་ཏེ། སྒོ་སྒྲོམ་ཞིག་བསླངས་ཡོད་པ་དང་། སྒོ་ལོའི་ར་བ་ནི་སློབ་ཁང་ལས་ཆུང་ཆེ། དྲན་པའི་ངོས་སུ་ཡོད་པ་ནི་སྐབས་དེར་སློབ་ཁྲིད་དུ་ཞུགས་ཚོད་ལ་མ་ཞུགས་ན་ཡང་ཆོག སྐད་ཡིག་སློབ་ཁྲིད་དུ་ཅི་ཞིག་ཁྲིད་པ་ད་ལྟ་ཕྱིར་འདང་རེ་བརྒྱབ་ཚེ་ཅི་ཡང་དྲན་རྒྱུ་མི་འདུག ཧློ་ངོར་ཡོད་པ་ནི་སྐད་ཡིག་དགེ་རྒན་ཕྱིར་འགྲོ་

དགོས་ཆེ། ཕྲུ་སྒྲུག་ཆུའི་ནང་དུ་བསྒྲེས་རྗེས་བྲེལ་འཚུབ་ངང་སྒྲོ་སམ་ཐོག་ཏུ་ཡིག་ཆེན་འགའ་བྲིས་རྗེས། སློབ་མ་ཚོར་དེ་ཡང་ནས་ཡང་དུ་འབྲི་རུ་འཇུག་པ་དང་། ཐེངས་དུ་ལ་འབྲི་རྒྱུ་ནི་དགེ་རྒན་ཕྱིར་ཡོང་བའི་དུས་ཡུན་ལ་བལྟ་དགོས། སྐབས་འགར་ཕྱིར་སོང་རྗེས་སླར་མི་འོངས་པ་རེད།

སྐད་ཡིག་དགེ་རྒན་ནི་དམག་ཁོངས་ནས་འོངས་པའི་དམག་མི་ཞིག་ཡིན་ལ། མིག་དེ་འདྲ་མི་ཆེ་ཞིང་ནམ་རྒྱུན་མིག་ཅེར་རྒྱུར་དགའ། གཟུགས་པོ་དེ་འདྲ་རིང་རྒྱུ་མེད་ཅིང་མི་ལ་བལྟ་དུས་མགོ་བོ་དགྱེས་ནས་ལྟ་བ་ཡིན། ཁོ་སྐྲ་བཞར་རྒྱུར་ཤིན་ཏུ་དགའ། སློབ་མ་སུའི་སྐྲ་རིང་ན་སློབ་ཐུན་གྲོལ་མ་ཐག་དེ་བཟུང་ཡོང་ནས་བར་ཁྲམས་སུ་ཚང་མའི་མདུན་ནས་སྐྲ་བཞར་ཞིང་། ཁོར་ལག་རྩལ་ཅི་ཡང་མེད་པས་སློབ་མ་ཚང་མའི་སྐྲའི་ཚུགས་ཀ་ནི་ཡ་མཚན་ཅན་ཡིན་ཏེ། གཅིག་བསྡུས་བཙོན་རའི་ནང་གི་ཡུལ་གྱུར་པ་དང་འདྲ།

ཐེངས་ཤིག རྩོམ་ཡིག་སློབ་ཐུན་གྱི་ཁ་བྱང་ནི《སྨན་ངག་བདུན་ཚིག་རྐང་བརྒྱད་མ་གཉིས་ཏེ·ནད་བདག་རྫོང་བ》ཞེས་པ་ཕལ་སྐད་ཀྱི་རྩོམ་དུ་བསྒྱུར་རྒྱུ་དེ་ཡིན། སྐབས་དེར་ང་ཤིན་ཏུ་ཁེར་རྐྱང་ཡིན་པས། ཁ་བྱང་དེར་བརྟེན་ནས་རང་ནུས་འདོན་ཅི་ཐུབ་བྱས། རང་ཉིད་ཀྱང་ཧྲབས་ཆེན་གྱི་མི་སྣ་ཞིག་ཏུ་གྱུར་སོང་སྙམ་ནས་བསམ་ཚུལ་མང་པོ་ཡིད་ལ་འཁོར་ཞིང་དབུགས་ཐེངས་གཅིག་གིས་རྩོམ་རིང་འབྲེལ་ཆགས་པ་ཞིག་བྲིས། ཅི་ཞིག་བྲིས་པ་ཡིད་ལ་མི་འཆར་མོད་གང་ལྟར་བྲིས་པ་ཤིན་ཏུ་རིང་ཞིང་། ཁ་ཚོ་ཆེ་ལ་བདེན་ཡོད་སྤོབས་ཆེ་ཡིན། དགེ་རྒན་ཤིན་ཏུ་ཡིད་ཆེས་ཤིང་ཐ་ན་ཙུང་སེམས་འགུལ་ཐེབས་འདུག སློབ་ཐུན་སྐབས་ང་ལ་བསྔགས་བརྗོད་ཚད་མེད་བྱས་ནས་རྩོམ་ཡིག་འདིར་དམིགས་བསལ་གྱིས་སྐར་མ་བརྒྱ་དང་ལྔ་

བྱིན་ཚོག་ཟེར།

ཀོ་ཐོས་ལྟར་ན“སྐར་ཨ་བརྒྱ་དང་ལྔ”ནི་མའོ་ཙེ་ཏུང་གི་ཡིག་ཐོག་ཏུ་བཀོད་མེད་པའི་ལོ་རྒྱུས་ཤིག་སྟེ། ཁོང་གིས་མི་གཞན་ལ་སྐར་མ་འདི་བྱིན་པ་ཡིན་ནམ་ཡང་ན་མི་གཞན་གྱིས་ཁོང་ལ་སྐར་མ་འདི་འདྲའི་མཐོན་པོ་བྱིན་པ་བརྗེད་སོང་། ཡིད་ན་ཡོད་པ་ནི་དགེ་རྒན་གྱིས་ཁྲིད་སྟེགས་སྟེང་གདོང་ལ་འཛུམ་གྱིས་ཁེངས་ནས་ལག་པས་ཕྱག་རྒྱ་བྱེད་པ་དང་། མདུན་གྲལ་དུ་ཡོད་པའི་སློབ་གྲོགས་བུ་མོ་དེས་ཁ་ཕྱིར་འཁོར་ནས་མཚམས་མི་ཆད་པར་ང་ལ་བལྟ་བཞིན་འདུག སློབ་ཐྲ་གྲོལ་བའི་ལམ་བར་དུ། ཡག་རྒྱུ་དེ་འདྲ་མེད་པའི་བུ་མོ་དེ་རང་འགུལ་གྱིས་ངའི་གམ་དུ་ཚུར་ཡོང་ནས་ང་དང་མཉམ་དུ་ཡུལ་ལ་ལོག་རྒྱུའི་འདོད་ཚུལ་བཏོན། ཡུལ་ལ་ལོག་པའི་ལམ་ཐག་ཤིན་ཏུ་རིང་ལ། རྔང་ཞིང་ཀྱུ་མ་ཀྱུ་དང་དུར་ས་ཞིག་ཀྱང་བརྒྱུད་དགོས་པས། ང་ལམ་སྐར་མ་བཞི་བཅུ་ལྷག་ལ་སོང་བ་ཡིན།

གྲོང་གསེབ་ཏུ་སློབ་ཆུང་ལ་འགྲོ་སྐབས་ང་ལ་མི་གཞན་པས་བརྙས་བཅོས་མང་པོ་བྱས་སོང་། ཐེངས་དེའི་རྩོམ་ཡིག་སློབ་ཐུན་ནི་ཆེས་འོད་དུ་འཚེར་བའི་དོན་དག་ཅིག་ཡིན། ང་རང་རྩོམ་ཡིག་འབྲི་བར་སྤྲོ་སྣང་མེད་ལ་སྐད་ཡིག་སློབ་ཐུན་ལ་མི་དགའ་ན་ཡང་སློབ་སྦྱོང་བྱེད་མི་ཐོད། སྐད་ཡིག་དགེ་རྒན་གྱིས་ང་ལ་དམིགས་ངསལ་གྱི་གཟིགས་སྐྱོང་གང་ཡང་བྱས་མ་སྨྱོང་། ཁོ་ནི་ཙུང་སྨྱོན་པ་ཞིག་དང་འདྲ་ལ་ཡིད་འགུལ་ཐེབས་སླ་ཞིང་ཅི་བྱེད་འདི་བྱེད་མེད་པ་ཡིན། ངས་འདང་མི་དཔོག་པ་ནི་ངའི་རྩོམ་ཡིག་དེས་ཁོ་ལ་ཅི་ཕྱིར་དེ་འདྲའི་སྤྲོ་སྣང་ཞིག་བསྐྱེད་པ་དེ་རེད།

སྐབས་དེར་ཁོ་ནི་གཉེན་སྒྲིག་ལ་བྲེལ་བཞིན་ཡོད་ཅིང་། བག་གསར་ནི་ཙུ

ཆེན་གྱི་ལས་བྱེད་པ་ཞིག་གི་བུ་མོ་རེད། མོའི་གདོང་དཀར་ཞིང་མིག་ཆེ་ལ། ཁ་ཆུང་ཞིང་སྐད་ཆ་སྨྲ་བར་མི་དགའ་བ་དང་། ལག་པས་བར་མི་ཆད་པར་སྦྲོམ་ཞིང་ནག་པའི་སྐྲའི་ལན་བུ་ལ་བྱིལ་བྱིལ་བྱེད། མོས་སྔར་སློབ་ཁང་གི་ཕྱི་ནས་སྐད་ཡིག་དགེ་རྒན་གྱི་སློབ་ཁྲིད་ལ་ཐེངས་ཤིག་ཉན་མྱོང་། སློབ་ཐུན་གྱི་སྒྲིག་ལམ་སྟེ་མོ་ནས་མི་ལེགས་པ་དང་། མོ་ནི་རི་མོ་ཞིག་དང་འདྲ་བར་སྒེའུ་ཁུང་གི་སྒྲོམ་བུའི་ནང་དུ་སྡོད་ཡོད་པས། འཛིན་གྲྭ་ཡོངས་ཀྱི་སློབ་གྲོགས་ཚོ་ཁ་ཕྱིར་འཁོར་ནས་མོར་ཡང་ཡང་བལྟ་བ་རེད།

སྔར་བཞིན་གྲོང་གསེང་དུ་ལོ་གསར་ལ་རོལ་བ་ཡིན།

གྲོང་གསེབ་ཀྱི་མི་རྣམས་ལོ་གསར་སྐབས་སུ་གཉེན་ཉེའི་ཁྱིམ་དུ་འགྲོ་བ་རེད། གྲོང་གསེབ་ཏུ་ལོ་སར་བའི་ལོ་གཉིས་པར། ཧྲང་ཧྭའི་ཡི་ཨ་ནེ་འབྲིང་པོས་མོའི་བྱིས་པ་གསུམ་ཙོ་ཁྲིད་ནས་ལོ་སར་བར་འོངས་ཤིང་། སྐབས་དེར་ཁ་བ་ཆེན་པོ་འབབ་ཀྱིན་འདུག གྲོང་གསེབ་ཏུ་ཡང་ང་ལ་ཨ་ནེ་གཅིག་ཡོད། མོ་ཚང་དང་ཨ་ཕྱི་ཚང་བར་ལ་ལེ་དབར་བཅུ་ལྷག་ཙམ་ཡོད་ཅིང་། ཧྲང་ཧྭའི་ཨ་ནེ་ཚང་དང་ཨ་ཕྱི་ཚང་གི་བཟའ་ཚང་གང་པོ་གྲོང་གསེབ་ཀྱི་ཨ་ནེ་ཚང་དུ་ལོ་སར་ལ་འགྲོ་རྒྱུའི་སྟ་གོན་བྱས།

ཁོ་ཚོ་འགྲོ་དུས་བཟའ་ཚང་གང་པོ་ལམ་དུ་ཆས་ཤིང་། ཨ་ཕྱི་ཚང་གི་ཁྱིམ་ལ་བལྟ་མཁན་མེད་པར་གྱུར་པས། ཁོ་ཚོས་ང་ལ་ཨ་ཕྱི་ཚང་གི་ཁྱིམ་བསྲུང་དུ་འཇུག་རྒྱུའི་ཐག་བཅད། ཁ་བ་འབབ་དུས་གྲོང་གསེབ་ཀྱི་ལམ་ནི་འདམ་རྫབ་ཆེ་བས་ཤིན་ཏུ་འགྲོ་དཀའ། ང་རང་ལེ་དབར་བཞི་ལྷག་གི་གྲོང་རྡལ་དུ་སློབ་ཆུང་ལ་འགྲོ་བཞིན་ཡོད་ཅིང་། འདམ་རྫབ་ཆེ་བའི་ལམ་དེར་སོང་ནས་ལོབས་ཡོད་པས། དེར་སྣང་དོགས་ཅི་ཡང་བྱེད་ཀྱིན་མེད། སེམས་ཁྲལ་ཞིག་ཡོད་པ་དེ་ནི་མཚན་མོར་ང་རང་གཅིག་པུ་ཉལ་རྒྱུ་དེ་ཡིན།

ང་ནི་ཆུང་དུས་ནས་བྱིས་པ་སྐྲག་སྙོར་ཞིག་ཡིན། ད་ལྟ་ད་དུང་ང་ལ་སྔར་

བཞིན་སྤྱོབས་པ་ཆེན་པོ་མེད། གྲོང་གསེབ་ཏུ་སྡོད་པའི་ལོ་གཉིས་ལྷག་གི་རིང་ལ། ང་ནམ་ཡང་ཨ་ཕྱི་དང་མཉམ་དུ་ཁང་པ་གཅིག་གི་ནང་ནས་ཉལ་བ་ཡིན། ངའི་སྔས་འགྲམ་དུ་ཨ་ཕྱི་ལ་གྲ་སྒྲིག་བྱས་པའི་དུར་སྒམ་ཞིག་བཞག་ཡོད་ལ། ནམ་གུང་གཉིད་ལས་སད་ཚེ་རྒྱུན་པར་མིག་ཕྱེས་མི་ཐོད། ངའི་སེམས་སུ་ནམ་ཡང་དུར་སྒམ་ནི་ཤིན་ཏུ་འཇིགས་སུ་རུང་བ་ཞིག་ཡིན་པར་འདོད་ལ། དེས་མི་ལ་འཇིགས་སྐྲག་སློང་བར་བྱེད་ཅིང་། དེ་ནི་ཐང་ན་ཉལ་བའི་བམ་རོ་ཞིག་དང་འདྲ།

ཨ་ཕྱི་ཡིས་ང་དུར་སྒམ་དེར་ཤིན་ཏུ་སྐྲག་པ་ཤེས་ནས། ནམ་རྒྱུན་ངས་ཁ་ལ་མི་ཉན་དུས། མོས་ང་རང་གཅིག་པུ་ཁང་ཚུང་དེའི་ནང་ཉལ་དུ་བཅུག་ནས་འཇིགས་སྣང་བསྐུལ་བར་བྱེད། མོས་ད་ཐེངས་ང་རང་གཅིག་པུར་ཁྱིམ་སྲུང་དུ་བཅུག་ཚེ། ང་ལ་དཀའ་ལས་ཁག་པོ་བཟོས་ཡོད་པ་རྟོགས་ནས། སྐྲག་ན་སྡེ་བའི་ནང་གི་མི་ཞིག་རོགས་པར་པོས་ཤོག་ཟེར།

ཁ་བ་འབབ་ཚད་ཤིན་ཏུ་ཆེ་ཞིང་། སྐབས་དེར་ང་རང་ལོ་བཅུ་གཅིག་ཡིན། ཡིན་ན་ཡང་ངའི་སེམས་སུ་རང་ཉིད་ནར་སོན་ཡོད་པར་འདོད། སྐབས་དེར་ཆེས་དཀའ་ལས་ཁག་པོ་ཞིག་ཡོད་པ་དེ་ནི་དུར་ས་ཞིག་བརྒྱུད་དགོས་པ་དེ་རེད། གྲོང་གསེབ་ཏུ་དུར་ས་ཤིན་ཏུ་མང་། དུར་ས་གཅིག་ཡིན་ན་དེ་འདྲ་མི་སྐྲག་མོད། འོན་ཀྱང་དུར་ས་མང་པོ་ཕྱོགས་གཅིག་ཏུ་ཡོད་ན་དེ་ནི་ཤིན་ཏུ་འཇིགས་ཡེར་བ་ཞིག་རེད། དུར་ཁྲོད་ཀྱི་གམ་ནས་འགྲོ་སྐབས། ངའི་སེམས་ནས་ཨ་ཕྱི་ལ་སྡང་སེམས་ཤིག་སྐྱེས་འོངས་པ་དང་། མོས་ང་ལ་འདི་ལྟར་བྱེད་དོན་ཅི་ཡིན་པ་དང་། ང་ནི་མོའི་ཚ་བོ་ངོ་མ་མིན་ནམ་སྙམ་འོངས།

གྲོང་གསེབ་ཏུ་སྡོད་པའི་ལོ་གཉིས་ལྷག་གི་རིང་ལ། ང་ནམ་ཡང་ཨ་ཕྱི་དང་མཉམ་དུ་ཁང་པ་གཅིག་གི་ནང་ནས་ཉལ་བ་ཡིན། ངའི་སྤྱས་འགྲམ་དུ་ཨ་ཕྱི་ལ་གྲ་སྒྲིག་བྱས་པའི་དུར་སྒམ་ཞིག་བཞག་ཡོད་ལ། ནམ་གྱང་གཉིད་ལས་སད་ཚེ་རྒྱུན་པར་མིག་ཕྱེས་མི་ཐོད།

ལེ་དབར་བཅུ་ལྷག་གི་ས་དེ་ཙུང་མ་འགོར་བར་ཕྱིན་ཚར་ལ། ང་སྔེ་བའི་ནང་དུ་འཁྱེར་རྗེས། རང་ཁྱིམ་དུ་མ་སོང་བར་ཐད་ཀར་ཁ་གཏད་ཀྱི་ལི་ཚང་དུ་སོང་ནས། མིང་ལ་ཨ་ཞིང་ཟེར་བའི་གྲོགས་པོ་ཞིག་ཡོད་པ་དེར་དགོང་མོ་ང་ལ་ཉལ་རོགས་བྱེད་འདོད་ཡོད་མིན་དྲིས། ཁོས་ཡུད་ཙམ་ལ་བསམ་བློ་བཏང་རྗེས་ཐེ་ཚོམ་གྱི་ངང་ནས།

ཁྱོད་སྔོན་ལ་སོང་དང་། ང་ཡུད་ཙམ་འགོར་རྗེས་ཡོང་ངེས་ཡིན་ཟེར།

དགོང་མོ་དེར། ཨ་ཞིང་ཡུན་རིང་འགོར་རྗེས་ད་གཟོད་འཁྱེར་བྱུང་། ཁོ་མ་འཁྱེར་གོང་ལ་ངས་སེམས་ཁྲལ་ཆེན་པོ་བྱས། གལ་ཏེ་ཁོ་མ་ཡོང་ན་ངས་ཇི་ལྟར་བྱེད་སྙམ། སྨུན་སྤྲ་མོ་ནས་ཉུབ་སོང་ལ། སྣུམ་སྒྲོན་བཀར་རྗེས་སྒོ་སྲུབས་ནས་རླུང་རྒྱུ་འོངས་ཏེ་སྒྲོན་མེའི་མེ་ལྕེ་ཕར་ལྡིང་ཚུར་ལྡིང་བྱེད། གལ་ཏེ་ཨ་ཞིང་མ་ཡོང་ཚེ་ང་མཚན་གང་པོར་གཉིད་མི་ཡོང་བ་ངས་གསལ་པོར་ཤེས་ཡོད། འདྲེ་ཟེར་བ་ཞིག་མེད་པ་མ་གཞི་ནས་རྟོགས་ཡོད་ན་ཡང་། ནམ་རྒྱུན་ཐོས་པའི་འདྲེ་ཡི་གཏམ་རྒྱུད་དེ། སྐབས་དེར་གློ་བུར་དུ་ཡིད་ལ་འཆར་འོངས། ང་གཅིག་པུ་སྒོ་འགྲམ་དུ་ཚོག་ནས་ཁོང་འདར་རྒྱུག་ཞོར་དུ་ཨ་ཞིང་གིས་སྒོ་རྡུང་རག་བར་དུ་སྒུག་ནས་བསྡད།

ཨ་ཞིང་ནི་གཉེན་སྒྲིག་པའི་ལོ་ཚོད་དུ་སླེབས་ཡོད། ཁོ་ནི་རིག་གནས་ཡོད་པའི་གྲོང་གསེབ་ཀྱི་མི་ཡིན་ལ། གསར་བུ་ཕོ་སྒོ་ཅན་ཞིག་ཡོད། ཁོ་ཚང་གི་བུ་སྤུན་གསུམ་པོ་གཅིག་ལས་གཅིག་ལྷག་པ་དང་གསར་ཡག་ཏག་ཏག་ཡིན། ཁོ་ཚང་ནི་ཕྱི་ནས་འོངས་པའི་ཁྱིམ་ཚང་ཡིན་པ་དང་ཁང་པ་ཡང་གླས་མ་ཡིན་པས། བུ་སྤུན་གསུམ་པོ་མནའ་མ་ལེན་པའི་ལོ་ཚོད་དུ་སླེབས་ཡོད་ན་ཡང་། ཁང་པ་མེད་པའི་རྐྱེན་གྱིས་གཉེན་སྒྲིག་བྱེད་ཐུབ་མེད། ངས་སེམས་སུ

ཨ་ཞིང་ལྷ་བུའི་ཕོ་གསར་གྱིས་སྐྱེ་བའི་ནང་གི་ཆེས་མཛེས་པའི་བུ་མོ་དེ་བག་མར་ལེན་དགོས་པར་འདོད། བུ་མོ་དེ་ནི་ཉ་ཆེན་གྱི་རྒྱལ་ཅིའི་བུ་མོ་ཡིན་པ་དང་། དྲིལ་བསྒྲགས་ཉ་ཁག་གི་རྒྱུར་བརྩོན་ཅན་ཡིན།

ཡུད་ཙམ་ཞིག་ལ། ཕོ་གཉིས་ཀྱི་འབྲེལ་བ་ཤིན་ཏུ་བཟང་ཞིང་། ཕོ་ཚོས་རྒྱུན་པར་རང་གིས་འཁྲབ་ཁྲིད་བྱས་པའི་རྩེད་མོ་འཁྲབ་ཀྱིན་ཡོད་པ་དང་། སྐྱེ་བའི་ནང་དུ་ཡང་ཕོ་ཚོར་ལབ་གླེང་མང་པོ་བྱེད་ཅིང་མྱི་ཁ་རྒྱུན་མི་ཆད། ཉ་ཆེན་གྱི་རྒྱལ་ཅིའི་བུ་མོ་དེ་མ་འགྲུངས་པར་སྐྱེ་བ་གཞན་ཞིག་ཏུ་གནས་ལ་སོང་བས། ཡུན་རིང་ཞིག་ལ་ཨ་ཞིང་སྡུག་བསྔལ་གྱི་རྒྱ་མཚོར་ལྷུང་། ཕྱིས་སུ་སྐྱེ་བའི་ནང་གི་བུ་མོ་ཤིན་ཏུ་མི་མཛེས་ན་ཡང་སེམས་བཟང་བ་ཞིག་ཡོད་པ་དེ་དང་གཉེན་སྒྲིག་བྱས། ད་ལྟའི་ཅང་ནན་ནི་ཤིན་ཏུ་ཕྱུག་པོ་ཡིན་ལ། ཨ་ཞིང་ཕྲུན་གསུམ་པོས་ཐོག་ཁང་རེ་རེ་ལས་ཡོད་པ་དང་། བཀོད་པ་མཛེས་ཤིང་བརྗིད་ཆགས་ལྡན་ལ། ཞིང་ཆེན་གྱི་རྒྱལ་ཅི་ཡང་འདི་ལས་ལྷག་པའི་ཁང་བའི་ནང་འདུག་ཐུབ་མེད་པ་འདྲ།

ཨ་ཞིང་མཚན་མོ་དེར་གལ་ཏེ་མ་ཡོང་བ་ཡིན་ན། ང་སྐྲག་ནས་ཅི་ལྟ་བུ་ཞིག་ཏུ་འགྱུར་རྒྱུ་ནི་ཤིན་ཏུ་བློ་ཡུལ་ལས་འདས་པ་ཞིག་རེད། མཚན་མོ་དེ་ནི་ངའི་མི་ཚེ་གང་པོར་བརྒྱུད་པའི་ཆེས་འཇིགས་ཉང་གི་མཚན་མོ་ཞིག་ཡིན། ང་ནི་སྐྱེས་མ་ཐག་པ་ནས་སྐྲག་སྣོར་ཞིག་ཡིན་ན་ཡང་། མི་གཞན་པར་ཞུ་བ་བྱེད་རྒྱུར་མི་དགའ། དེ་བས་ང་ཡང་བསྐྱར་ཨ་ཞིང་འཕོད་དུ་མི་འགྲོ་ཕོ་ཐག་ཡིན། གལ་ཏེ་ཕོ་དངོས་གནས་མ་ཡོང་ན་ངའི་ལས་མ་བཟང་བ་རེད། ང་ཨ་ཞིང་འཕོད་དུ་འགྲོ་དོན་ནི། ངའི་སེམས་སུ་ཕོ་ནི་ང་ལས་ཆེ་བའི་གྲོགས་པོ་ཞིག་ཡིན་པ་དང་། ཕོ་ང་ལ་དགའ་ཞིང་ང་ཡང་ཕོ་ལ་དགའ་བ་དེ་ཡིན། ང་

ཁོ་ལ་དགའ་དོན་ནི་ཁོས་ནམ་ཡང་ངའི་ཐོབ་ཐང་ལ་སྣང་ཆུང་མི་བྱེད་པ་དང་། ངའི་ཕ་མ་གཉིས་དགའ་ངལ་ལ་འཕྲད་ཡོད་དུས་ང་རང་ཁྲི་ཕྲུག་ཏུ་མི་བརྩི་བ་དེའི་རྐྱེན་གྱིས་ཡིན། ཁོ་ང་ལ་དགའ་དོན་ནི། ཁོས་སེམས་སུ་ང་ནི་གྲོང་ཁྱེར་ནས་འོངས་པའི་བྱིས་པ་ཞིག་ཡིན་ལ། གྲོང་གསེབ་ཀྱི་ན་གཞོན་ཞིག་ལ་མཚོན་ན། གྲོང་ཁྱེར་ནས་འོངས་པའི་བྱིས་པ་དེས་ཁོར་མཛེས་སྡུག་གི་འཕྲུལ་སྣང་མང་པོ་སྟོན་ནུས་པར་འདོད་པ་དེ་རེད། གང་ལྟར་ཡང་གྲོང་ཁྱེར་ནི་གྲོང་གསེབ་ཀྱི་མི་རེ་རེའི་སེམས་ཁོང་གི་དགའ་ཞིང་ཡིན།

ཨ་ཞིང་དགོང་མོ་དེར་ཡོང་བ་ཤིན་ཏུ་འཕྱི་ལ། ཁོ་རི་གདོང་ལ་སྡུག་གིས་ཁེངས་འདུག་ཅིང་། ཅི་ཡང་སྣང་མེད་དུ་འཛོག་པའི་རྣམ་པ་ཞིག་མངོན་འདུག ཁོ་ང་དང་མལ་ཁྲུལ་གཅིག་གི་ནང་དུ་ཉལ་ནས་ནམ་གུང་བར་དུ་སྐད་ཆ་མང་པོ་ལབ་བྱུང་" ཁོས་ང་ལ་གྲོང་ཁྱེར་ནང་གི་སྲང་ལམ་དང་། ཆུ་བཤལ་བཤང་གཞོང་། གློག་འཁོར་བཅས་ཞིབ་བརྗོད་བྱེད་དུ་བཅུག ཉིན་དེར་ཁ་བ་ཆེན་པོ་བབས་ནས་སྐར་ཁུང་དཀར་ལྷང་ལྷང་བྱེད་ཅིང་། ཟླ་འོད་ཅིག་དང་འདྲ་བར་ཁང་ཆུང་དུ་འོད་གསལ་བར་བྱེད། ཨ་ཞིང་གིས་ང་གཉིད་རག་བར་དུ་མཚམས་མི་ཆད་པར་བཤད་དུ་འཇུག་པ་དང་། ཐ་ན་ང་གཉིད་ལས་དགྲོགས་ཏེ་མུ་མཐུད་ནས་བཤད་དུ་འཇུག་པ་རེད།

ཏུ་ཆེན་གྱི་ཀྲུའུ་ཅིའི་ཐུ་མོ་ལོ་དེའི་ལོ་གསར་སྐབས་སུ་གཉེན་སྒྲིག་བྱས། ད་ལྟ་ཕྱིར་འདང་རེ་བརྒྱབ་ཚེ། ཁ་བ་ཆེན་པོ་འབབ་པའི་མཚན་མོ་དེར། ལོ་བཅུ་གཅིག་ཅན་གྱི་བྱིས་པ་ཁེར་རྐྱང་ཞིག་དང་བཅོ་ལྔ་ཡལ་བའི་གྲོང་གསེབ་ཀྱི་ན་གཞོན་ཞིག མལ་ཁྲུལ་གཅིག་གི་ནང་དུ་ཉལ་བའི་རྣམ་པ་དེ་ནི་ཤིན་ཏུ་བརྗིད་དགའ་བ་ཞིག་རེད།

ཟམ་པ་དང་པོ།

འབྲི་ཆུའི་སྟོ་རྒྱུད་དུ་ཟམ་པ་བགྲང་ལས་འདས་པ་ཡོད། ཟམ་ཆུང་འོག་གི་ཆུ་བོ་ནི་ཁྱིམ་ཚང་གི་སྒོ་མདུན་དུ་བཞུར་བ་དང་། མི་ཟམ་པའི་ཐོག་ཏུ་རྒྱུ་ཞིང་ཆུ་བོ་ཟམ་པའི་འོག་ཏུ་བཞུར་བ་དེ་ནི་ཤིན་ཏུ་རྒྱུན་ལྡན་ཡིན། ཁྲུན་ཁྲིང་ཟམ་པ་སུམ་བརྒྱ་བདུན་ཅུ་ཡོད། །ངོགས་གཉིས་ཁང་དམར་ལྷུང་ལྷུག་ལྡེམ་ལྡེམ་གཡོ། །ཞེས་པ་ལྟར། བྱིས་དུས་ཀྱི་དྲན་པའི་གློང་དུ། ཟམ་པ་དང་བདེ་ཐང་གཉིས་ལ་མང་ཉུང་མེད། ཟམ་པ་ལམ་དང་འབྲེལ་ཡོད་ལ། ལམ་ཟམ་པ་དང་འབྲེལ་ཡོད། མི་རྣམས་ཟམ་ལེབ་ཐོག་ཏུ་བསྙེས་པ་ན་བྱིས་པ་དག་ཁོང་ཁྲོ་ལངས་ནས་གཙང་པོའི་ནང་དུ་མཆིལ་མ་འཕེན་པ་རེད། དྲན་པའི་ངོས་སུ་ཟམ་པ་ཚང་མའི་ཐོག་ཤིན་ཏུ་གཙང་མ་ཡིན་ཞིང་། གཙང་པོ་ཡང་ད་ལྟའི་འདི་འདྲའི་འབག་བཙོག་ཅིག་མིན། བྱིས་པ་དག་ཟམ་པའི་ཐོག་ཏུ་རྒྱུ་སྐབས། གཙང་པོའི་ནང་དུ་མཆིལ་མ་འཕེན་པ་ལས་གཞན། ཅི་ཞིག་བྱེད་དགོས་པ་ཡིད་ལ་འཆར་གྱིན་མེད།

ཐེངས་དང་པོར་ཟམ་པ་ལ་བག་ཆགས་ཆེས་ཟབ་མོ་ཡོད་པ་དེ་ནི། “རིག་གནས་གསར་བརྗེ་ཆེན་པོ”མགོ་ཚུགས་པའི་སྐབས་རེད། ང་ལས་ཅུང་ཆེ་བའི་བྱིས་པ་ཞིག་གིས། ངོ་མཚར་བའི་ངང་ནས་ང་ཚོར་ཟམ་པ་མ་བརྒྱུད་པར་ཧྲུ་ཙོ་ལྷ་ཁང་ལ་འགྲོ་ཐུབ་བམ་ཞེས་དྲིས། དྲི་བ་དེར་ང་ཚོ་ཚང་མ་སྤྲོ་བ་

ཁྲུན་ཁྲིང་ཟམ་པ་སུམ་བརྒྱ་བདུན་ཅུ་ཡོད།། ངོགས་གཉིས་ཁང་དམར་ལྗང་ལྗུག་ལྡེམ་ལྡེམ་གཡོ།། ཞེས་པ་ལྟར། ཕྱིས་དུས་ཀྱི་དྲན་པའི་གློང་དུ། ཟམ་པ་དང་བདེ་ཐང་གཉིས་ལ་མང་ཉུང་མེད། ཟམ་པ་ལམ་དང་འབྲེལ་ཡོད་ལ། ལམ་ཟམ་པ་དང་འབྲེལ་ཡོད། མི་རྣམས་ཟམ་ལེབ་ཐོག་ཏུ་བསྙེས་པ་ན་ཕྱིས་པ་དག་ཁོང་ཁྲོ་ལངས་ནས་གཙང་པོའི་ནང་དུ་མཆིལ་མ་འཕེན་པ་རེད།

ཡོད་པར་གྱུར་ཞིང་། དེ་དེ་ཤིན་ཏུ་འགྲན་སློང་ཡོད་པའི་དོན་ཞིག་ཡིན་པར་སྣམ། དེའི་རྐྱེན་གྱིས་ང་ཚོ་སློབ་གྲོལ་བྱས་ནས་ཉིན་གང་པོར་སོང་ལ། ཟམ་པ་དང་འཕྲད་ཚེ་ལམ་བསྐོར་ནས་སོང་ཞིང་། འགྲོ་ས་མེད་ན་ད་གཟོད་ཁ་ཕྱིར་འཁོར་བ་ཡིན། དེ་དུས་རྐང་མཐིལ་དུ་ཚ་བུར་ང་རྫོལ་ཞིང་རྐང་པར་རྩ་འཐེན་བྱུང་བ་རེད། སྦྲུ་ཧོའི་ལྷ་ཁང་ལ་འགྲོ་སའི་ལམ་མང་པོ་ཡོད་དེ། ལམ་ཆེན་དང་ལམ་ཆུང་། སྣུབ་ཞལ་ལམ་དང་ཨར་འདམ་གྱི་ལམ། ད་དུང་གྲམ་རྗེ་བཏིང་བའི་ལམ་བཅས་མང་པོ་ཡོད་ན་ཡང་། མཇུག་མཐར་དྲིས་ལན་ཞིག་ཐོབ་པ་དེ་ནི་ཟམ་པ་ཨ་བཀལ་ཚེ་གཙང་པོའི་ཕ་རོལ་ནས་རྒྱང་ལྟ་བྱེད་དགོས་པ་དེ་རེད།

ང་ཚོས་དྲི་བ་དེ་བྱིས་པ་གཞན་དག་ལ་དྲིས་མྱོང་ལ། དོན་ཅི་ཡང་རྟོགས་པའི་མི་རྐྱན་པ་ཚོར་ཡང་དྲིས་མྱོང་མེད། དྲིས་ལན་ནི་ཕལ་ཆེར་གཅིག་འདྲ་རེད། གནད་དོན་འདི་ཐོས་མ་ཐག་པའི་མི་དར་མ་ཚོར་ཟམ་པ་མ་བརྒྱུད་པར་སྦྲུ་ཧོའི་ལྷ་ཁང་ལ་འགྲོ་ས་མེད་ཅེས་བརྗོད་ན་ཧ་བར་མི་འགྲོ་ཞིང་། ང་ཚོ་འགྲོ་ས་ཡོད་སའི་ལམ་ཡོངས་རྫོགས་ལ་སོང་ཚར་བ་ཡིན་ཞེས་བརྗོད་ཚེ་སུས་ཀྱང་ཧ་བར་མི་འགྲོ་ང་རེད། ལོ་ན་བགྲེས་པའི་རྒན་པོ་ཞིག་གིས་ང་ཚོས་ཅི་བྱུང་ལབ་བཞིན་འདུག་ཟེར། ང་ཚོ་དང་མཉམ་དུ་ཡམ་འཚོལ་བར་ཕྱིན་པའི་བྱིས་པ་ཞིག་ལ་ཕོའི་ཨ་མས་ལྷམ་མཐིལ་གྱིས་ཨོང་ཤའི་ཐོག་ཤེད་ཀྱིས་བརྡེགས་བྱུང་། རྒྱུ་མཚན་ནི་མོས་བཤད་རྒྱུར་ཕྱི་ཏུ་འདི་འདྲ་ཟེར་ཟེར་ཡིན་པས་གང་སར་ཧོལ་རྒྱུག་ཐུས་ན་ཆག་སྐྱོ་སློང་ངེས་ཡིན་ཟེར། དེའི་ཕྱིར་ང་ཚོ་ནི་རྫུན་སྨྲ་བའི་བྱིས་པ་སྐོར་ཞིག་ཏུ་གྱུར་ཞིང་། ཚང་མའི་སེམས་སུ། བྱིས་པ་དེ་དག་ནི་གོ་མེད་ཡིན་པ་དང་། སྦྲུ་ཧོ་ལྷ་ཁང་ནི་ཁེར་རྐྱང་གི་གླིང་ཕྲན་ཞིག

མིན་པར། དེ་ནི་གྲོང་ཁྱེར་གྱི་དཀྱིལ་དུ་ཡོད་པས། ལམ་དེ་འདྲའི་མང་པོ་ཡོད་ལ། ཚང་མ་ནམ་རྒྱུན་འགྲོ་ས་ཡིན་པ་དང་། མི་ལ་ལ་ཐ་ན་ཉི་མ་རེ་རེར་དེར་འགྲོ་བཞིན་ཡོད་པར་འདོད་པ་དེའོ། །

ནམ་རྒྱུན་དང་ཡང་ན་ཉིན་རྒྱུན་དུ་འགྲོ་བཞིན་ཡོད་མོད། མཐར་ཐུག་ན་མི་དག་རང་ཉིད་ཟམ་པ་བརྒྱུད་བཞིན་ཡོད་མེད་ཀྱི་ཆེས་སླ་བའི་གནད་དོན་ཆུང་ཆུང་དེར་ཡང་ཐེ་ཚོམ་སྐྱེས་བཞིན་འདུག དགོད་བྲོ་བ་ཞིག་ནི། མི་དར་མ་ཆོས་རྒྱུན་པར་བྱིས་པའི་མདུན་ནས་རང་ཉིད་ཀྱིས་མ་ཤེས་པ་དེ་ཁས་ལེན་མི་འདོད་པ་དེ་རེད། མི་དར་མ་དག་ནམ་ཡང་འཕྱུགས་མི་སྲིད་ལ། གལ་ཏེ་འཕྱུགས་སོང་བ་ཡིན་ན་ཡང་འགྲིག་པ་རེད། སྐབས་དེར་ས་ཁྲའི་ཐོག་བལྟ་མ་ཤེས། གལ་ཏེ་ས་ཁྲ་ཞིག་ཁྱེར་ཡོང་ཡོད་ཆེ་ཚང་མར་དེ་མ་ཐག་ཁ་གྲག་རྒྱུ་མེད་པོ་ཐག་ཡིན། ཡུན་རིང་ཞིག་ལ། ང་ཚོའི་གླད་པ་ཆུང་དུའི་ནང་དུ་ནམ་ཡང་གནད་དོན་དེ་ཡང་ཡང་འཆར་ཞིང་། ང་ནི་རང་ལ་ཡིད་ཆེས་མེད་པའི་བྱིས་པ་ཞིག་ཡིན་པས། སྐབས་མང་པོར་རང་ཉིད་འཕྱུགས་སོང་བ་ཡིན་པར་འདོད། ལམ་དེ་ནི་གཏན་ནས་མེད་པ་ཞིག་ཡིན་ན་ཡང་། ང་ད་དུང་དེར་དོགས་པ་ཟིན་ནས། གསང་ལམ་ཞིག་ང་ཚོས་མ་མཐོང་བ་དང་། དེ་ནི་ཐད་ཀར་སྦྲུ་ཅིའི་ལྷ་ཁང་དང་འབྲེལ་ཡོད་ཅིང་། ཟམ་པ་གང་ཡང་བརྒྱུད་མི་དགོས་པར་འགྲོ་ཆོག་པར་འདོད་པ་དེ་རེད།

ཟམ་པ་གཉིས་པ།

གྲོང་གསེབ་ཀྱི་ཨ་ཕྱི་ཚང་དུ་སློབ་ཆུང་ལ་འགྲོ་སྐབས། སློབ་གྲྭ་ནི་གཙང་འགྲམ་གྱི་ལ་ངོས་སུ་ཡོད་ཅིང་། དེར་ཤིང་ཟམ་དོག་མོ་ཞིག་ཡོད། བྱིས་པའི་མིག་ལམ་དུ་དེ་ནི་ཤིན་ཏུ་མཐོ་ཞིང་ཉེན་ཁ་ཆེ་ལ། ཐོག་ཏུ་མི་འགྲོ་སྐབས་ཚག་སྒྲ་གྲགས་པ་རེད།

དབྱར་ཁ་སླེབས་པ་ན། སློབ་ཁྲིད་གྲོལ་མ་ཐག སློབ་བུ་ཚང་མས་ཁང་ཐུང་ཕུད་དེ་གཅེར་བུར་བཅིག་རྗེས་གཉིས་མཐུད་ཀྱིས་ཆུ་ནང་དུ་མཆོང་སྐབས། ང་ནི་གྲོང་ཁྱེར་ནང་གི་བྱིས་པ་ཞིག་ཡིན་པས། དང་ཐོག་མི་མང་པོས་ལྟ་དུས་ཅུང་ངོ་ཚ་བ་རེད། སྐབས་དེའི་རྣམ་པ་ནི། ཚང་མ་གཅེར་བུར་བུད་ཚར་ལ། གལ་ཏེ་སུ་ཞིག་གིས་ཆུར་རྒྱལ་ཁང་ཐུང་གོན་ཆེ། དེ་ནི་དེ་ལས་ལྷོག་སྟེ་འོས་མེད་ཅིག་ཏུ་སྣང་། གྲོང་གསེབ་ཏུ། བུ་ཆུང་མ་ཟད་ཐ་ན་མི་དར་མ་ཡང་ཆུའི་ནང་དུ་འཛུལ་སྐབས་གཅེར་བུ་ཡིན།

དམིགས་བསལ་ཞིག་ཡོད་པ་དེ་ནི་ང་ཚོའི་སྐད་ཡིག་དགེ་རྒན་ཡིན། པོ་དམག་ཕོགས་ནས་ཕྱིར་ལོག་པ་དང་དམག་མི་བྱས་མྱོང་བས། ཡ་རབས་ཚུལ་ལྡན་ལ་ཤིན་ཏུ་དང་དོད་བྱེད། དེའི་དུས་མི་ཞིག་གིས་པོར།

"ཁྱོད་ལ་གསང་གནས་གཉིས་ཡོད་པ་མ་ཡིན་ནམ། སུས་ཁྱོད་ལ་ལྟ་རྒྱུ་རེད"ཅེས་ཁྲེལ་དགོད་བྱས་སྔོང་།

གྲོང་གསེབ་ཀྱི་བྱིས་པ་ཚོའི་ཆུར་རྒྱལ་སྒྱོལ་ཚང་མ་གཅིག་པ་གཅིག་རྒྱང་སྐྱེ་ཁྲིའི་རྒྱལ་སྣངས་ཡིན། ཆུར་ཤག་སྒྲ་གྲགས་ནས་ཡུན་རིང་འགོར་ན་ཡང་མདུན་དུ་ཆེན་པོ་རྒྱལ་ཐུབ་མེད། ང་ནི་གྲོང་གསེབ་ཀྱི་བྱིས་པ་ཀུན་དང་བསྡུར་ན་ཆུར་རྒྱལ་བ་ཆེས་མགྱོགས་པ་དེ་ཡིན། ང་རྒྱལ་ནས་ཕ་རོལ་ཏུ་སླེབས་དུས། གྲོང་གསེབ་ཀྱི་བྱིས་པ་ཚོ་ད་དུང་ཕྱེད་ཙམ་མ་གཏོགས་རྒྱལ་མེད།

ཟམ་པའི་ཐོག་ཏུ་བུ་མོ་འགས་ང་ཚོ་ཆུར་རྩེས་པར་བལྟས་ཡོད། བུ་མོ་ཚོས་བལྟས་ཡོད་པའི་རྐྱེན་གྱིས་ང་རྒྱལ་གྱིན་རྒྱལ་གྱིན་ཇེ་མགྱོགས་ཡིན། གྲོང་གསེབ་ཀྱི་བྱིས་པ་ཚོས་ང་ལ་མགྱོགས་ཚད་འགྲན་དཀའ་བས་སྤྱོབས་པ་འགྲན་ཟེར། དེ་ནི་སུ་ཟམ་པ་མཐོན་པོའི་ཐོག་ནས་མར་ཆུའི་ནང་དུ་མཆོང་ཐུབ་པ་དེ་ཡིན། ཟམ་པ་དེ་ནི་དངོས་གནས་མཐོན་པོ་ཡིན་པས། དང་ཐོག་སུ་ཡང་མཆོང་མི་ཕོད། ཚང་མ་སྐྲག་ཞོར་དུ་ཟམ་ལེབ་ཐོག་ལ་འགོས་ནས་མར་མཆོང་བའི་ཚུགས་ཀ་བཏོད་པ་དང་ལག་བརྡ་སྟོན་ན་ཡང་ལག་པས་གཏོང་མི་ཕོད། ལག་པ་གློད་པ་ཙམ་གྱིས་མར་ཆུ་ནང་དུ་ལྷུང་འགྲོ་བ་རེད།

བུ་མོ་ཚོས་འགྲམ་ན་ཤབ་ཤུབ་བཤད་ཞོར་དུ་བལྟས་ཡོད་པས། གྲྭ་བ་ཟེར་བའི་ཕྲ་ཚགས་ཤིག་ཡོད་པ་དེ་མཉམ་མ་བཞག་པར་པེན་ཤུ་ཆུའི་ནང་དུ་བཏབ་པ་བཞིན་མར་ལྷུང་། “ཙལ”སྒྲ་ཞིག་གྲགས་པ་དང་མཉམ་དུ་ཆུའི་ཟེགས་མ་མཐོན་པོ་མཁའ་རུ་འཕྱོ། བུ་མོ་ཚོས་འུར་བརྒྱབ་པ་ན་ཟམ་ལེབ་ཐོག་ཏུ་ལངས་པའི་སློབ་བུ་ཚོ་མ་གྲོས་གཅིག་མཐུན་གྱིས་མྱུར་དུ་སྒྲོམ་སྐྱོར་ཁ་ནས་མར་ལྡིང་སྐྱེ་བདེ་འཛགས་ཡིན་སའི་ཟམ་ངོས་སུ་སོང་ནས། སྒྲོམ་སྐྱོར་ལ་ཁེན་ཏེ་ཟམ་པའི་འོག་ཏུ་བལྟས། སྐབས་དེར། གྲྭ་བ་ནི་ཡར་ཆུ་ངོས

སྲུ་བུད་པ་དང་། མར་ལྷུང་བ་དེས་ཁོའི་སྤོབས་པ་ཇེ་ཆེར་གྱུར་ནས། རྣོན་ཆོབ་ཆོབ་ངང་ཕྱིར་ཟམ་པའི་ཐོག་ཏུ་ཡོང་སྟེ། སྒྲོམ་སྒྲིར་ཁ་ནས་ཅི་ཡང་མི་སླ་བར་ཡང་བསྐྱར་ཆུའི་ནང་དུ་མཆོངས།

གྲྭ་བ་ནི་ཟམ་པའི་ཁ་ནས་ཆུའི་ནང་དུ་མཆོང་མཁན་གྱི་བྱིས་པ་འགོ་མ་དེ་ཡིན། དང་ཐོག་ཁོ་གཅིག་པུས་མ་གཏོགས་འདི་ལྟར་བྱེད་མི་ཐུབ། ཡུད་ཙམ་འགོར་བ་ན། ཟམ་པའི་ཐོག་ནས་མར་མཆོང་མཁན་གྱི་བྱིས་པ་ཇེ་མང་ནས་ཇེ་མང་རེད། ངས་ཐེངས་དུ་མར་སེམས་ཐག་བཅད་དེ་མིག་བཙུམས་ནས་མར་མཆོང་འདོད་ཅུང་ལག་པ་གློད་མ་ཐུབ། རོགས་པ་ཚོ་བརྒྱུགས་ཡོང་ནས་ང་ལ་འཕྱད་རྒྱག་བྱེད་པ་དང་ངའི་མཛུབ་མོ་གཉུ་བ། དམོད་པའི་སྐད་ཆ་ཆེས་བཙོག་པ་བཤད་ན་ཡང་ང་གཏན་ནས་མཆོང་མ་ཐུབ།

ཟམ་པ་མཐོན་པོའི་རྩེ་ནས་མར་མཆོང་མ་ཐུབ་པ་དེ་ནི་དྲང་སོར་བཤད་ན་ངའི་སེམས་ནད་ཅིག་ཡིན། དེ་དུས་རང་ཉིད་སྤོབས་པ་ཆུང་བ་ལ་བློ་འགྱོད་དྲག་པོ་སྐྱེས་སོང་། ད་ལྟ་དུང་ང་སྔར་བཞིན་སྐྲག་ཤོར་ཡིན། སྐབས་དེར་གལ་ཏེ་མ་ཁ་སོར་བཅིངས་ནས་ཆུའི་ནང་དུ་མཆོང་བ་ཡིན་ན། ཕྱིས་ཀྱི་གནས་ཚུལ་མཐའ་འ་དག་དེ་འདྲ་ཞིག་ཡིན་མི་སྲིད། དོན་དག་ལ་ལ་ཞིག་ཆུང་དུས་སུ་སྦྲུབ་མ་ཐུབ་ན། ན་སོན་ཚེ་དེ་བས་ཀྱང་སྒྲུབ་མི་ཐུབ། ད་ལྟ་ང་རང་ཆུའི་ནང་དུ་བར་མི་ཆད་པར་ཆུ་རྐྱལ་གཅིག་ཙམ་ལ་རྐྱལ་ཐུབ་སོད། འོན་ཀྱང་ང་ལ་ཆུར་རྐྱལ་རྫིང་བུའི་ཁ་ནས་མར་མཆོང་ཟེར་ན། ང་སྔར་བཞིན་ཤིན་ཏུ་སྐྲག

རྒྱུག་ཆུ་དང་པོ།

སློབ་འབྲིང་གི་སྐབས་སུ། ཐེངས་ཤིག་སྟོད་དམངས་ཤིག་གིས་སྒོ་མདུན་གྱི་ཆེན་རྫའི་གཙང་པོའི་ནང་ནས་གསེར་ཉ་ཞིག་བཟུང་བ་མཐོང་བྱུང་། དེ་ཤིན་ཏུ་ཆེ་ཞིང་མི་གཞན་པས་གསོས་པ་ཡིན་སྲིད་ལ་རི་སྐྱེས་ཡིན་ཡང་སྲིད། གང་ལྟར་ཉ་དེའི་ཁ་དོག་ཛྙ་གསོའི་ཉ་དང་མི་འདྲ་བར། མདོག་སྟོ་ཞིང་ཇ་མ་ཤིན་ཏུ་ཆེ། གསེར་ཉ་འཛིན་མཁན་དེས་ཉ་དེ་ཀྲང་པ་འཁྲུད་བྱེད་ཀྱི་ཤིང་གཞོང་ཆེན་པོ་ཞིག་གི་ནང་དུ་བཞག་ནས་གསོས་ཡོད་པ་དང་། མི་མང་པོས་བསྐོར་ནས་ལྟ་ཞིང་ཚང་མས་ཉ་དེའི་ཡོང་ཁུངས་ལ་ཚོད་དཔག་བྱེད་ཀྱིན་མཆིས། བསྟུད་མར་ཉིན་མང་པོ་ཞིག་ལ། སློབ་གྲྭ་གྲོལ་རྗེས་ང་ཚོའི་གླེང་གཞི་གཙོ་བོ་ནི་ཉ་དེ་ཡོད་མེད་ལ་བལྟ་རུ་འགྲོ་རྒྱུ་དེ་ཡིན། མི་དེས་གསེར་ཉ་ཆེན་པོ་དེ་བཙོང་བསམ་མོད་ཉོ་བདག་མ་བྱུང་།

སྐབས་དེར་མི་ཞིག་གིས་ཉ་འཛིན་དཔྱུག་གུ་བཟུང་ནས་ཆེན་རྫའི་གཙང་འགྲམ་དུ་ཉ་འཛིན་པ་དེ་ནི་ཧ་ལས་དགོས་པ་ཞིག་གཏན་ནས་མིན། ཆེན་རྫའི་གཙང་པོའི་ནང་དུ་དངོས་གནས་ཉ་ཡོད་པར་མ་ཟད་ད་དུང་ཞ་སྨི་ཡོད། བྱིས་པ་ཚོ་གཙང་འགྲམ་དུ་རྩེ་ཞོར་ལ་ལག་མགྱོགས་མིག་རྣོ་སྒོས་ཉ་ཕྲུག་འཛིན་བྱེད་ཀྱི་དྲ་ཁུག་གིས་བཟུང་ན་ཡང་མང་པོ་ཞིག་འཛིན་ཐུབ་པ་རེད། རྒྱུག་ཆུའི་དོན་སྙི་དེ་ཡུན་རིང་ཞིག་འགོར་རྗེས་ངས་ད་གཟོད་ཧ་གོ

དུས་རབས20པའི་ལོ་རབས80པའི་མགོར། ཆེན་པོའི་གཙང་པོའི་ཆུ་སྲུད་དེ་འདམ་བཤང་སྐབས། བསྟུ་ཉར་ལ་དགའ་བའི་གྲོགས་པོ་འགས་གནས་ཚུལ་དེ་ཐོས་ནས་མྱུར་དུ་ནོར་བུ་ལེན་པར་ཕྱིན། ཕོ་ཆོས་དོར་མ་ཡར་བརྗེས་ཤིང་རྐང་རྗེན་ལ་ཆུ་ནང་དུ་ལྡིང་ནས། མཐུག་ཚད་ལ་ཁྲི་ཙེ་འགའ་ཡོད་པའི་འདམ་ནང་དུ་སྔ་རབས་པས་བསྐྱུར་བའི་རིག་རྫས་འཚོལ་བ་རེད།

སོང་། ཕྱིས་དུས་ཀྱི་དྲན་པའི་ངོས་སུ། རྒྱུག་ཆུ་ནི་ནམ་ཡང་དལ་གྱིས་བཞུར་གྱིན་ཡོད་ལ། དེ་ནི་ད་ལྟ་མཐོང་བའི་རྣམ་པ་དང་གཏན་ནས་མི་འདྲ། ཆུང་དུས་སུ་མཐོང་བ་ནི་ཚང་ཚ་བཞུར་ཆུ་ཡིན་པ་ལས། ད་ལྟའི་འདི་འདྲའི་དྲི་ངན་འཐུལ་བའི་རྫིང་བུ་ཞིག་གཏན་ནས་མིན།

ཟམ་ཆུང་འོག་གི་གཙང་པོ་ཁྲིམ་ཚང་གི་མདུན་དུ་བཞུར་བ་དེ་འབྲི་ཆུའི་སྙོ་རྒྱུད་ཀྱི་དཔེ་མཚོན་ཁྱད་ཆོས་ཤིག་ཡིན། དུས་རབས་20པའི་ལོ་རབས80པའི་མགོར། ཆེན་ཧྲའི་གཙང་པོའི་ཆུ་ཕུད་དེ་འདམ་བཤང་སྐབས། བསྟུ་ཉར་ལ་དགའ་བའི་གྲོགས་པོ་འགས་གནས་ཚུལ་དེ་ཐོས་ནས་མྱུར་དུ་ནོར་བུ་ལེན་པར་ཕྱིན། ཁོ་ཚོས་དོར་མ་ཡར་བརྗེས་ཤིང་ཀང་རྗེན་ལ་ཆུ་ནང་དུ་ལྡིང་ནས། མཐུག་ཚད་ལ་ཁྲི་ཙེ་འགའ་ཡོད་པའི་འདམ་ནང་དུ་སྣ་རབས་པས་བསྐྱུར་བའི་རིག་རྫས་བཙལ་བ་རེད། ཉིན་འགར་ལས་ལ་བྲེལ་ཏེ། དཀར་ཡོལ་སྔོན་པོ་ཆག་པོ་དང་གས་ཆག་ཅན་གྱི་མེ་ཏོག་བུམ་པ། ཆག་གྲུམ་ཅན་གྱི་སྐྱུ་གུ་འཇོག་སྣེགས། ཅུང་ཚ་ཚང་བའི་སྣ་ཐའི་དམ་པེ་སོགས་རྙེད་དེ་དགའ་དགའ་སྤྲོ་སྤྲོའི་ངང་རང་ཁྱིམ་དུ་ཁྱེར་ཡོང་། བཤད་ཚོད་དུ་དེ་དག་ལ་ལོ་ངོ་བརྒྱ་ལྷག་གི་ལོ་རྒྱུས་ཡོད་ཅིང་། གནའ་རྫས་ལ་དགའ་བའི་གྲོགས་པོ་ཚོ་དེ་དག་ལ་ཤིན་ཏུ་དུངས། ཁོ་ཚོའི་གནའ་ཤེས་སྦྲོམ་སྙེགས་སུ་བཤམས་ཡོད་པའི་དངོས་པོ་མང་ཤས་ཤིག་ཆུ་གཏིང་གི་གད་སྙིགས་རེད། འདས་པའི་ལོ་ཟླའི་ཁྲོད་ཀྱི་བསམ་དོན་མ་འགྲུབ་པའི་ཤེས་ཡོན་པ་དང་། བྱ་བ་གང་ཡང་མི་བྱེད་པའི་རྒྱུག་ཁྱི། བསམ་དོན་འགྲུབ་པ་དང་མ་འགྲུབ་པའི་དཔོན་ངན་ཚང་མར་ད་ལྟའི་མི་དང་བསྟུར་ན་ཁོར་སྒྲུང་གི་འདུ་ཤེས་མེད་པར། རང་ཉིད་ལ་མི་དགོས་པའི་དངོས་པོ་ཚང་མ་གཙང་པོའི་ནང་དུ་གཡུགས་པ་རེད།

གཙང་པོ་མ་བཞུར་ན་ཅི་འདྲ་ཞིག་ཡིན་པར་འཆར་རྟོགས་བྱས་ཆོག ས་རྒྱུ་རེད་ཟེར་ན་མཐོ་རྒྱུ་མེད་ལ། ཆུ་པོ་རེད་ཟེར་ན་བཞུར་རྒྱུ་མེད། རྒྱུག་ཆུ་ལ་རྡུལ་རྒྱུ་མེད། ཆེན་པོའི་གཙང་པོར་གལ་ཏེ་བཞུར་རྒྱུ་མེད་ཚེ་སྡེ་མོ་ནས་ཡལ་ཚར་བ་ཡིན། ཆེན་པོའི་གཙང་པོ་ཡོད་པའི་རྐྱེན་གྱིས། ང་ཚོས་དེའི་འདམ་རྫབ་ཁྲོད་ནས་ལོ་རྒྱུས་བསྐྱར་དྲན་བྱས་ཆོག་པ་དང་འདས་སོང་ལ་བྱིལ་བྱིལ་བྱས་ཆོག ལོ་འདི་འགར། མི་རྣམས་ཀྱིས་ཆེན་པོའི་གཙང་པོ་ཤིན་ཏུ་བརྩིག་ཅེས་འཁང་ར་བྱེད། འབག་བསྣད་ནི་རྒྱུ་རྐྱེན་ཡིན་ལ། ཆུ་མི་བཞུར་བ་ནི་དེ་བས་ཀྱང་རྒྱུ་རྐྱེན་ཡིན། ཆུ་བཞུར་བ་ནི་འབྲི་ཆུའི་ལྗོངས་རྒྱུད་དར་རྒྱས་འབྱུང་བའི་གཞི་རྩ་ཡིན་ཞིང་། ཆུ་བཞུར་བ་དང་མེ་ཏོག་ལྡུང་བ། དཔྱིད་ཚར་བ་བཅས་ནི་ཕྱི་ཚུལ་ནས་བལྟས་ན་བརྗེ་བ་མེད་པ་ཞིག་ཡིན་མོད། དོན་དངོས་སུ་དེར་བརྗེ་བ་ཡོད་པ་རེད། རྒྱུག་ཆུས་མཛེས་སྡུག་གི་དཔྱིད་དཔལ་གྲུབ་པ་དང་། འབྲི་ཆུའི་ལྗོངས་རྒྱུད་ཀྱི་གཙང་པོ་མང་པོ་ནི་མིའི་ལུས་ཐོག་གི་ཁྲག་རྩ་སྤྲ་མོ་དང་འདྲ་བར། རྒྱུག་ཆུ་ཡོད་པས་ད་གཟོད་འབྲི་ཆུའི་ལྗོངས་རྒྱུད་ལ་ཚེ་སྲོག་ཡོད་པར་གྱུར་ཞིང་། གསོན་ཤུགས་འཛད་མཐའ་མེད་པ་ཡོད་པར་གྱུར།

རྒྱུག་ཆུ་གཉིས་པ།

"མདང་ནུབ་ཟླ་འོད་གསལ་ལ་གཙང་ཐོག་རྫི་ལམ་དེ། །ཆུ་བོའི་རླབས་དང་ལྷོག་ནས་ཆེན་རྩོའི་པང་དུ་སླེབས། །" ཞེས་པ་འདི་ཤང་ཨན་ཧྲིའི་སྙན་ཚིག་ཁྲིད་ཀྱི་ཚིག་གྲགས་ཅན་ཞིག་ཡིན། གལ་ཏེ་ཆུའི་ཕ་ཡུལ་གྱི་བསྔོལ་མར་འདྲེས་པའི་ཆུ་ལམ་དེ་དག་ནི་ཁྲག་རྩ་ཕྲ་མོ་ཡིན་ཟེར་ན། འབྲི་ཆུ་ནི་འཕར་རྩ་ཆེན་མོ་ཡིན། འབྲི་ཆུ་ལང་ལོང་ཤར་དུ་རྒྱུག །རྒྱ་མཚོར་བབས་ནས་ཕྱིར་མི་ལྡོག །གནའ་མིས་ཆུ་བོ་སྟོ་བརྒྱ་རྒྱ་མཚོར་འདྲེས་པ་དེ་རྒྱལ་ཕྲན་རྒྱལ་ཁབ་ཀྱིས་གནམ་སྲས་ལ་མཇལ་བའི་དཔེར་འགོད་པ་རེད། འབྲི་ཆུར་དྲག་ཤུལ་ཆེ་ལ། རྒྱ་མཚོ་ལ་དེ་བས་ཀྱང་དྲག་ཤུལ་ཆེ། དེའི་ཕྱིར། འབྲི་ཆུའི་སྔོ་རྒྱུད་ཀྱི་ཆུའི་ཕ་ཡུལ་གྱི་མི་རྣམས་ལ་རླབས་འཕྱུར་བ་དང་རླབས་འཇགས་པར་ཚོར་སྣང་ཟབ་མོ་ཡོད། ཆུ་ནི་དམའ་སར་བཞུར་གྱིན་ཡོད་པས། འབྲི་ཆུའི་སྨད་རྒྱུད་དུ་མཚོ་རླབས་ཀྱི་བཀག་འགོག་ཐེབས་ནས་ཆུ་གནས་ལ་ལམ་སང་འགྱུར་ལྡོག་འབྱུང་བཞིན་ཡོད།

ངའི་ཨ་ཕྱི་ཚང་གི་རྒྱབ་སྒོའི་རྡོ་བའི་གྲུ་ཁ་དེར་མཚོན་ན། རླབས་འཕྱུར་བ་དང་འཇགས་སྐབས། ཉིན་གཅིག་གི་འབབ་ཆུའི་གཟར་ཚད་སྣི་གཅིག་ནས

གཉིས་ཙམ་ཡིན། ཞོགས་པར་མལ་ལས་ལངས་དུས། གཙང་པོ་བྲུག་ནས་རྒྱབ་སློའི་ཁར་སླེབས་ཡོད་པ་དང་། སློ་ཕྱིར་ལངས་ནས་སྐྱེད་པ་ཙུང་སྒྲུར་ཚེ་ཆུ་བཙུ་ཐུབ། ཕྱི་དྲོ་སླེབས་པ་ན། ལྷུང་ལྷུང་འབབ་པའི་གཙང་པོ་དེ་ཁྲུས་གཞོང་ལ་བུ་ག་བརྟོད་པ་དང་འདྲ་བར། ཆུ་ཏ་ལམ་བཞུར་ཚར་ནས་དཀར་ཡོལ་དང་སྣོ་ཚལ་འཁྲུད་དགོས་ན་ཡང་། སྐས་རིམ་མང་པོ་མར་འབབ་དགོས་པ་རེད།

ད་ལྟའི་འབྲི་ཆུའི་སྟོ་རྒྱུད་དུ་རླབས་འཕྱུར་བ་དང་འཛགས་པ་ཤིན་ཏུ་མཐོང་དཀོན། གང་སར་ཆུ་ཁུང་ལས་ཏེ་ཆུ་གནས་མིས་ཚོད་འཛིན་བྱས་པས། མིའི་རྒྱུན་ལྡན་གྱི་འཚོ་བ་དེ་མཚོ་རླབས་འཛགས་པ་དང་ཏ་ལམ་འབྲེལ་བ་མེད་པ་འདྲ། འགྱུར་ལྡོག་འདི་ནི་ཕལ་ཆེར་ལོ་ཉི་ཤུ་ནས་སུམ་ཅུའི་བར་གྱི་དོན་དག་རེད། ང་རང་གྲོང་གསེབ་ཏུ་སློབ་ཆུང་ལ་འགྲོ་སྐབས། ཟ་མ་ཟོས་ཚར་རྗེས། མི་དར་མ་དག་གིས་དཀར་ཡོལ་དང་སྣེར་མ་སོགས་ཆུ་འགྲམ་གྱི་གྲུ་ཁར་བཞག་པ་ན། རིམ་གྱིས་རླབས་འཕྱུར་ཏེ་གཙང་པོ་བྲུག་པ་དང་། རླབས་འཛགས་པ་ན་སྣོད་ཀྱི་ནང་དུ་ཉ་མོ་ཆུང་ངུ་དག་ཤུལ་དུ་ལུས་ནས་བྲེལ་སྤྱུར་གྱིས་རྐྱལ་བཞིན་ཡོད། ཉ་དེ་དག་ནི་ནམ་ཡང་ཆེར་མི་སྐྱེས་པའི་རིགས་དེ་ཡིན་ལ། ཚོན་གང་ཙམ་ལས་མེད་པ་དང་མགོ་བོ་ཙུང་ཆེ། བལྟས་ཚོད་ཀྱིས་སྨྱོང་མོ་དང་འདྲ།

ཆུའི་ཕ་ཡུལ་གྱི་བུ་ཚོས་སྡིག་སྲིན་འཛིན་མི་ཤེས་མཁན་མེད། སྟོན་རླུང་བསིལ་བུར་ལྡང་ཙ་ན། །སྡིག་སྲིན་རྐང་པར་ཟ་འཕྲུག་ལངས། །ཞེས་པ་ལྟར། ལོ་ངོ་སུམ་ཅུའི་ཡར་སྔོན་དུ། འབྲི་ཆུའི་སྟོ་རྒྱུད་ཀྱི་ཆུའི་ཕ་ཡུལ་དུ། གང་སར་སྡིག་སྲིན་མཐོང་རྒྱུ་ཡོད་ལ། ཆུ་ཤུར་ནང་ངམ་རྫང་མའི་འགྲམ་

ནས་སྡིག་སྲིན་དུ་མ་བཟུང་ཡོང་སྐེ་ཆང་གི་ནང་དུ་སྦྲངས་པ་དེ་ནི་རྒྱས་སྤྲོས་ཤིག་གཏན་ནས་མིན། རྒྱུ་ཆུ་ནི་སྡིག་སྲིན་གྱི་སྲོག་རྩ་ཡིན་ཞིང་། ཆུ་གང་དུ་བཞུར་ན་དེར་སྡིག་སྲིན་གྱི་ཞབས་རྗེས་ཡོད།

ད་ལྟ་རྨི་ལམ་ནང་དུ་ད་གཟོད་ཆུང་དུས་སྡིག་སྲིན་འཛིན་པའི་རྣམ་པ་དེ་བསྐྱར་དྲན་བྱེད་ཐུབ། སྔོན་ལ་སྡིག་སྲིན་གྱི་ཁུང་འཚོལ་དགོས་ཤིང་། ཁུང་རྙེད་རྗེས་དེའི་ནང་དུ་ཆུ་གཤོ་དགོས། གལ་ཏེ་ཆུ་ནག་པོ་ཕྲ་ལ་རིང་བོ་ཞིག་བཞུར་འོངས་ན། ཁུང་བུའི་ནང་དུ་སྡིག་སྲིན་ཡོད་པ་ཡིན་པས། ལྕགས་ཀྱི་ཀྱི་བ་ཁུང་ནང་དུ་དྲངས་ཚེ་སྡིག་སྲིན་གསོན་པོར་ཕྱིར་ཐྲུད་ཡོང་བ་རེད། འདི་ནི་སྤྱོད་པ་གདུག་རྩུབ་ཅན་ཞིག་སྟེ། སྡིག་སྲིན་ལ་རྨས་ཐོག་ནས་དེ་ལྟར་ཤི་འགྲོ་བ་རེད། སྡིག་སྲིན་ཤི་པོ་གཏན་ནས་བཟའ་མི་རུང་བས། ཟ་མ་མ་ཟོས་གོང་ལ་སྦྱིར་བཏང་དུ་ཐབས་འདི་སྤྱོད་མི་སྲིད།

ཐབས་ལེགས་ཤོས་ནི་རྫ་དང་འདམ་བུ་བསྲེས་ནས་ཁུང་ཁ་དམ་པོར་བཅད་རྗེས། འགྲམ་དུ་རྟགས་བརྒྱབ་སྟེ་དུས་ཚོད་གསུམ་ནས་བཞི་འགོར་རྗེས་ལེན་ཤེས་དགོས་པ་དེ་ཡིན། ལེན་དུས་ལག་པ་གཅིག་ཁ་གཅོད་ས་བརྒྱུད་དེ་ཁུང་བའི་ནང་དུ་དལ་མོར་བསྙིངས་ནས་སྡིག་སྲིན་གྱི་རྐང་པ་ནས་འཛིན་པ་དང་། ལག་པ་ཡ་གཅིག་གིས་ཁ་གཅོད་བྱེད་པར་བླངས་ན་སྡིག་སྲིན་འཛིན་ཐུབ། དེ་ནི་སྡིག་སྲིན་གྱིས་དབྱུང་དབུགས་མ་འདང་བ་ཚོར་ནས་ཁུང་ཁར་ཡོང་བའི་རྐྱེན་གྱིས་ཡིན།

འདི་འདྲའི་སྡིག་སྲིན་འཛིན་ཐབས་དེའི་གནད་འགག་ནི་དུས་ཚོད་ལ་ཚོད་འཛིན་ལེགས་པོ་བྱེད་རྒྱུ་དེ་ཡིན། དུས་ཚོད་ཐུང་དྲགས་ན། ལག་པ་ནང་དུ་བསྙིང་དུས་སྡིག་སྲིན་ད་དུང་བརྒྱལ་མེད་པས་ཕྱིར་བྲོས་འགྲོ་བ་དང་།

དུས་ཚོད་རིང་དྲངས་ན་དབུགས་བཅད་དེ་ཤི་འགྲོ་བ་དེ་རེད།

ལེའུ་གཉིས་པ། རྣམ་པ་རྙིང་པའི་
བརྗེ་དུང་།

ང་སྔོན་ཚད་སྐབས་ཤིག་ལ་ཕྱིད་འདྲེན་གཟུགས་ཀྱི་སྒྲ་སྡུད་འཕྲུལ་ཆས་ལ་རྩེས་མྱོང་། དེ་ནི་སློབ་འབྲིང་དུ་འགྲོ་བའི་སྐབས་ཡིན། ཐོག་མར་གཉེར་རྩེའི་འཕྲུལ་ཆས་ལ་རྩེས་པ་དང་། ཕྱིས་སུ་དེབ་ཆུང་སྲབ་མོ་ཞིག་ཉོས་ནས་དེའི་ཐོག་གི་གསལ་བཤད་ལྟར། དེར་ཁེར་སྒྲུག་འཕྲུལ་ཆས་ཆུང་ངུ་ཞིག་སྒྲིད། ངས་ད་ལྟ་ད་དུང་ཐེངས་དང་པོར་རྒྱུང་སྒྲོག་བྱས་པ་ཐོས་ནས་ཡིད་འགུལ་ཐེབས་པ་དེ་དྲན་འོངས།

ཁྱེད་འདྲེན་གཟུགས་ཀྱི་སྒྲ་སྡུད་འཕྲུལ་ཆས་ལ་རྩེས་པ།

ང་སྔོན་ཆད་སྐབས་ཞིག་ལ་ཁྱེད་འདྲེན་གཟུགས་ཀྱི་སྒྲ་སྡུད་འཕྲུལ་ཆས་ལ་རྩེས་མྱོང་། དེ་ནི་སློབ་འབྲིང་དུ་འགྲོ་བའི་སྐབས་ཡིན། ཐོག་མར་གཏེར་རྫོའི་འཕྲུལ་ཆས་ལ་རྩེས་པ་དང་། ཁྱིས་སུ་དེབ་ཆུང་སྲབ་མོ་ཞིག་ཉོས་ནས་དེའི་ཐོག་གི་གསལ་བཤད་ལྟར། དེར་ཁེར་སྒྲུག་འཕྲུལ་ཆས་ཆུང་ངུ་ཞིག་སྒྲིད། ངས་ད་ལྟ་ད་དུང་ཐེངས་དང་པོར་རྒྱང་སྒྲོག་བྱས་པ་ཐོས་ནས་ཡིད་འགུལ་ཐེབས་པ་དེ་དྲན་འོངས།

ཁྱེད་འདྲེན་གཟུགས་ཀྱི་སྒྲ་སྡུད་འཕྲུལ་ཆས་ལ་རྩེས་ན་དབྱིངས་ཞུགས་སླ། དེར་སྔོན་ལ་སྐོར་ཙུང་ཙམ་དགོས་པ་རེད། སྐབས་དེའི་ཁྱིམ་བདག་ཚོས་བུ་བུ་མོར་མ་རྩ་གཏོང་རྒྱུ་མི་ཤེས་པར་མ་ཟད། ད་དུང་ཁྱིས་པར་གྲོན་དངུལ་རེ་འགའ་སྟེར་དགོས་པ་ཡང་མི་ཤེས། ཡུན་རིང་ཞིག་ལ། ངས་ཁེར་སྒྲུག་འཕྲུལ་ཆས་དེ་གཏོར་ནས་ཁྱེར་སྒྲིག་པ་དང་། བསྒྲིགས་ནས་ཁྱེར་གཏོར་ཏེ་ཡང་བསྐྱར་སྒྲིག་པ་ཡིན། ངས་ཅི་ནུས་ཀྱིས་བོངས་ཚད་ཇེ་ཆུང་དུ་གཏོང་བའི་ཐབས་བཀོལ་བ་སྟེ། ཐོག་མར་སྤྱིར་བཏང་གི་འདག་རྫས་སྐམ་སྤྱད་པ་དང་། ཁྱིས་སུ་མང་ཉུང་འདྲ་བའི་ལྷུ་ལག་དེ་དག་ཚང་མ་དེ་ལས་ཆུང་བའི་འདག་རྫས་སྐམ་ཆུང་ཞིག་གི་སྟེང་དུ་གནོན་བཙིར་བྱས། འདག་རྫས་སྐམ་ཆུང་དུ་

དེ་རིགས་ད་ལྟ་མཐོང་མི་ཐུབ་ལ། ཆུང་དྲགས་པས་ད་ལྟའི་མགྲོན་ཁང་ནང་ནམ་རྒྱུན་མཐོང་ཐུབ་པའི་འདག་རྫས་ཆུང་ངུ་དེ་རིགས་མ་གཏོགས་འཛོག་མི་ཐུབ།

སྐབས་དེ་ནི་ཕལ་ཆེར1971ལོ་སྟེ། “རིག་གནས་གསར་བརྗེ”ཡི་དུས་དཀྱིལ་ཙམ་ཡིན། དུས་སྐབས་དེ་ནན་བཤད་བྱེད་དགོས་དོན་ནི། སྐབས་དེའི་རྒྱབ་ལྗོངས་ནི“དཔེ་ཆ་བཏོན་རུང་གོ་མི་ཆོད་པའི”ལྟ་བ་དར་བའི་སྐབས་ཡིན། ང་ལྟ་བུའི་སློབ་འབྲིང་གི་སློབ་མ་ཞིག་གིས་འདི་ལྟར་སྨྲ་ཐུབ་པ་ནི། མ་འོངས་པར་ཚན་རིག་པ་ཆེན་པོ་ཞིག་བྱེད་ཐུབ་པའི་ཚུགས་ཀ་ཡོད།

རྡ་བཙུག་དང་ལྷུ་ལག་ཉོ་སྒྲུད་ཀྱི་སྒོར་མོ་མེད་པའི་རྐྱེན་གྱིས། ངས་ཁྱིམ་ནས་དཔེ་ཆ་བཀུས་ཏེ་སློབ་གྲོགས་ཚོར་གཡར་ནས་ཚོང་བརྒྱབ། སློབ་གྲོགས་ཤིག་གིས་ཁ་པར་རྡ་བཙུག་རྙིང་པ་ཞིག་ང་ལ་བྱིན་པ་དང་། དེའི་ཐོག་ཏུ་ད་དུང་ཕྱེད་འདྲེན་གཟུགས་ཀྱི་ལྷུ་ལག་ཁག་ཅིག་ཀྱང་ཡོད། ངས་ཕྱེད་འདྲེན་གཟུགས་ཀྱི་སྒྲ་སྡུད་འཕྲུལ་ཆས་དེར་བསྒྱུར་བཀོད་བྱས་ཚར་རྗེས། ཡང་རྡ་བཙུག་ལ་བསྒྱུར་བཀོད་བྱེད་མགོ་བརྩམས། ངའི་སེམས་སུ་འདག་རྫས་སྒམ་ཆུང་ངུ་ཞིག་གི་ནང་དུ། དཔེ་ཆའི་ཐོག་བཤད་པའི་ངེས་པར་དུ་འདག་རྫས་སྒམ་ཆེན་པོའི་ནང་འཛོག་དགོས་ཟེར་བའི་ལྷུ་ལག་དེ་དག་ཚང་མ་ཉོང་བ་ཡིན་ན། རྡ་བཙུག་ཀྱང་གནོན་བཙིར་བྱས་ནས་རྡ་བཙུག་ཆུང་ངུ་ཞིག་ཏུ་བཏང་ན་ཅིས་མི་ཆོག་སྙམ། ངས་འདེམ་པ་ནི་སྐར་མ་ལྤེ་ཙན་གྱི་ཆེ་ཆུང་དང་འདྲ་བའི་འགྲིག་སྒམ་ཆུང་ངུ་ཞིག་ཡིན། དེ་ནི་མ་གཞིར་རྫ་སྨན་འཇུག་སྒྲུད་རེད། དེ་ནས་ཡང་ལྕགས་སྒྲུག་རྙིང་བའི་སྒྲུག་ཤུབས་ཤིག་བརྩལ་ཡོང་། དེའི་མཇུག་ཏུ་གླངས་ཆོག་པའི་དུམ་བུ་ཞིག་ཡོད་པས། རྡ་ནང་དུ་འཇུག་པའི་རྡ་

བཅུག་བྱས་ཚོག ངས་སེམས་ཆུང་སྒོས་སྨྱུག་ཤུབས་དྲས་ནས་སྦར་ཡོད་ཀྱི་གཙུས་རེས་སྒྱུད་དེ། འཁྱིག་སྒམ་ཆུང་ངུའི་ཐོག་བུ་ག་ཞིག་བརྟོལ་ཏེ་དུམ་བུར་དྲས་པའི་སྨྱུག་ཤུབས་དེའི་ཐོག་ཏུ་སྦྲད།

ཁ་པར་གྱི་རྣ་བཅུག་རྙིང་པའི་ནང་གི་དཀྱིས་སྐུད་ཤིན་ཏུ་ཆེ་བས་འཁྱིག་སྒམ་ཆུང་ངུའི་ནང་དུ་འཛུག་མི་ཐུབ། ཐབས་ཤེས་གཅིག་ཡོད་པ་དེ་ནི་རང་གིས་ཡང་བསྐྱུར་དཀྱིས་སྐུད་དཀྱི་རྒྱུ་དེ་ཡིན། འདི་ནི་ཤིན་ཏུ་ལྟད་པ་འགྲུལ་དགོས་པའི་དོན་ཞིག་ཡིན་པས། ང་ཐེངས་མང་པོར་ཕམ་ཞིང་མཇུག་མཐར་ད་གཟོད་ལེགས་གྲུབ་བྱུང་། སྐུད་དཀྱི་འཕྲུལ་ཆས་མེད་པའི་རྐྱེན་གྱིས། དཀྱིས་སྐུད་དཀྱི་སྐབས། ངེས་པར་དུ་རང་གིས་ཡིད་ལ་གྲངས་ཀ་འཛིན་དགོས། དེའི་སྐབས་སུ་སྤྱོད་པའི་རྣ་བཅུག་ནི་བར་གཅོད་མཐོན་པོ་ཅན་ཡིན་ལ། ད་ལྟ་ང་ཚོས་རྒྱུན་དུ་མཐོང་བའི་རྣ་བཅུག་དང་གཏན་ནས་མི་འདྲ། སྐུད་པ་དཀྱིས་ཆེན་པོ་ཞིག་བརྒྱབ་ན་ད་གཟོད་འབར་རེ་འབུར་རེ་བྱས་ནས་བཙན་གྱིས་འཁྱིག་སྒམ་ཆུང་ངུའི་ནང་དུ་འཛུག་ཐུབ།

ཕྱེད་འདྲེན་གཟུགས་ཀྱི་སྒྲ་སྡུད་འཕྲུལ་ཆས་ལ་རྟེན་པའི་སྤྲོ་སྣང་ནི་སྒྲིག་སྦྱོར་དང་རང་གིས་ལག་འགྲུལ་བ། སྒོར་མོས་ཉོ་མི་དགོས་པའི་དངོས་རྫས་རྙིང་བ་དག་བེད་སྤྱོད་པ་བཅས་ཡིན། དུས་ཚོད་མང་པོ་བསམ་བཀོད་ཀྱི་ཐོག་ཏུ་བཀོལ་དགོས། ཕྱེད་འདྲེན་གཟུགས་ཀྱི་སྒྲ་སྡུད་འཕྲུལ་ཆས་ལ་རྟེས་པ་དེ་ནི་ངོ་བོའི་ཐོག་ནས་བཤད་ན་བདེ་ཐང་གིས་ལྟད་པ་འགྲུལ་བ་དང་ཐབས་ཤེས་ཡོད་དགུ་འདོན་པ། གཉིད་ཆག་ཟས་ངརྗེད་བྱེད་པ་དེའོ། །དོན་དངོས་སུ་ངས་ཕྱེད་འདྲེན་གཟུགས་ཀྱི་སྒྲ་སྡུད་འཕྲུལ་ཆས་ལ་ཉན་མི་ཐུབ་ཅིང་། རང་གིས་དཀའ་སྤྱད་ཀྱིས་བཟོས་པ་དེར་ཡང་ཉན་མི་ཐུབ་པོ། །

“ཁྲིམས་དང་མི་མཐུན་པའི་ཉོ་ཚོང་། ”

ངས་ད་དུང་སྐབས་ཤིག་ལ་ཤིན་ཏུ་སྤྲོ་སྣང་ཡོད་པའི “ཁྲིམས་དང་མི་མཐུན་པའི་ཉོ་ཚོང”བྱས་མྱོང་། དེ་ནི་ཁྲོམ་ཚོང་ཚོང་རར་མི་གཞན་ལ་ཕྱིད་འདྲིན་གཟུགས་ཀྱི་ལྷུ་ལག་བཙོང་བ་དེ་ཡིན། ལོ་བཅུ་བཞི་ནས་བཅོ་ལྔའི་སྐབས་སུ། ང་ཕྱིད་འདྲིན་གཟུགས་ལ་རྩེས་པར་སེམས་ཤོར། སྐབས་དེར་རྩེ་བྱེད་ཀྱི་སྒོར་མོ་མེད་པས། ཚད་ཡོད་ཀྱི་ལྷུ་ལག་འགའ་རེ་གཏོར་བ་དང་སྒྲིག་པ། བསྒྲིགས་ནས་ཡང་གཏོར་བ་དེ་ཡིན།

ཕྱིས་སུ་དབྱར་གནང་སྐབས་པེ་ཅིན་དུ་སོང་བ་ན། སྐབས་དེར་རུ་ཁག་ཏུ་ཞུགས་ཟིན་པའི་ཕ་སྤུན་ཕུ་བོ་ལ་རྩེད་ཆས་ལྷག་མ་ཕྱིད་འདྲིན་གཟུགས་ཀྱི་ལྷུ་ལག་འཐེན་སྣམ་གང་ཡོད། ཕ་སྤུན་ཕུ་བོས་ལྷུ་ལག་དེ་དག་ཡོངས་རྫོགས་ང་ལ་བྱིན། ང་ལ་ནོར་བུའི་མཛོད་ཅིག་ཐོབ་པ་དང་འདྲ་བར་དེ་མ་ཐག་ཕྱུག་བདག་ཏུ་གྱུར། སྐབས་དེའི་སེམས་གཏིང་ནས་དགའ་བའི་སྤྲོ་སྣང་དེ་ནི་སྨྱུ་གུས་དངོས་གནས་མཚོན་ཐབས་བྲལ་བ་ཞིག་རེད། པེ་ཅིན་གྱི་མ་སྤུན་ཨ་ཅེའི་མག་པས་ཡང་ང་ལ་ནུས་མང་གློག་འཇལ་ཆས་ཤིག་དང་གློག་གི་ཚ་ལའི་ལྕགས་ཤིག་བྱིན་པས། དེ་ནི་སྟག་ལ་གཤོག་པ་ཐོགས་པ་དང་འདྲ་བར། ངའི་སེམས་སུ་རང་ཉིད་ལ་མ་རྩ་འདང་ངེས་ཤིག་ཡོད་པས་དོན་ཆེན་ཞིག་

བསྒྲུབ་ཚོག་པར་སྣམ། ཁེར་སྦྲུག་སྒྲ་སྙུད་འཕྲུལ་ཆས་ཉེ་ང་ལ་མཚོན་ན་གླེང་རིན་མེད་པ་ཞིག་སྟེ། ཟུང་སྦྲུག་འཕྲུལ་ཆས་དང་སུམ་སྦྲུག་འཕྲུལ་ཆས་བརྒྱུད་རྗེས། ངས་ཡང་ཚད་བཀལ་ཅན་གྱི་དྲུག་སྦྲུག་བྱེད་འདྲེན་གཟུགས་ཀྱི་སྒྲ་སྙུད་འཕྲུལ་ཆས་བསྒྲིགས།

ང་ལ་ལྷུ་ལག་སོད་པོ་ཞིག་ཡོད་ན་ཡང་ད་དུང་མི་འདང་བས། ད་ལྟའི་སྐྱིག་ཚོང་ཚོང་རར་སྦྲགས་རྟགས་བརྗེ་རེས་བྱེད་པ་དང་འདྲ་བར། བྱེད་འདྲེན་གཟུགས་ཀྱི་ལྷུ་ལག་ཁུག་མ་གང་ཁྱེར་ནས། ནན་ཅེན་གྱི་མིང་དུ་གྲགས་པའི་ཚོང་ཁྲོམ་ཚོང་ར་ཞིག་ཏུ་བརྗེ་རུ་སོང་། སྐབས་དེར་དེ་ནི"ཁྲིམས་དང་མི་མཐུན་པའི་ནོ་ཚོང"ངོ་མ་ཡིན་པས། དཔུང་རྟགས་དམར་པོ་བཏགས་པའི་ཡུལ་དམག་གློ་བུར་དུ་འོངས་ནས་བཟུང་ན་ཚང་མ་གཞུང་བཞེས་བྱེད་པ་རེད། ལོ་རབས་དེར། ཞིང་པས་ཁྲོམ་ཚོགས་སུ་རང་གིས་གསོས་པའི་བྱ་ཕོ་དང་སྒོ་ང་བཙོང་ན་ཡང་མ་རྩ་རིང་ལུགས་ཀྱི་ཇ་མར་བརྩི་ཞིང་། ང་ཚོ་ལྟ་བུའི་དར་དམར་འོག་ཏུ་སྐྱེས་ཤིང་དར་དམར་འོག་ཏུ་འཚར་ལོངས་བྱུང་བའི་གཞོན་ནུ་ཞིག་གིས་རྒྱ་སྒྲང་དུ་བྱེད་འདྲེན་གཟུགས་ཀྱི་ལྷུ་ལག་ལོག་ཚོང་བརྒྱབ་ཚེ་དེ་ནི་ལུགས་འགལ་དང་རྩིས་མེད་ཡིན་པ་སྨོས་མ་དགོས་པ་རེད།

ནོ་ཚོང་བྱེད་པ་ལ་སྐབས་འགར་དགེ་རྐྱེན་མེད་ཀྱང་རང་བཞིན་གྱིས་ཤེས་འགྲོ་བ་རེད། ཐོག་མར་རང་ལ་མི་དགོས་པའི་ལྷུ་ལག་ལྷག་མ་དག་གཞན་གྱི་གོ་ཆོད་ལྷུ་ལག་ལ་བརྗེས་པ་དང་། དེ་ནས་ལམ་སང་གྲུང་པོར་གྱུར་ཏེ་ལྷུ་ལག་གང་ཞིག་ནི་དཀོན་ཞིང་བྲིན་པ་དང་། ཇི་ལྟར་བརྗེ་རེས་བྱས་ན་གྱོང་མེད་པ། ཇི་ལྟར་བྱས་ན་གྱོང་རེག་པ་བཅས་ཤེས་ཐུབ། སྐབས་འགར་བརྗེ

རེས་བྱེད་པའི་ལྷུ་ལག་དེ་དག་གིས་སྐབས་དེར་རང་ཉིད་ལ་གོ་མི་ཚོད་ན་ཡང་སྔ་མོ་ནས་བརྟེས་ཏེ་འཛོག་པ་དང་། ལྷུ་ལག་དེ་ལས་མང་པོ་སྤྲོད་དགོས་་རུང་སྤྲད་ནས་སྐྱོང་ཨུང་ཙམ་རེག་པ་དང་། ཁེ་བཟང་ཆེན་པོ་ལེན་པ་སྟེ། གང་ལྟར་དཀོན་ཞིང་བྲིན་པའི་དངོས་པོ་དེ་མྱུར་དུ་འཚོང་ཐུབ་པས་སོ། །

མི་ནི་སྐབས་འགར་རང་བཞིན་གྱིས་གཡོ་སྒྱུ་ཅན་དུ་གྱུར་འགྲོ། ཁྲོམ་ཚོང་ཚོང་རར་ཕྱེད་འདྲེན་གཟུགས་ཀྱི་ལྷུ་ལག་ལོག་ཚོང་རྒྱག་མཁན་མང་ཤས་ནི་མི་དར་མ་ཡིན། མི་དེ་དག་དང་ཚོང་རྒྱག་སྐབས་ཁོ་ཚོས་ཁྱོད་ལ་དངོས་པོ་གང་མཁོ་བ་ཤེས་ཚེ། དེ་མ་ཐག་དངོས་པོ་དེའི་རིན་གོང་ཇེ་མཐོར་གཏོང་བ་རེད། ཕྱེད་འདྲེན་གཟུགས་ཀྱི་ལྷུ་ལག་ཁྲིད་དུ། མང་ཤས་ནི་ཚོང་རྫས་རྫུན་མ་དང་སྤུས་ཀ་ཤིན་ཏུ་ཞན་པ་ཅན་ཡིན་པས། རྒྱུན་པར་དགའ་དགའ་སྤྲོ་སྤྲོའི་ངང་ཁྱིམ་ལ་ཁྱེར་ཡོང་སྟེ་ཡུད་ཙམ་རྗེས་པ་ན་ཆག་འགྲོ་བ་རེད། དེ་ནས་ཡང་དེ་ཁྲོམ་ཚོང་ཚོང་རར་ཁྱེར་ནས་སླར་ཏུ་མི་གཞན་པར་བརྗེས། མིས་བཟང་ཞིག་སློབ་དགོས་ན་ཤིན་ཏུ་དཀའ་མོད། ངན་ཀྱང་ངན་ཞིག་སློབ་དགོས་ན་ཁྲིད་མི་དགོས་པར་རང་ཤུགས་ཀྱིས་ཤེས་འགྲོ་བ་རེད།

"ཁྲིམས་དང་མི་མཐུན་པའི་ཉོ་ཚོང"གི་སྤྱི་སྣང་ནི་ཕལ་ཆེར"ཁྲིམས་དང་མི་མཐུན་པ"དེ་ཡིན། དེའི་རྒྱུ་མཚན་ནི་རྒྱུན་པར་དཔྱད་རྟགས་དམར་པོ་བཏགས་པའི་ཡུལ་དམག་ཡོད་མེད་ལ་མཉམ་འཛོག་དགོས་པའི་རྐྱེན་གྱིས། ཉོ་ཚོང་གི་བརྒྱུད་རིམ་རྗེས་པོ་དེ་ཤིན་ཏུ་བློ་འཚབ་པའི་ངང་ནས་སྤྱེལ་དགོས། ཡུལ་དམག་གིས་བཟུང་བའི་ལས་ངན་ཚོ་ཀུན་གྱིས་མི་འཛོན་པར་བརྩེ་ཞིང་། ཡུལ་དམག་དེ་དག་གིས་སྐབས་འགར་དཔྱད་རྟགས་གསལ་པོ་

དེ་བླངས་ནས་ཁུག་མའི་ནང་དུ་བཙུག་སྟེ། ལྷུ་ལག་བརྗེ་མཁན་གྱི་ཚོགས་ཀ་བཏོད་ནས་གློ་བུར་དུ་གདོང་རིས་ངན་པ་ཕྱིར་མངོན་འོངས། སྟབས་ལེགས་པ་ཞིག་ལ་སྐབས་དེར་ང་ཚོ་སློབ་གྲྭར་ལེགས་པོར་འགྲོ་བཞིན་མེད་ཅིང་། རྒྱུན་པར་ཁྲིམ་ཚོང་ཚོང་རའི་ནང་དུ་འཁོར་གྱིན་ཡོད་པས། ཡུལ་དམག་གློ་མཐུན་འགའ་ཞིག་གི་གཟུགས་བྱད་ནི་རྡོ་ལ་རི་མོ་ང་རྐོས་པ་བཞིན་གསལ་ལེར་ཡོད། དེར་བརྟེན་ཁོ་ཚོ་མཐོང་མ་ཐག་སྒྱུར་དུ་ལྷུ་ལག་ཚང་མ་ཁུག་མའི་ནང་དུ་སྦས་ཏེ། ཁོ་ཚོའི་རྗེས་སུ་འབྲངས་ནས་དགའ་ལྷང་ལྷང་གིས་མི་གཞན་པ་དག་ལ་ལྟད་མོར་བལྟ་རུ་ཕྱིན་པ་ཡིན།

1974ལོར་མཐོ་འབྲིང་མཐར་ཕྱིན་ལ་ཉེ་སྐབས། ངའི་ལག་ཏུ་སུའུ་ལེན་ཁྲར་ཅི་རྟགས4ཅན་གྱི་པར་ཆས་ཤིག་སོན། དེ་ནི་ཨ་མས་གྲོགས་པོ་བརྒྱུད་དེ་ཧྲང་ཧའེ་ཚོང་ཟོང་ཧྲིང་པ་འཚོང་ས་ནས་ཉོས་ཤིང་། རིན་གོང་སྒོར204ཡིན་ལ། སྐབས་དེར་ཅུང་བཟང་བའི་པར་ཆས་རིགས་ཡིན། དེའི་ཤེལ་མགོ་ནིF2ཡིན་ལ་གོ་ཐོས་ལྟར་ན་འཇར་མན་གྱི་ལའི་ཁའི་པར་ཆས་ག་གེ་མོའི་བཟོ་དབྱིབས་དང་མཚུངས་ཟེར། ངའི་ཕ་སྤུན་ཕུ་བོས་བཤད་པ་ལྟར་ན། པར་ཆས་དེ་ནི་དུས་རབས20པའི་ལོ་རབས50པར། ཕལ་ཆེར་རྫེར་སོན་གྱི་ཐོན་རྫས་ཡིན་པ་སྟེ། དེའི་ལག་རྩལ་གཙོ་བོ་དང་མ་བཅོས་རྒྱུ་ཆ་ཚང་མ་འཇར་མན་གཡུལ་ལས་ཕམ་རྗེས་ཀྱི་གསབ་དངུལ་སྤྲོད་དེ་བཟོས་པའི་རྐྱེན་གྱིས་ཡིན་ཟེར།

ད་ལྟ་བལྟས་ན་དེ་ནི་ཅི་ཡང་མིན་མོད། འོན་ཀྱང་སྐབས་དེར་མཚོན་ན་མཐའ་འཁོར་གྱི་མི་སུ་ལ་ཡང་དེ་ལས་ཚད་རིམ་མཐོ་བའི་རྫེ་སྤྱད་ཅིག་མེད་པ་འདྲ། སྐབས་དེར་རྒྱུན་དུ་མཐོང་བ་ནི་ཤེལ་མགོ་གཉིས་ཅན་གྱི་འོད་ལྡོག་འཕྲུལ་ཆས་ཏེ། 120ཅན་གྱི་ཤེལ་མགོ3.5ལས་མེད་ཅིང་། པར12མ་གཏོགས་ལེན་མི་ཐུབ། ངའི135ཅན་གྱི་འཕྲུལ་ཆས་ནི་དེ་དང་མི་འདྲ་བར་ཐེངས་རེར་པར36བླངས་ཆོག་པར་མ་ཟད། ཤེལ་མགོ་ཆེ་བའི་རྐྱེན་གྱིས་

བརྙན་གྲུབ་ཕན་འབྲས་ཤིན་ཏུ་ལེགས། ངའི་ཕ་སྤུན་ཕུ་བོ་པར་ལེན་རྒྱུར་ཤིན་ཏུ་དགའ་ལ། ནང་སློས་སུ་མི་པར་ལེན་པར་ཤིན་ཏུ་མཁས། ཁོ་ནི་ངའི་དགེ་རྒན་ཡིན། ངས་ཁོའི་དྲུང་ནས་ཆེས་གཞི་རྩར་གྱུར་པའི་བརྙན་ལེན་དང་པར་འདེབས་ཀྱི་ལག་རྩལ་སྦྱངས་པ་ཡིན།

ཁྱིམ་ཚང་གི་བཟའ་མི་དང་ཉེ་འཁོར་གྱི་མི་དག་ངས་ལེན་བྱའི་གཟུགས་དཔེ་རུ་གྱུར་ཡོད། པར་ལེགས་པོ་ཞིག་དོན་ངོ་མར་ལེན་ཐུབ་མེད་ནའང་། སྐབས་ཤིག་ལ་ངའི་རྣ་ལམ་དུ་རྒྱུན་པར་ངའི་བརྩམས་ཆོས་ལ་བསྟོད་བསྔགས་བྱེད་པ་ཐོས་འོངས། སྔོ་བོར་བསྟོད་ཚིག་གཅིག་ཡོད་པ་དེ་ནི "འདྲ་པར་འདི་ཡག་པོ་འདུག ང་རང་གི་པར་ངེབ་ནང་དུ་འཛོག་རྒྱུ་ཡིན"ཟེར་བ་དེ་རེད། ངས་པར་ལེན་པའི་ཐད་དུས་ཚོད་མང་པོ་སྤྱད་སོང་། ནན་ཅིང་གི་ཁྲིམ་ལམ་གསར་བ་རུ་བརྙན་ལེན་པར་རིས་ཁང་ཞིག་ཡོད་པ་དེར། ཤོག་བུ་ཆེན་པོ་རྒྱ་མ་བྱས་ནས་བཙོང་བཞིན་ཡོད་པས། ངས་དེ་ཉོས་ཡོང་ནས་པར་ཇེ་ཆེར་བཏང་བ་ན། མ་གནས་བསྔོས་བཅས་ཀྱིས་གོང་སླ་མོ་ཡིན།

ང་རང་གིས་ཆེར་གཏོང་འཕྲུལ་ཆས་དང་འོན་འདོན་འཕྲུལ་ཆས། འོད་འཕྲོའི་སློག་སྒྲོན་བཅས་བཟོས་པ་དང་། ཁྲུས་གཞོང་ནང་དུ་སྨན་ཆུ་སྟེབ་བཟོ་བྱས་ཏེ། མུན་ཁང་ནང་དུ་ཡིབ་ནས་ཞག་གང་བོར་ལས་ཀ་ལས། འདྲ་པར་ཅི་ཙམ་བླངས་པ་ཡིད་ལ་མི་འཆར། ད་ལྟ་བལྟས་ན་དེ་ནི་ཅི་ལ་ཡང་མི་བརྗེ་མེད། འོན་ཀྱང་སྐབས་དེའི་ལོ་ན་ཆུང་བའི་ང་ལ་མཚོན་ན། འཁྲུད་ཐེངས་རེར་འདྲ་པར་ཁྲུས་གཞོང་གང་རེ་བཀྲུས་ནས། འདྲ་པར་རིམ་བརྩེགས་མཐུག་པོ་ཕྱིར་ཐོན་ང་དེས་ཚང་མ་ཏ་ལས་སུ་འཇུག་པ་རེད།

ངས་པར་ལེན་པའི་སྙན་གྲགས་མྱུར་དུ་གང་སར་ཁྱབ་སྟེ་པར་ལེན་དུ་ཡོང་མཁན་རྒྱུན་མི་ཆད། ངས་ཚད་ཡོད་ཀྱི་དུས་ཚོད་དང་དངུལ་ཚང་མ་ཚད་མེད་པའི་པར་ལེན་གྱི་ཐད་དུ་བཀོལ་བ་ཡིན། དགོད་བྲོ་བ་ཞིག་ནི། དེ་དུས་འདྲ་པར་དེ་འདྲ་མང་པོ་བླངས་པར། ད་ལྟ་སྐབས་དེའི་རྗེས་ཤུལ་འཚོལ་དགོས་ན་ཤིན་ཏུ་ཁག་པོ་རེད། ཕ་མ་གཉིས་ཀྱི་པར་དེབ་ནང་དུ་དཔང་རྟགས་རེ་འགའ་ཡོད་པ་ལས་གཞན། འདྲ་པར་མང་ཆེ་བ་གར་སོང་ཆ་མེད་དུ་གྱུར་འདུག ངས་མི་གཞན་པ་པར་བླངས་ནས་བཀྲུས་རྗེས་ཇེ་ཆེར་བཏང་སྟེ་འདྲ་པར་དུ་གྲུབ་པ་ན། ཁོ་ཚོར་ཕྱིན་རྗེས་དོན་དག་དེ་མཇུག་བསྒྲིལ་བའི་རྐྱེན་གྱིས་རེད།

1976ལོའི་ཟླ9པའི་ཚེས9ཉིན། ནན་ཅིན་ཆེའུ་ཞིའུ་སྤྱི་གླིང་དུ་ངས་གློག་ལས་བཟོ་པ་ཞིག་གི་བུ་ཆུང་པར་ལེན་བཞིན་ཡོད། བུ་ཆུང་དེ་ནི་ལོ་གསུམ་བཞི་ཙམ་རེད། དུས་དེར་ཀུན་ཁྱབ་རླུང་འཕྲིན་ལས་གལ་ཆེའི་གསར་འགྱུར་བསྒྲགས་རྒྱུ་ཡིན་པས་ཚང་མས་བསྒྲུག་རོགས་ཞེས་བསྒྲགས་བྱུང་། ངས་པར་ལེན་ཞོར་དུ་སྒྲུག་ནས་བསྡད་ཅིང་། མཐར་སྤྱིན་ཤོག་གྲིལ་མ་གཅིག་པར་བླངས་ཚར་ནས་སྔོང་ར་ལས་ཕྱིར་ཐོན་པ་ན། མའོ་ཀྲུའུ་ཞི་མཆོག་སྐུ་གཤེགས་པའི་གནས་ཚུལ་ཐོས་བྱུང་།

ཁྲིམ་བརྒྱུད་ཤེས་ཡོན་གྱི་འབྱུང་ཁུངས།

ངའི་ཤེས་ཡོན་རྙིང་ང་ནི་ཡོན་ཚད་དེ་དངོས་གནས་དེ་ཙམ་ཡག་པོ་ཞིག་མིན། ཤེས་ཡོན་རྙིང་པ་ནི་གནའ་བོའི་སྒྱུ་རྩལ་ཞིག་ཡིན་པས། ང་ཚོ་དང་བར་ཐག་ཇེ་རིང་ནས་ཇེ་རིང་དུ་འགྲོ་བཞིན་ཡོད། ངས་ད་ལྟ་སྒྲུང་གཏམ་འབྲི་བར་བརྟེན་ནས་འཚོ་བ་སྐྱེལ་གྱིན་ཡོད་ལ། དེ་ནི་དཀའ་ལས་ཆེན་པོས་དྲ་མིག་ནང་དུ་ཡི་གེ་བྲིས་པར། མི་ཁ་ཤས་ཀྱིས་ལྟ་འདོད་ཡོད་པ་དང་། ཁ་ཤས་ཀྱིས་དཔྱད་གཏམ་ཤྲན་བུ་རེ་འབྲི་འདོད་ཡོད་པ་དེ་ཙམ་ཡིན། དཔྱད་གཏམ་མི་ཉུང་བ་ཞིག་གི་ནང་དུ་ངའི་ཁྲིམ་བརྒྱུད་ཤེས་ཡོན་གྱི་འབྱུང་ཁུངས་སྐོར་གླེང་ཡོད་ལ། དཔྱད་བརྗོད་པ་ཞིག་གིས་ཐ་ན་ངའི་འཛོན་ནུས་དེ་སྲོལ་རྒྱུན་གྱི་གྲིབ་ནག་ནང་དུ་ནུབ་རྒྱུ་རེད་ཅེས་ཚིག་ཐག་བཅད་འདུག

གལ་སྲིད་དངོས་གནས་དེ་འདྲ་ཡིན་པའི་དབང་དུ་བཏང་ནའང་སྐལ་བ་བཟང་པོ་རེད། དོན་དངོས་སུ། ཤེས་ཡོན་རྙིང་པའི་རིགས་དེ་ཆེང་རྒྱལ་རབས་ཀྱི་དུས་མཇུག་ཏུ་ཡང་རྩེར་སོན་ཞིང་། དེའི་རྗེས་ནས་མི་རབས་ནས་མི་རབས་བར་ཉམས་ཏེ་ཇེ་ཞན་ནས་ཇེ་ཞན་དུ་འགྲོ་བཞིན་ཡོད། འདི་ནི་ལོ་རྒྱུས་འཕེལ་རྒྱས་ཀྱི་འཕེལ་ཕྱོགས་ཆེན་པོ་ཞིག་ཡིན་པས་སུས་ཀྱང་བསྒྱུར་མི་ཐུབ། ད་ལྟའི་མི་རྣམས་ལ་མཚོན་ན། ངའི་སྤྱོ་བོ་ཅི་ཤེས་ཡོན་རྙིང་པའི་མཁས་པ་ཞིག་ཏུ་བརྩིས་ཚོག་སྟེ། ཤེས་ཡོན་རྙིང་པ་སྤྲེལ་ནས་རྩེར་སོན་གྱི་

ཚན་ཙ་གྲུབ་མཐའ་བྱུང་ཡོད་ནའང་། ཕ་མེས་ཀྱི་བླ་བརྩོང་མཁན་ཞིག་ཡིན། ཁོང་ནི“ལྔ་བཞིའི”དུས་རབས་ཤིག་གི་སྐད་གྲགས་ཡོད་པའི་མི་སྣ་ཞིག་ཡིན་པའི་ཆ་ནས། ངའི་སྤྱི་བོས་ཆེ་གང་བོར་རིག་གནས་གསར་པ་ཙུད་སྒྲིག་བྱས། ཁོང་ལ་གནའ་རྩོམ་གྱི་ཡོན་ཚད་མཐོན་པོ་ཡོད་ཅིང་གནའ་བོའི་སྐད་ཆོག་ཡག་པོ་འབྲི་ཤེས། ཡིན་ནའང་ཁོང་གིས་ང་ཚོ་ཕྱི་རབས་པ་ཚོར་ཤེས་བྱ་སྙིང་པར་འབད་པ་ཆེན་པོ་གཏན་ནས་བྱེད་དུ་མི་འཇུག

ང་ལ་སྤྱི་བོས་རིག་གཞུང་སྙིང་པ་སྣ་གཅིག་ཁྲིད་པ་དེ་ནི་ཆ་ཡིག་བསྒྲིག་རྒྱུ་དེ་ཡིན། དེ་ནི “རིག་གསར”སྐབས་ང་དམའ་འབྲིང་ཡིན་དུས། ཐེངས་ཤིག་སྤྱི་བོས་ངས་ཞིན་ཆེ་ཅེའི་སྐད་ཆོག་བློར་ཤར་མར་འདོན་ཐུབ་པ་མཐོང་ནས། ཤིན་ཏུ་ཡ་མཚན་ཏེ་ང་ལ་བསྟོད་བསྔགས་ཆེན་པོ་བྱས། དེས་ང་ལ་སྐུལ་མ་ཐོབ་སྟེ་སྤྲོ་སྣང་སྐྱེས་ཤིང་། ལག་ཏུ་ཡོད་པའི་སྐུ་ཞབས་ཞ་ཁྲིང་ཐའོ་ཡིས་རྩོམ་སྒྲིག་བྱས་པའི《ཐང་སུང་གི་སྐད་ཆོག་གཅེས་བསྡུས》ཡོངས་རྫོགས་བློར་འཛིན་རྒྱུའི་སེམས་ཐག་བཅད། དུས་སྐབས་དེ་ནི་དཔེ་ཀློག་ལ་ཕན་ཐོགས་མེད་པར་འདོད་པའི་དུས་རབས་ཤིག་ཡིན་པས། སློབ་ཁྲིད་ལ་མ་ཞུགས་པ་དང་དཔེ་ཀློག་མ་བྱས་ན་ཡང་སྐྱོན་མེད།

ངའི་སྤྱི་བོ་ནམ་རྒྱུན་ཁོམ་ཡོད། ཁོང་གིས་ང་ལ་སྐད་ཆོག་སྙིང་པར་དེ་འདྲའི་སྤྲོ་སྣང་ཡོད་པ་མཐོང་ནས། གདངས་སྙོམས་པ་དང་གདངས་རིང་བ་ནས་མགོ་བརྩམས་ཏེ་སློབ་ཏུ་བཙུག ཁྲིད་ཐབས་ནི་སྔོན་ཆད་ཀྱི་སྒེར་བཙུགས་སློབ་གྲྭའི་དགེ་རྒན་གྱིས་སློབ་ཁྲིད་བྱེད་སྟངས་དང་ཙུང་འདྲ་བ་སྟེ། སྤྱི་བོས་ཡི་གེ་གཅིག་བཏོན་ན་ངས་ཀྱང་ཡི་གེ་གཅིག་བཏོན་པ་ཡིན། དཔེར་ན་སྤྲིན་དང་ཆར། ཁ་བ་དང་རླུང་། མཚམས་སྤྲིན་དང་གཡའ་དག་པའི་ནམ

ཕྲིན་དང་ཆར། ཁ་བ་དང་རླུང་། མཚམས་ཕྲིན་དང་གཡའ་དག་པའི་ནམ་མཁའ། ལྷང་སྔོང་ལྷོང་། ཁམ་བུའི་མེ་ཏོག་དམར་ལྷ་བུའོ། །གཅིག་གིས་བརྟོན་ན་གཅིག་གིས་ལན་བཏབ་ནས་རྩེད་མོ་རྩེས་པ་དང་འདྲ། པེ་ཅིན་དུ་ང་རྟག་པར་སྤྲོ་བོ་དང་མཉམ་དུ་ཁྲུས་བྱེད་པར་སོང་། སྤྲོ་བོ་ཁྲུས་རྫིང་ནང་དུ་སྦྲངས་ཞོར་ལ་མཚམས་རེར་སྐབས་ཐོག་ཏུ་དྲི་བ་འདོན་པ་དང་། ངས་ཕོའི་རྒྱབ་ཕྱི་ཞོར་དུ་བསམ་གཞིག་གང་མང་བཏང་ནས་ཕོང་ལ་ལན་བཏབ།

མཁའ། ལྷང་སྟོང་ལྡིང་། ཁམ་བུའི་མེ་ཏོག་དམར་ལྟ་བུའོ། །གཅིག་གིས་བཏོན་ན་གཅིག་གིས་ལན་བཏབ་ནས་རྩེད་མོ་རྩེས་པ་དང་འདྲ། པེ་ཅིན་དུ་ང་རྟག་པར་སྤྲོ་པོ་དང་མཉམ་དུ་ཁྲུས་བྱེད་པར་སོང་། སྤྲོ་པོ་ཁྲུས་རྫིང་ནང་དུ་སྤྲངས་ཞོར་ལ་མཚམས་རེར་སྐབས་ཐོག་ཏུ་དྲི་བ་འདོན་པ་དང་། ངས་ཁོའི་རྒྱབ་ཕྱི་ཞོར་དུ་བསམ་གཞིག་གང་མང་བཏང་ནས་ཁོང་ལ་ལན་བཏབ། ཕྱི་ལ་འཆམ་འཆམ་དུ་འགྲོ་དུས་ཡང་དེ་འདྲ་ཡིན་ཏེ། རྟག་པར་མི་ཉུང་སར་སོང་ནས་ཅི་ཞིག་མཐོང་ན་དེ་བཤད་དུ་འཇུག་པ་དང་། ཡིག་འབྲུ་གཅིག་ནས་གཉིས་དང་། རིམ་གྱིས་ཡིག་འབྲུ་ལྔ་ནས་བདུན་བར་ཇི་མང་དུ་བཏང་། ངས་ལན་ཐོགས་པ་མེད་པ་ཞིག་གཏན་ནས་བཏབ་རྫོང་མེད་ལ། ཡིག་འབྲུ་ཇི་ལྟར་མང་ན་དེ་ལྟར་དཀའ། ཡིན་ནའང་གང་ལྟར་ལན་ཆ་ལེ་ཚེ་ལེ་ཞིག་འདེབས་ཐུབ་ཅིང་། སྤྲོ་པོས་འདིའི་ཕྱོགས་ནས་ང་ལ་ཤིན་ཏུ་གུ་ཡངས་བྱེད་པ་སྟེ། ནམ་རྒྱུན་“བཟང་གི འཇུག་སྒྲོར་འཇོལ་ཐུབ་སོང་”ཞེས་བསྟོད་བསྔགས་བྱེད་པ་རེད།

ཡིད་ཕངས་པ་ཞིག་ལ་ང་ནི་གནའ་བོའི་སྙན་ཚིག་གི་སྒོ་ཁར་འཁྱིང་ནས་ནང་དུ་ལག་སྟོབ་བྱས་པ་ཙམ་ཡིན། གང་ལྟར་དེ་ནི་གནའ་བོའི་སྙན་ཚིག་མི་དར་བའི་དུས་རབས་ཤིག་རེད། ནར་སོན་པ་དང་བསྟུན་ནས་ཕྱི་རྒྱལ་གྱི་སྒྲུང་གཏམ་ནི་ང་ལ་དེ་བས་འགུག་ཤུགས་ཡོད་པར་གྱུར། ངས་སྐྱོན་པ་ལྟར་དུས་རབས19པའི་ཡོ་རོབ་གླིང་གི་སྒྲུང་གཏམ་བསྒྲགས་མགོ་ཚུགས་ཤིང་། གྲངས་ཚད་ཤིན་ཏུ་མང་ལ་སྒྱུར་ཚད་ཀྱང་ཤིན་ཏུ་མགྱོགས་པས་སྤྲོ་པོ་ཡང་ཡ་མཚན་པར་གྱུར། སྐབས་དེར་ནང་ཁུལ་དུ་འགྲེམ་སྤེལ་བྱས་པའི་སན་ཏའོ་ཡིའུ་ཅི་ཧྲུའི《ཐོན་ཁུངས་འཛོམས་པའི་རྒྱ་མཚོ》ཞེས་པའི་དེབ་མཐུག་

པོ་བཞིར་ལྷ་སྐབས། སྤྱོ་བོས་དེབ་དང་པོར་བལྟས་མ་ཚར་གོང་། ངས་སྦྲུབས་མཐོང་ཁབ་འཛུགས་ཀྱི་དཔེ་ལྟར་ཚང་མར་བལྟས་ཚར་བ་མ་ཟད། ད་དུང་ཁེངས་རྫོམ་གྱིས་ཚང་མར་གཏམ་རྒྱུད་བཤད་པ་ཡིན།

སྤྱོ་བོས་ངས་དཔེ་ཆར་བལྟས་པ་ཤིན་ཏུ་མགྱོགས་ཤིང་ནན་མོ་མིན་པ་མཐོང་ནས། དཔེ་ཆ་གཉིས་བཙལ་ཡོང་སྟེ་ང་ལ་ཞིབ་མོར་བཀླག་ཏུ་བཅུག དེ་ནི་ཐོར་སི་ཐེའི《དམག་འཁྲུག་དང་ཞི་བདེ》དང་། པལ་ཙག་གི《ཀའོ་བགྲེས་པོ》ཞེས་པའི་དེབ་དེ་གཉིས་ཡིན།

རྣམ་པ་རྙིང་པའི་བརྩེ་དུང་།

ལོ་ངོ་ཉི་ཤུ་ལྷག་གི་ཡར་སྔོན་དུ། སྤྱི་ལོ་སྐྱ་འབྲུངས་ནས་ལོ་འཁོར་བརྒྱ་ལོན་པའི་རྗེས་དྲན་གྱི་སྐབས་སུ། ངས་འདང་དཔོག་དཀའ་བ་ཞིག་ནི། མི་རྣམས་རྟག་པར་ཧྲིལ་གྲངས་ལ་ཤིན་ཏུ་སྤྲོ་སྣང་ཡོད་པ་དེ་རེད། ཅི་ཡིན་ཆ་མི་འཚལ་བར་གོམས་གཤིས་སུ་གྱུར་པ་ཡིན་ཤས་ཆེ། སྤྱི་ལོ་སྐྱ་བཞུགས་དུས་འབྲུངས་སྐར་ལ་ཤིན་ཏུ་དོ་སྣང་བྱེད་པ་ཡིན། ནང་སྒོས་སུ"རིག་གནས་གསར་བརྗེ་ཆེན་པོའི"མཇུག་ཏུ། བཟའ་ཚང་ཆེ་ཆུང་གང་བོས་དུས་ཆེན་ལ་རེ་བ་བྱེད་པ་ཇི་བཞིན་དུ་སྤྱི་པོའི་འབྲུངས་སྐར་ལ་རེ་བ་བྱེད་ཅིང་། ཧྲིལ་གྲངས་ཡིན་མིན་ལ་མི་ལྟ་ལ། ལུགས་རྙིང་དང་ལུགས་གསར་གང་ཡིན་ལ་ཡང་མི་ལྟ། འབྲུངས་སྐར་སླེབས་ལ་ཉེ་དུས་ཚང་མས་མཇུབ་མོ་ནང་དུ་གུག་ནས་ཉིན་ཅི་ཙམ་ཡོད་པ་ང་རྩི་བཞིན་འདུག

སྐབས་འགར་སྤྱི་པོའི་འབྲུངས་སྐར་ལ་རྟེན་འབྲེལ་ཞུ་བ་དེ་ལུགས་གསར་གྱི་ཉིན་མོ་ཡིན་པ་དང་སྣབས་འགར་ལུགས་རྙིང་ཡིན། གཙོ་བོ་ཚང་མ་སྟབས་བདེ་ཡིན་པ་དང་། རབ་ཡིན་ན་ངལ་གསོའི་ཉིན་མོ་ཞིག་འདེམ་པ་སྟེ། གང་ལྟར་ཉིན་བཟང་ཞིག་བདམས་རྒྱུ་དེའོ། ། སྤྱི་པོ་འབྲུངས་སྐར་རོལ་རྒྱུར་ཤིན་ཏུ་དགའ་ལ་དགའ་དགའ་སྐྱིད་སྐྱིད་ཡོང་བར་དེ་བས་ཀྱང་དགའ། ལོ་ཞིག་ལ། ལུགས་གསར་དང་ལུགས་རྙིང་གཉིས་ཀ་འབྲུངས་སྐར་རོལ་བར་

འཚམ་པས། སྤྱི་བོ་ནི་བྱིས་པ་ཞིག་དང་འདྲ་བར། འཁྲུངས་སྐར་གཉིས་རོལ་རྒྱུ་ཡིན་ཞེས་ཁྱབ་བསྒྲགས་བྱས།

འདང་ཞིག་བརྒྱབ་ཚེ་དེར་ཡང་ཁག་མེད་དེ། རྒན་པ་ཁོང་འཁྲུངས་སྐར་རོལ་བར་དགའ་བ་དེ་ནི་ནམ་རྒྱུན་ཤིན་ཏུ་ཁེར་རྐྱང་ཡིན་པའི་རྐྱེན་གྱིས་རེད། རྒན་པ་ཚོ་ནི་ནམ་ཡང་ཁེར་རྐྱང་ཡིན་ལ། ནང་སྐོར་སུ་ལོ་ན་ཤིན་ཏུ་བགྲེས་པའི་རྒན་པ་དག་ནི་དེ་བས་ཀྱང་ངོ་།། རང་དང་དུས་རབས་གཅིག་པའི་མི་དག་གཅིག་རྗེས་གཉིས་མཐུད་ཀྱིས་ཚེ་ལས་འདས་པ་ན། ཚེ་ཐག་ཇེ་ལྟར་རིང་ན་དེ་ལྟར་ཁེར་རྐྱང་གི་སྐྱོ་སྣང་སྐྱོང་དགོས་པ་རེད། ཕྱི་རབས་པ་ཚོ་རེ་རེ་བཞིན་རང་མགོ་ཐོན་ཏེ་རང་ཉིད་ལ་ཁྱིམ་ཚང་ཚུང་ཚུང་ཡོད་པར་གྱུར་ནས། ལ་ལ་གྲོང་གསེབ་ཏུ་སོང་བ་དང་ལ་ལ་གྲོང་ཁྱེར་གཞན་པར་སོང་བ་བཅས་ཀྱི་དབང་གིས། རྒན་པའི་འཁྲུངས་སྐར་ལ་རོལ་བར་ཁ་གཡར་ཏེ་ད་གཟོད་ཚང་མ་བདེན་ཡོད་ཞུམ་མེད་ཀྱིས་རྫིག་མདོག་ཆེན་པོའི་ངང་ནས་ལྷན་དུ་འཛོམས་ཀྱིན་ཡོད།

རྒན་པའི་ཁེར་རྐྱང་གི་ཚོར་བ་དེར་ང་ཚོས་ནམ་ཡང་སྣང་མེད་བྱེད་པ་རེད། ངའི་ཚ་མོས་སློབ་ཆུང་གི་སྐབས་སུ་བཅིངས་འགྲོལ་དམག་ལ་འཚམས་འདྲིའི་ཡི་གེ་ཞིག་འབྲི་དགོས་ཤིང་། པེར་སྨྱུག་གིས་འབྲི་ཤེས་མཁན་གཅིག་ཀྱང་མེད་པས། ངས་མ་བསྐུལ་དང་ལེན་གྱིས་ཁྱེར་ཡོང་སྟེ་སྤྱི་བོར་བཤུ་འབྲི་བྱེད་དུ་བཅུག ཕལ་ཆེར་ཉིན་དེར་ཨ་ཕ་ལ་ཡང་ནང་ཁུལ་གྱི་དཔྱད་གཞིའི་ཡིག་ཆ་དགོས་པ་དང་། སྨྱུར་དུ་ལག་ལ་ཐོབ་དགའ་བའི་མར་ལེའི་གསུང་རྩོམ་མཁོ་བས། སྤྱི་བོར་དོན་དེ་བཤད་པ་ན་ཁོང་གིས་མ་འཕྱུགས་མ་ནོར་བར་བཤུས་ནས་བསྐུར་ཡོང་བ་རེད། སྐབས་ཤིག་ལ། སྤྱི་བོའི“讨”ཡིག

རྗེས་དྲན་དུ་འཇོག་མཁན་རིམ་གྱིས་ཇེ་མང་ནས་ཇེ་མང་ཡིན་ཞིང་། ཁོང་ནམ་རྒྱུན་ཁོམ་ཡོད་པས་ཙོ་སོར་ཐང་རྒྱལ་རབས་ཀྱི་སྙན་ངག་དང་སུང་རྒྱལ་རབས་ཀྱི་སྙན་ཚིག མའོ་ཀྲུའུ་ཞིའི་བཀའ་གསུང་བཅས་སུན་སྣང་སྐྱེས་རག་བར་དུ་བྲིས་ཏེ་བསྐུར་བ་དང་། སུན་སྣང་སྐྱེས་དུས་ཁོང་རྣམས་ཟིན་ལ་འབྲི་ཡང་མི་ཐུབ་པ་རེད།

ང་ཆུང་དུས་སུ་སྤྱི་བོར་འགྲོགས་ནས་ལྷངས་འཁོར་འབབ་ཚོགས་བཞི་ཡོད་སའི་ཨ་ཁྲུ་ཡང་པོ་ཞང་ཚང་ལ་སོང་བ་དྲན་གྱིན་འདུག ཁོང་ནི་སྤྱི་བོ་ལས་ཀྱང་རྒན་པ་ཡིན། ཧོང་གཉིས་ནི་སློབ་ཆུང་གི་དུས་ནས་བཟུང་གྲོགས་པོ་བཟང་པོ་ཡིན་ཞིང་། ཕན་ཚུན་རོགས་རེས་དང་དཀའ་སྡུག་མཉམ་སྤྱོད་བྱས་ནས་ཡོང་བ་ཡིན་ལ། ལོ་ངོ་བཅུ་ལྷག་གི་མཛའ་བརྩེ་ཟབ་མོ་ཡོད། སྤྱི་བོ་གཟའ་འཁོར་རེར་སྤྱི་སྤྱོད་ལྷངས་འཁོར་ལ་བསྡད་ནས་ཁོང་ལ་བལྟ་རུ་འགྲོ་ཞིང་། ཡི་གེ་ཆེ་བའི《དཔྱད་གཞིའི་གསར་འགྱུར》མངག་ཉོ་བྱེད་པ་རེད། ཨ་ཁྲུ་ཡང་པོ་ཞང་ནི་སྐད་གྲགས་ཆེ་བའི་ལོ་རྒྱུས་མཁས་ཅན་དང་རིམ་པ་དང་པོའི་ཞིབ་འཇུག་པ་ཡིན་རུང་སྔོན་མངག་བྱེད་པའི་ཐོབ་ཐང་མེད་པར་བརྟེན། སྤྱི་བོས་རང་ཉིད་ཀྱིས་མངག་ཉོ་བྱས་པའི་ཚགས་པར་ཁོང་ལ་བལྟ་རུ་འཇུག་པ་རེད། ཁོང་གཉིས་ཐུག་འཕྲད་བྱེད་ཐེངས་རེར་ཏ་ལམ་ཆུ་ཚོད་གཉིས་རེ་ཙམ་འགོར་གྱིན་ཡོད་ཅིང་། ཕྱོགས་གཅིག་གིས་གཟབ་ནན་ཆེན་པོས་ཚགས་པར་ཕྱིར་སྤྲོད་པ་དང་། ཅིག་ཤོས་ཀྱིས་གུས་གུས་ཞུམ་ཞུམ་ངང་ཚགས་པར་གསར་པ་སྤྲོད་རྗེས་ཇ་འཐུང་ནས་ཁ་བརྡ་བྱེད་ཅིང་། བརྗོད་བྱ་གཙོ་བོར་ངེས་པ་མེད།

ཁ་བརྡ་ཅི་ཞིག་བྱེད་པ་དེ་གཏན་ནས་གལ་ཆེན་མིན། སྐབས་འགར་ཁ

བརྡ་བྱེད་པ་དེ་ཡང་ཁེར་རྐྱང་དུ་སྡང་སྟེ། རྒན་པ་དག་ཁེར་རྐྱང་ལ་ཤིན་ཏུ་སྐྲག་ཅིང་། དུས་མཚུངས་སུ་ཁེར་རྐྱང་གི་འཚོ་བ་ལོངས་སུ་སྤྱོད་ཀྱིན་ཡོད། དོན་གོ་བའི་རྒན་པ་ནི་ནམ་ཡང་མཁས་པ་ཡིན། ངས་རང་ཉིད་ལ་རྒན་པ་དེ་དག་གི་ཁེར་རྐྱང་ཁྲོད་ནས་ཤེས་བྱ་མང་པོ་ཐོབ་པ་ཁས་མི་ལེན་ཀ་མེད་རེད། ངས་རྒན་པའི་ཕྱོགས་ཁག་གི་མིའི་ཁ་བརྡའི་ཁྲོད་ནས་རྣམ་པ་རྙིང་པའི་བརྗེ་དུང་མང་པོ་ཞིག་རྟོགས་སོང་། རྣམ་པ་རྙིང་པའི་བརྗེ་དུང་དེ་ནི་མིའི་རིགས་ཀྱི་ཉིང་བཅུད་ཡིན་ལ། དེ་དངོས་གནས་ཡལ་ཚར་དུས་ང་ཚོས་ད་གཟོད་ཤིན་ཏུ་དཀོན་པོ་ཡིན་པ་ཚོར་ཐུབ། རྒན་པའི་ཕྱོགས་ཁག་གི་མིས་མཐོང་ཆེན་བྱེད་པའི་རྣམ་པ་རྙིང་པའི་བརྗེ་དུང་དེ་རིགས་ནི་ད་ལྟ་མཐོང་རྒྱུ་མི་འདུག ཡུལ་དུས་ཀྱི་འགྱུར་བ་དང་བསྟུན་ནས་འཚོ་བའི་གོམ་སྟབས་གློ་བུར་དུ་ཧེ་མགྱོགས་སུ་ཕྱིན་ཡོད་པས། ཁེར་རྐྱང་ནི་ཀྲུས་སྦྲིས་སུ་གྱུར་ཡོད་ལ། འཁྲུག་ཆ་དོད་པར་དེ་ལས་ལྡོག་སྟེ་མི་རྣམས་སུན་གྱིན་འདུག

རྒན་པ་ཚོ་བདེ་མོ་འཛོག་རྒྱུར་ཤིན་ཏུ་སྐྲག ལེ་དབར་སྟོང་གི་སར་སྐྱེལ་མ་བྱས་རུང་མཐར་ཁ་གྱེས་དགོས་པ་རེད། སྤོ་བོ་ཆེ་མཇུག་ཏུ་སླེབས་དུས་ཁོང་དང་ཁ་གྱེས་ཐེངས་རེར་སྐྱོ་སྣང་ཆེན་པོ་སྐྱེས་ཀྱིན་ཡོད། དུས་དེར་ཚང་མས་ཁ་མི་གྲག་པར་དཔེ་ཁང་ནང་དུ་ཡུན་རིང་འདུག་ཅིང་། ཁོང་ཅིག་ཅིའི་མདུན་དུ་བསྡད་ནས་ཉིན་ཐོ་འབྲི་བ་དང་། ང་གམ་དུ་ལངས་ནས་ཚགས་པར་ཡོད་ན། ལག་ཏུ་གཅིག་བླངས་ནས་གང་འདོད་དུ་བལྟས་པ་ཡིན། སྐབས་དེར་ཁ་བརྡ་བྱེད་ན་ཡང་གྱེས་བྲལ་དང་འབྲེལ་བ་མེད་པའི་བརྗོད་གཞི་གླེང་བ་སྟེ། ཅི་བསམ་གང་འདོད་དུ་གླེང་བའོ། ། སྤོ་བོ་ནམ་རྒྱུན་ང་དང་ཁ་བརྡ་བྱེད་རྒྱུར་ཤིན་ཏུ་དགའ། ཁོང་གིས་རྟག་པར་ང་ལ་བསྟོད་

བསྡུགས་བྱེད་པ་སྟེ། ལོ་ན་ཆུང་ཡང་དོན་དག་མང་ངོ་ཤེས་ལ། རང་དང་ན་མཉམ་ཚོ་ལས་རིང་དུ་བཅལ་འདུག་ཟེར།

ཁོང་གིས་རྟག་པར་ང་ལ་སྐད་ཆ་མང་པོ་ཤོད་ཅེས་སྐུལ་མ་བྱེད་པ་དྲན་གྱིན་འདུག ཅི་ཞིག་བཤད་པ་དེ་གཙོ་བོ་མིན་པར། མི་ལ་སྤྲོ་སྣང་ཡོད་པ་ཡིན་ན། སྐད་ཆ་ཅི་ཞིག་བཤད་ན་ཡང་སྤྲོ་སྣང་ཡོད་པ་ཡིན་ཟེར། ང་ནི་གོ་མེད་ཚོར་མེད་ཀྱི་དམའ་འབྲིང་གི་སློབ་མ་ཞིག་ཡིན་ངའི་དུས་ནས། རྒན་པ་ཚོ་དང་ཁ་བརྡ་བྱེད་མཁས་པ་ཡིན། ངས་སྤྱི་བོ་ལབ་ས་ཅི་ཞིག་ཉན་པར་དགའ་བ་མི་ཤེས་ལ། གནད་དོན་དེར་འདང་ཡང་བརྒྱབ་མ་མྱོང་། ངས་སྔོན་ཆད་དངོས་གནས་རང་གིས་དོན་དག་མང་པོ་ཞིག་ཤེས་པར་སྙམ་ཞིང་། རྒྱུད་ན་ཡང་ཤེས་ཡོན་ཆེན་པོ་ཡོད་པར་འདོད། ཕྱིས་སུ་གཟོད་དེ་ནི་རྒན་པའི་ཁེར་རྐྱང་གི་རྐྱེན་གྱིས་ཡིན་པ་ཤེས་སོང་།

རྟ་དཀར་གཙང་པོའི་འགྲམ་དུ་ལྷུགས་རྟར་ཞོན་རྒྱུ་སྦྱངས་པ།

ང་ལྟའི་དུས་འདིར་འཁོར་ལོ་བཞི་ཅན་གྱི་སྣེར་གྱི་རླངས་འཁོར་ཡོད་པ་དེ་ནི་རྒྱུན་ལྡན་ཞིག་ཡིན། འོན་ཀྱང་ང་སློབ་འབྲིང་དུ་འགྲོ་དུས། སློབ་གྲོགས་ཞིག་གི་ཁྱིམ་དུ་ལྷུགས་རྟ་ཞིག་ཡོད་པ་དེ་ཁོ་ལ་དབང་བ་དང་། ཁོ་གཅིག་པུར་དབང་བའི་རྐྱེན་གྱིས་ཐལ་ཆེར་སློབ་གྲྭ་ཡོངས་ཀྱིས་དེར་ཕྲག་དོག་བྱེད་ཀྱིན་ཡོད།

དེ་ནི་ཅུང་གསར་བའི་ལྷུགས་རྟ་ཞིག་ཡིན་པས། སློབ་གྲོགས་མང་པོ་ཞིག་གིས་ཁོར་ངོ་དགའ་བྱེད་ཅིང་། ངའི་སློབ་གྲོགས་མི་ཉུང་བ་ཞིག་གིས་ལྷུགས་རྟ་དེར་བརྟེན་ནས་ལྷུགས་རྟར་བཞོན་ཤེས་པར་གྱུར། སློབ་གྲོགས་ཚོ་གྲལ་བསྒྲིགས་ནས་རྩལ་སྦྱོང་ར་བའི་ནང་དུ་རང་ཉིད་ཀྱི་གོ་སྐབས་ལ་བསྒུག་ཡོད་པ་དྲན་གྱིན་འདུག ཐག་རིང་དུ་སློབ་གྲོགས་བུ་མོ་ཚོས་བལྟས་ཡོད་པས། ལྷུགས་རྟར་བཞོན་པའི་སློབ་གྲོགས་བུ་དེས་བྲང་ཁ་ལྡིར་ཞིང་མགོ་བོ་བཏེགས་ཏེ་ཚུགས་ཀ་བཏོད་པ་དང་། བསམ་གཟས་ནས་སློབ་གྲོགས་བུ་མོ་

ཚོའི་ཕྱོགས་སུ་མི་བལྟ་བ་རེད།

ང་ནི་དཔལ་འབྱོར་གྱི་ཆ་རྐྱེན་ཅུང་ལེགས་པའི་ཁྱིམ་ཚང་ཞིག་ཏུ་སྐྱེས་ཤིང་། ཕ་མ་གཉིས་ཀྱིས་ངས་སློབ་འབྲིང་འདོན་སྐབས། ང་ལ་ལྕགས་རྟ་ཞིག་གཏན་ནས་ཉོ་བསམ་མེད། ངས་སློབ་ཆུང་དང་སློབ་འབྲིང་འདོན་པའི་ལོ་རབས་དེར། དབུལ་ཕོངས་ནི་གཟི་བརྗིད་ཅིག་ཡིན་པས། ཕོ་ཚོས་རང་ཉིད་ཀྱི་བྱིས་པར་མི་གཞན་ལས་སྤོན་ལ་སྐྱིད་རྒྱུག་ཏུ་མི་འཇུག་པར། དེ་ལས་ལྡོག་སྟེ། ཁྱིམ་ཚང་གཞན་པའི་བྱིས་པ་ཚོ་དང་ཁྱད་པར་མེད་པ་མཚོན་ཆེད། ཐ་ན་ང་ལ་གོང་དཀའ་མོའི་ལྭབ་ཡང་གོན་དུ་མི་འཇུག སློབ་གྲྭ་ཆེན་མོ་མཐར་ཕྱིན་རྗེས། ངས་ད་གཟོད་ཐེངས་དང་པོར་ཀོ་ལྷམ་གོན་པ་ཡིན། "རིག་གནས་གསར་བརྗེའི"ཆེས་ཐབས་རྡུགས་ཀྱི་ལོ་ངོ་དུ་མའི་ནང་མ་གཏོགས་ངེད་ཚང་ལ་ནམ་ཡང་ཁྱིམ་ལས་མཁན་ཡོད། མི་གཞན་པས་ཤེས་པར་དོགས་ནས། སློབ་གྲོགས་ཚོར་ཡང་ཤ་ཉེ་ཡིན་ཞེས་རྫུན་བཤད་པ་ཡིན། ཆུང་དུས་སུ། ངའི་སེམས་སུ་ཁྱིམ་ལས་མཁན་ཡོད་པ་དེ་ནི་ཤིན་ཏུ་མི་འགྲིག་པར་འདོད་པ་སྟེ། ཁྱིམ་ལས་མཁན་ནི་ང་ལ་རྩོལ་མི་དམངས་ཡིན་པས། ཁྱིམ་དུ་ཁྱིམ་ལས་མཁན་ཡོད་ན་འབྱོར་ལྡན་གྲལ་རིམ་ཡིན་པར་དོགས་པ་ཟ་བ་དེའོ། །

ང་ལ་ཐོབ་པའི་ན་གཞོན་སློབ་གསོ་ལས་ཆེས་གལ་ཆེ་བ་ཞིག་ནི་རྒྱུས་སྲོས་བྱས་མི་ཆོག་པ་དེ་ཡིན། རྒྱུས་སྲོས་མི་བྱེད་པ་ཞེས་པ་ཉེ་ད་ལྟའི་སྐད་ཆས་བཤད་ན་ཕྱུག་མདོག་མི་སྟོན་པ་དེའོ། །ཨ་ཕས་ང་ལ་ཐེངས་མང་པོར་རང་ཉིད་མི་གཞན་དང་མི་འདྲ་བ་ཡིན་གཏན་ནས་བསམ་མི་རུང་བ་དང་། མི་གཞན་ལ་མེད་པའི་དངོས་པོ་དེ་རང་ཉིད་ཀྱིས་སྤོན་ལ་སྤྱོད་མི་ཆོག་ཅེས

སློབ་སྟོན་གནང་སོང་། ཁོང་གིས་བདེ་སྐྱིད་ནི་འགྲན་སྡུར་ཞིག་ཡིན་པ་དེ་ཕལ་ཆེར་ཧ་གོ་མེད་པ་འདྲ། གནའ་མིའི་གཏམ་དཔེ་ལ། ཕྱུག་པོ་རང་ཡུལ་མི་ལོག་པ། མཚན་མོར་གོས་ཆེན་གོན་དང་མཚུངས། ཞེས་པ་ལྟར། རྒྱུས་སྒྲིས་ཆེ་ཡང་མི་གཤོམ་པ་དང་། ཕྱུག་པོ་ཡིན་ཡང་མི་ངོམས་པ་ཡིན་ན། གྲོང་ཚོ་འདི་བརྒྱུད་ཚར་རྗེས་ཚོང་ཁང་དེ་མེད་པ་ཇི་བཞིན་རེད། གལ་ཏེ་ངས་སློབ་འབྲིང་འདོན་སྐབས་ལྷུགས་རྟ་ཞིག་ཡོད་པ་ཡིན་ན། སློབ་གྲོགས་བུ་མོ་ཚོ་དགའ་ས་ང་ཡིན་ཤས་ཆེ། ད་ལྟའི་སློབ་འབྲིང་གི་སློབ་མ་ཕལ་ཆེ་བ་ལྷུགས་རྟར་བཞོན་གྱིན་ཡོད་པས། གལ་ཏེ་སྐབས་དེ་ལྟ་བུའི་ཕན་འབྲས་འཐོབ་དགོས་ན། ངེས་པར་དུ་རླངས་འཁོར་ཆུང་ངུ་ཞིག་དགོས་པ་དེ་རེད།

ངས་ལྷུགས་རྟར་བཞོན་རྒྱུ་དེ་ཀྲེ་ཙང་སློབ་ཆེན་གྱི་དཔེ་མཛོད་ཁང་གི་འགྲོ་ལམ་དུ་སྦྱངས་པ་ཡིན། སློབ་འབྲིང་འདོན་སྐབས་སྐྱེས་མའི་ལྷུགས་རྟ་ཞིག་ལ་ཞོན་ནས། འགྲོ་ལམ་རིང་མོའི་ནང་དུ་ཕར་ལོག་ཚུར་ལོག་བྱེད་ཞོར་ཚུ་ཚོད་གཉིས་མ་འགོར་བར་ཞོན་ཤེས་སོང་། སྐབས་དེར་སྤྲོ་སྣང་ཆེན་པོ་སྐྱེས་པ་དྲན་གྱིན་འདུག ཀྲེ་ཙང་སློབ་ཆེན་གྱི་སློབ་རའི་ནང་དུ་འཛེམ་བག་མེད་པར་ཕར་རྒྱུག་ཚུར་རྒྱུག་བྱས། ཉིན་འགའི་རྗེས་སུ། ང་ཡང་ཨ་ནེ་དང་འགྲོགས་ནས་ཀྲེ་ཙང་ཧྲང་ཡུས་ཀྱི་ཁྲིན་ཧྲུའི་སློབ་འབྲིང་དུ་སོང་སྟེ། སྐུ་ཞབས་ཞ་ཀུའི་ཙུན་གྱི་བཞུགས་གནས་རྟེང་པའི་ནང་དུ་བསྡད། སྐུ་ཞབས་ཞ་ལགས་དང་ངའི་སྤྱི་པོ་ལགས་ནི་གྲོགས་པོ་རྟེང་པ་ཡིན་ཞིང་། ངའི་ཨ་ནེ་ནི་ཁོང་གི་བུ་མོ་ཆུང་བ་ཡིན། ཐེངས་དེར་ང་ཀྲེ་ཙང་ལ་འགྲོ་རྒྱུའི་གོ་སྐབས་བྱུང་བ་དེ་ནི་སྐད་གྲགས་ཆེ་བའི་ཁྲིན་ཧྲུའི་སློབ་འབྲིང་དུ་འཚམས་འདྲིར་འགྲོ་བའི་ཆེད་དུ་ཡིན།

ལོ་རྗེ་མང་པོའི་ཡར་སྔོན་ལ། ཁྲུན་ཧྲུའི་སློབ་འབྲིང་དུ་རིག་གནས་ཡོད་པའི་མི་སྣ་གྲགས་ཅན་སྐོར་ཞིག་འདུས་ཡོད། དེ་ནི་སློབ་འབྲིང་དཀྱུས་མ་ཞིག་ཡིན་ཞིང་། གྲོང་ཁྱེར་དང་ཁ་ཐག་རིང་ན་ཡང་། དཔེ་ཁྲིད་བྱེད་མཁན་ནི་སྐུ་ཞབས་ཞ་ལས་གཞན། ད་དུང་ཀྲུའུ་ཙོ་ཆིང་དང་ཀྲུའུ་ཀོང་ཆན། དེ་མིན་ཕྱེང་ཙི་ཁའེ་དང་ཧོང་ཧྲུའུ་ཧྲེང་སོགས་ཡོད། སྐབས་ཤིག་ལ་སྐད་གྲགས་ཤིན་ཏུ་ཆེ་བའི་མི་སྣ་དེ་དག་གྲོང་ཁྱེར་གྱི་ཐེང་ཐེང་གི་འཚོ་བར་གཡོལ་ཆེད་ཚང་མ་དེར་ཕེབས་ཏེ་སློབ་གསོ་སྤེལ་རྒྱུའི་སེམས་ཐག་བཅད་པ་རེད། སློབ་གསོས་རྒྱལ་ཁབ་སྐྱོབ་རྒྱུ་ནི་མ་གཞི་ནས་འཆར་ཡན་རིང་ལུགས་ཀྱི་གཏམ་རྒྱུད་ཅིག་ཡིན་པས། ང་ཚོས་རྒྱལ་ཕམ་ལ་བལྟས་ནས་དཔའ་བོ་ཡིན་མིན་དང་། གཏམ་རྒྱུད་དེ་འགྲིག་མིན་བརྗོད་དཀའ། ཡིན་ན་ཡང་དེས་མི་རབས་ཕྱི་མར་བཞག་པ་ནི་སྤྲོ་སྣང་འཕེལ་སའི་ཡུལ་ལྗོངས་ཤིན་ཏུ་མཛེས་པ་དེར། སྔོན་ཆད་ཡ་རབས་ཚུལ་ལྡན་གྱི་དམ་པ་མང་པོ་འཛོམས་དོན་ཅི་ཞིག་ཡིན་པ་དེ་རེད། ཁྲུན་ཧྲུའི་སློབ་འབྲིང་གིས་ཀྲུང་གོའི་སློབ་གསོའི་ལོ་རྒྱུས་ལ་མཛེས་རྒྱན་སྤྲས་ཡོད། རེད་དེ། སློབ་དཔོན་ཆེན་མོ་ཧྲུང་དབྱི་ཡི་ཕན་ཆན་རི་ཁང་ཡང་དེར་ཡོད

ཕལ་ཆེར་འདི་འདྲའི་སྐད་གྲགས་ཅན་གྱི་མི་སྣས་དགེ་རྒན་མཛད་སྐྱོང་བའི་སློབ་འབྲིང་ཞིག་ཡོད་མི་སྲིད། དགེ་རྒན་གྲགས་ཅན་གྱིས་སློབ་མ་གྲགས་ཅན་བསྐྱངས་ཟེར་བ་ལྟར། ཁྲུན་ཧྲུའི་སློབ་འབྲིང་ནས་ཐོན་པའི་སྐད་གྲགས་ཆེ་བའི་སློབ་མའི་གྲངས་སུ་ད་དུང་ཞེ་ཅིན་ཡང་ཡོད། ཧོང་གི་རྒྱེན་གྱིས་མཛེས་སྡུག་ལྡན་པའི་ཁྲུན་ཧྲུའི་སློབ་འབྲིང་གི་ཡུལ་ལྗོངས་དེ་གློག་བརྙན་མང་པོའི་ཕྱིའི་ཡུལ་ལྗོངས་སུ་བྱས་ཡོད་པ་སྟེ། དཔེར་ན་“རིག་གནས་གསར་

བཛྗེ་ཆེན་པོའི”དུས་མཇུག་གི《དཔྱིད་ཀའི་མྱུ་གུ》ཞེས་པ་དང་། དེའི་རྗེས་ཀྱི་མུ་འབྲེལ་བརྙན་འཕྲིན་ཟློས་གར《ལྷགས་རི་སྐོར་བ》ཞེས་པ་ནི་སློབ་གྲྭ་དེའི་ནང་ནས་བརྙན་བླངས་པ་རེད།

ང་རང་ཁྲུན་ཧྲུའི་སློབ་འབྲིང་དུ་སླེབས་པའི་ལོ་དེ་ནི་མཐོ་འབྲིང་མཐར་ཕྱིན་ལ་ཁད་ཡིན་ཞིང་། དེ་ནས་བཟུང་སྟེ་ངས་སྨན་ངག་འབྲི་བའི་མགོ་བརྩམས་པ་ཡིན། ཁྲུན་ཧྲུའི་སློབ་འབྲིང་གི་ལུས་རྩལ་ར་བའི་ནང་དུ་ང་ལྷགས་ཧྲར་བཞོན་ནས་སྐོར་བ་ཡང་ཡང་བརྒྱབ། དུས་དེར་ཁ་ཡ་ན་ཟླ་ཚེས་མི་ཤེས་པའི་འདས་དོན་ཁ་ཤས་ཀྱིས་ངའི་ཡིད་དབང་འཕྲོག་པར་བྱས། ཞིང་སྡེའི་ལྷ་བུའི་སློབ་གྲྭ་དེ་ནི་ས་གཞི་ནས་སྨན་ངག་ཅིག་དང་འདྲ་སྟེ། སློབ་གྲྭ་ནི་ཞིང་ས་དང་མཚེའུ་ཡི་བར་དུ་ཡོད་པས་ཕྱི་ར་གཏན་ནས་མི་དགོས། ང་ལྷགས་ཧྲར་ཞོན་ནས་གང་སར་བརྒྱུགས་ཤིང་། དམིགས་ཡུལ་ནི་སོ་མར་ལྷགས་ཧྲ་ཞོན་ཤེས་པ་དེས་ཡིད་ཚིམ་པར་བྱེད་པ་པོ་ན་ཙམ་མ་ཡིན་པར། ཞོགས་པའི་སྨུག་སྲིན་ཐོད་དུ་བཅིངས་ཤིང་དགོང་ཁའི་མཚམས་སྲིན་བརྟོལ་ཏེ། སྐབས་ཐོག་དེར་རྩོམ་ཡིག་རེ་གཉིས་དང་ཚིག་འབྲུ་རེ་འགའ་བཏུས་ནས་སྙན་རྩོམ་ཐུང་ངུ་ཆ་ལེ་ཚོ་ལེ་ཞིག་འབྲི་བཞིན་པའི་སྐབས་ཡིན།

ལོ་རྒྱུས་མི་སྣ་དག་ངའི་མིག་ལམ་དུ་མངོན་བྱུང་། ངའི་སྔོ་ངོར་ལོ་ངོ་བཅུ་ཕྲག་འགའི་ཡར་སྔོན་གྱི་ལུས་ལ་ལྭ་རིང་མནབས་ཤིང་མགོ་ལ་རྒྱ་གར་ཞྭ་མོ་གྱོན་པའི་དཔེ་ཆ་བ་ཞིག་ཞོགས་པའི་སྨུག་པ་དང་མཚམས་སྲིན་ཁྲོད་ནས་ཚུར་འོངས་པ་འཆར་ཡན་བྱས་ཤིང་། དེ་ནི་སྐུ་ཞབས་ཀྲུའུ་ཙོ་ཆེང་ངམ་ཕྱིང་ཙེ་ཁའི་ཡིན་སྲིད་ལ། སློབ་དཔོན་ཆེན་མོ་ཧྲུང་དབྱི་ཡིན་ཡང་

སྲིད། ཁོ་ཚོས་ཅི་ཡང་མི་སྨྲ་བར་ངའི་གམ་ནས་དལ་གྱིས་ཕར་བཞུད་པ་དང་འདྲ།

ཙོ་ཞ་མཚོའུར་ཚུ་རྒྱལ་དུ་ཕྱིན་པ།

ཚ་བ་རྒྱས་པས། གློ་བུར་དུ་ཆུང་དུས་ཙོ་ཞ་མཚོའུར་ཚུ་རྒྱལ་དུ་ཕྱིན་པ་དྲན་བྱུང་། དེ་ནི་"རིག་གསར"སྐབས་ཀྱི་དབྱར་གནང་ཞིག་སྟེ་དམའ་འབྲིང་འགྲིམས་མ་ཐག་ཡིན། པའི་ཏུའུ་ས་ཁྲར་བཤེར་ན། འགྲོ་འོང་གི་ལམ་ཐག་ལ་ལི་དབར་ཉི་ཤུ་ཡོད་པའི་ཁར། ད་དུང་སླི་སྐོང་ཚོ་གཉིས་གསུམ་ཙམ་ལ་ཆུར་རྒྱལ་དགོས་པས། དེ་དུས་ཀྱི་ལུས་ཤུགས་ཅི་འདྲ་བཟང་ཨང་།

ཕྱིས་པར་ཐང་ཆད་རྒྱུ་མི་འདུག ངས་སློབ་ཆེན་འགྲིམ་དུས་ད་གཟོད་མཚོའུ་དེར་"ཙོ་ཞ་མཚོའུ"ཟེར་བ་ཤེས། ཏ་ལམ་ཕལ་སྐད་ཀྱི་དབང་དུ་སྒྱུར་པས་ཉེ་འཁོར་གྱི་མི་ཚང་མས་དེར་"གྲི་ཡ་མཚོའུར"འབོད། ཀྲུང་ཧྲན་སྒོ་མོའི་ཕྱི་རོལ་ཏུ་མདུན་མཚོའུ་ཡོད་ཅིང་ཀུན་གྱིས"ཆན་ཧུའུ་མཚོའུར"འབོད། ངས་ཞོན་ཕྲུའུ་མཚོའུ་ནི་རྒྱབ་མཚོའུ་ཡིན་པ་མ་ཤེས་ལ། རྒྱབ་མཚོའུ་ཡོད་ན་མདུན་མཚོའུ་ཞིག་ཀྱང་ཡོས་ཡོད། མདུན་མཚོའུ་ནི་གཏིང་མི་ཟབ་ནའང་ཁོད་ཡངས། ཉིན་རྒྱུན་དེ་བརྒྱུད་ནས་འགྲོ་དུས་ད་དུང་ལམ་ཐག་རིང་ཙམ་ལ་འགྲོ་འོས་བསམས་སྐྱོང་།

ཙོ་ཞ་མཚོའུ་ནི་ཙོ་ཅིན་རི་བོའི་ནགས་དབུས་སུ་ཡོད་ཅིང་། ཁོ་ར་ཁོར་ཡུག་ལྗང་མདོག་གོས་ཀྱིས་བརྒྱན་ཡོད། འདིར་ཚུ་རྒྱལ་དུ་ཡོང་དོན་ཆུ་

གཙང་བའི་རྐྱེན་མ་ཡིན་ཏེ། སྐབས་དེར་ཐ་སྙད་དེ་ད་དུང་མེད། “བསླད་སྐྱོན”ཞེས་པ་གཞི་རྩའི་སྟེང་འདུ་ཤེས་འཛིན་སྟངས་ཐད་བཀོལ་བ་ཞིག་ཡིན་ཏེ། དཔེར་ན“འཁོར་ལྡན་གྲལ་རིམ་གྱི་བསམ་བློས་བསླད་སྐྱོན་ཐེབས”ཞེས་པ་ལྟ་བུ། ཙོ་ཞ་མཚོའུར་ཆུ་རྒྱལ་དུ་འགྲོ་དོན་དེའི་ཆུ་གཏིང་ཟབ་པ་དང་མི་གཞན་འགྲོ་མི་ཐོད་པས་ཡིན། མཚོའུ་དེའི་ནང་དུ་ལོ་རེ་རེར་མི་འཆི་བཞིན་ཡོད། འཇིགས་འཇིགས་ཀྱང་། སྐབས་ལ་ལར་འཇིགས་སྣང་དེ་ཡིད་དབང་འགུག་པའི་ལྷུགས་ཀྱུ་ལྟར་སྣང་། མཉམ་དུ་རྩེད་བཞིན་པའི་བྱིས་པ་ཚོས་གློ་བུར་དུ་འཐོར་རྒྱུ་ཐག་བཅད་ཚེ། ཁྱོད་ལ་གདམ་ག་གཅིག་ལས་མེད་པ་སྟེ་སྟར་མ་བྱེད་མི་རུང་།

ནན་ཅིན་གྱི་དབྱར་བླར་ཚ་བ་ཤིན་ཏུ་ཆེ། བརྟན་འཕྲིན་མེད་ལ་གློག་ཁྱད་ཀྱང་མེད། དཔེ་མཚོན་བློས་གར་མ་གཏོགས་རོལ་རྩེད་བྱ་འགུལ་ཅི་ཡང་མེད། དབྱར་གནང་གི་ལས་བྱ་མེད་ལ་སློབ་འཕར་གྱི་གནོན་ཤུགས་ནི་དེ་བས་ཀྱང་ངོ་། །མི་རྐྱན་དང་རྣམས་གྲལ་རིམ་འཐབ་རྩོད་ལ་བྲེལ་ཞིང་། བྱིས་པ་ཚོར་ལས་རྒྱུ་ཅི་ཡང་མེད་པས་ཆུ་རྒྱལ་དུ་འགྲོ་བཞིན་ཡོད། ཙོ་ཞ་མཚོའུའི་ཆུ་ནི་དྭངས་ཤིང་བསིལ་ལ། མཚོའུ་ངོགས་ནི་མུ་མཐའ་མེད་པའི་ནགས་ཚལ་ཡིན། ས་ཐག་རིང་ཞིང་མཐའ་ཁྱུལ་ཡིན་པའི་རྐྱེན་ཡིན་ཀྱང་སྲིད་དེ། གང་ལྟར་མི་གཞན་དེ་འདྲ་འོང་མི་ཐོད་པས ང་ཚོ་ནི་དཔའ་ངར་ལྡན་པའི་བྱིས་པ་འབའ་ཞིག་ཏུ་གྱུར་ཡོད།

སྐབས་དེར་ནན་ཅིན་གྲོང་ཁྱེར་གྱི་ག་ས་གང་དུ་སྡོན་ཤིང་གིས་ཁེངས་ཤིང་། ལམ་དུ་འགྲོ་དུས་ཉི་འོད་ཀྱང་ཐོག་མི་ཐུབ། ཡུལ་ལ་ལོག་པའི་ལམ་བར་དུ་རྒྱལ་དོར་མགོར་བཀབ་ན། ཁྱིམ་ལ་ཐོན་དུས་སྐམ་པར་གྱུར་ཡོད།

ལྷངས་འཁོར་ཤུང་ལ་རྐང་འཁོར་ཡང་ཤུང་། དལ་བཞུད་ལམ་དུ་སྐབས་འགར"ཕུན་ཕུན་འཁོར་ལོ"རིགས་ཤིག་ཀྱང་བཞུད་ཀྱིན་ཡོད། དེ་ནི་འབྲུད་འཐེན་འཁོར་ལོའི་རིགས་ཤིག་སྟེ་ལག་སྐྱོར་འབྲུད་འཐེན་འཁོར་ལོ་ལས་ཆུང་ཆེ། ང་ཚོ་ནི་ལྷུགས་ལམ་སྟེང་གི་ངེས་མེད་རྐྱལ་རྡུང་དུ་མི་ནང་བཞིན་དེར་སྡོད་པ་ཡིན། དེ་ལྟར་བྱས་ན་ཉེན་ཁ་ཆེ་མོད། འཇིགས་སྣང་ནི་ཡིད་དབང་འགུག་པའི་ལྷུགས་ཀྱུ་ལྟར་སྣང་ན་ཉེན་ཁའང་ཅི་ལ་མིན།

ས་ཆུའི་ངོས་ནས་བཤད་ན། ཅོ་ཅིན་མཚོའུ་ནི་ས་གཤིས་ལེགས་པོ་ཞིག་རེད། 1947ལོར་ཅང་ཨུ་ཡོན་གྲང་གིས་ས་དེ་བློར་བབས་ནས། ཁོ་འཆི་རྗེས་གནས་དེར་དུར་འཛུག་བྱེད་རྗེས་བྱས་པ་དང་། "གྲིན་ཆེ་ལྡིང་ཁང"ཞེས་པ་བསྐྲུན་ཞིང་རྗོ་རིང་བཙུགས་ཏེ། མཚོའུ་ངོགས་ཀྱི་ནགས་ཁྲོད་དུ་སྦས། ང་ཚོས་སྐབས་དེར་ངོ་མས་རིག་མ་སྤྱོང་། "རིག་གསར"སྐབས་སུ་མང་པོ་ཞིག་བརླགས་ཀྱང་དེ་དག་ཤུལ་དུ་ལུས་འདུག སྤྱིར་བཤད་ན་གྲོང་ཁྱེར་དང་རྒྱང་ཐག་དེ་འདྲ་རིང་རྒྱུ་མེད་ཀྱང་། ང་ཚོས་མ་ཤེས་ལ་ལོ་ན་རྒན་པའི་དམར་སྲུང་དམག་གིས་ཀྱང་མི་ཤེས། གལ་ཏེ་ཤེས་ཡོད་ན་ལྡིང་ཁང་དང་རྗོ་རིང་མ་ལུས་མིག་རྗེབ་དབང་ཙམ་ལ་ཐལ་བའི་རྟུལ་དུ་བརླག་སྲིད་པར་གདོན་མི་ཟའོ། །

ལེའུ་གསུམ་པ། རྩོམ་རིག་ལ་དུང་བའི་གཙོན་ཐ།

རྩོམ་རིག་གི་གོ་བ་མེད་པའི་གཞོན་ནུ།

ཆུང་དུས་སུ་རྩོམ་རིག་ཐད་ཀྱི་ཐོག་མའི་བག་ཆགས་དེ་ཕུགས་དེད་ན་གྲལ་བསྒྲིགས་ནས《ཨོ་དབྱང་གི་རྒྱ་མཚོའི་བསྟོད་ཐུ》ཉེ་བའི་སྐབས་དེར་ཐུག་ཡོད། དུས་ཀྱི་འགྲོས་དང་ལོ་ཟླའི་ཆུ་རྒྱུན་རིང་མོས་གྲལ་བསྒྱར་རིང་མོ་ཞིག་བསྒྲིགས་ཡོད་པ་དང་། ཕོ་མོ་རྒན་གཞོན་གྱི་ངོ་གདོང་སྣ་ཚོགས། སྐད་ཅོར་དང་སྐྱིགས་སྐད་ཀྱིས་ཁེངས་པའི་རྣམ་པ་ཙམ་ལས་སྐབས་དེའི་གནས་ཚུལ་གཞན་དག་ཡོད་ཚད་དྲན་པའི་ཡུལ་ལས་འདས། མི་ཚང་མ་གྲལ་བསྒྲིགས་དོན་དང་ཚང་མས་འཚང་ཁ་ཤིག་ཤིག་གིས་དཔེ་ཆ་དེ་ཉོ་དོན་ཅི་ཡིན་པའང་ཆམ་འཚོལ། དེར་མཐོང་ན་ང་ནི་ཕྱི་རོལ་འཛིག་རྟེན་གྱི་ལྟད་མོ་བ་ཙམ་སྟེ། ལོ་ན་དགུ་སོན་པའི་བྱིས་པ་ཆུང་ཆུང་ཞིག་གིས་རྒྱང་རིང་ནས་དེའི་འདུ་ལོང་ལ་ལྟད་མོར་ལྟ་བཞིན་བསྡད།

ན་ཆུང་དུས་ཀྱི་དྲན་པའི་ངོས་ན་རྩོམ་རིག་མེད། རྩོམ་ཡིག་ཁ་ཤས་ཕྱིར་དྲན་བྱེད་དུས། ངས་རང་ཉིད་ཆུང་དུས་དཔེ་ཀློག་ལ་དགའ་ཞེས་འུད་བརྗོད་བྱས་མྱོང་། དོན་དངོས་སུ་དེའང་ངེས་གཏན་ཞིག་མ་ཡིན་ཏེ། མི་སྣ་ཚོགས་ཀྱི་དྲན་ཐོ་ནང་བཞིན་ཡིད་ཆེས་རུང་བ་ཞིག་ཡེ་ནས་མིན། ངས་དཔེ་ཀློག་བྱེད་དོན་དཔེ་ཀློག་ལ་དགའ་བས་མ་ཡིན་ཏེ་ཁེར་རྐྱང་གི་རྐྱེན་པས་

ཡིན། སུན་སྣང་གི་རྐྱེན་པས་དཔེ་ཀློག་བྱས་ཤིང་། ཁེར་རྐྱང་གི་དབང་དུ་གྱུར་རྗེས་སྒྲུང་གཏམ་ལ་བལྟས་པས། སྣོད་དུ་ཟིན་པ་ཟས་ཡིན་ལ། ལག་ཏུ་ཟིན་པ་བསྟན་བཅོས་སོ། །

ང་དཔེ་ཆ་གང་ལའང་བལྟ་རྒྱུར་དགའ། "རྩོམ་གསུམ་མ"ནི་ངས་ཤར་མར་སྐྱོར་ཐུབ་པ་དང་། 《མའོ་ཀྲུའུ་ཞིའི་གསུང་བཏུས》ཕྱོག་ནས་ཤར་མར་སྐྱོར་ཐུབ་ཅེས་བཤད་མི་ཐོད་ཀྱང་། ཚན་པ་གང་ཞིག་མཁོ་ན་དེ་མྱུར་དུ་འཚོལ་ཐུབ། ད་ལྟ་ཡིད་འཛིན་ཤིན་ཏུ་ཉམས་ཡོད་ནའང་། ཁོང་གི་སྙན་ཚིག་མང་པོ་ཞིག་སྐྱོར་ཐུབ།

གལ་སྲིད་སྐབས་དེར NBA དང་། འཛམ་གླིང་གཟིངས་བུམ། ཨོ་རྒྱལ་འགྲན་ཚོགས། ཏྲ་རྒྱ། གཞས་པ་རྣམ་བཞི། སྐྱེས་མ་ཁྱིད་འཕགས། ཨ་རི་དང་ཁོ་རེ་ཡའི་བརྙན་འཕྲིན། ཡང་ན་མཐོ་རྒྱུགས་དང་གནད་ཆེའི་སློབ་འཁྲིད་སོགས་ཡོད་པས་ན། ངས་ཀྱང་གང་འདོད་དུ་དཔེ་ཆར་བལྟས་ནས་ཉིན་འདའ་བར་བྱེད་ག་ལ་སྲིད། ངའི་གཞོན་ནུའི་དུས་སུ་རྩོམ་རིག་ཡི་ནས་མེད། དེ་ནི་རིག་གནས་ཀྱི་བྱེ་ཐང་ཞིག་སྟེ། ཟླ་བའི་གོ་ལའི་ཕྱི་ངོས་བལྟས་ཚོད་ཀྱིས་འཇམ་ཤ་ངོད་པོར་སྣང་ཡང་ཚེ་སྲོག་གི་སྐྱེ་སྟོབས་ཅི་ཡང་མེད།

དེང་སྐབས་ཀྱི་བྱིས་པ་དག་གིས"རིག་གནས་གསར་བརྗེ་ཆེན་པོའི"སྐོར་ཐོས་ཚེ། ནམ་ཡང་ཅུང་ཏ་ལས་ཤིང་ཁྲུངས་མེད་ལུགས་མེད་ཀྱི་དུས་སྐབས་དེ་འདྲ་ཞིག་ཡོད་ག་ལ་སྲིད་སྙམ། དེ་ནི་ང་ཚོ་ཆུང་དུས་སུ་ཀན་རབས་ཀྱིས་འཇའ་ཕན་པ་ནན་ཅན་དུ་ཇི་ལྟར་འཛུལ་བའི་སྐོར་གླེང་ཚུལ་དང་སློབ་དེབ་ངོས་སུ་བཤད་པ་གཉིས་ཐད་དེ་མི་འདྲ་བ་ནང་བཞིན་ནོ། །

ང་ནི་ནམ་ཡང་"རིག་གསར"གླིང་རྒྱུར་དགའ་ཞིང་། ལྷག་པར་དུ་ན་གཞོན

ལ་སྐྱིད་སྐྱུར་དགའ། ཡིན་ནའང་ན་གཞོན་དག་ལ་ཉན་འདོད་ཡོད་པའི་ངེས་པ་མེད། ཉན་འདོད་མེད་ན་ཚིག་གཅིག་ཀྱང་སངས་རྒྱས་ལ་ཀ་ཁའི་ཚུལ་དུ་འགྱུར་སྲིད། ལོ་རྒྱུས་གནས་ཚུལ་རྫུག་རྩེག་སྐྱིད་སྐྱུར་དགའ་བའི་མི་དག་ནི་ཕལ་ཆེར་ཚང་མ་སྨྱུག་ཡུས་དང་བཤད་ལ་དགའ་བ་ངས་ཤེས་ཡོད།

ང་རང་གཞོན་དུས་སུ་ཐང་གི་སྙན་ངག་ལ་མི་དགའ་ལ། སུང་གི་སྙན་ཚིག་ལའང་དགའ་པོ་མེད། གནའ་བོའི་སྙན་ཚིག་རེ་འགའ་སྐྱོར་ཐུབ་པའང་གཞན་ལ་གཡོ་ཟོལ་བྱེད་པ་ཙམ་དང་ཕོམ་པས་ཡིན། སུ་ཞིག་གིས་ཀྱང་དེ་དག་ལ་བལྟ་དགོས་པ་བཙན་སྐུལ་བྱས་མྱོང་མེད། གང་ལྟར་དཔེ་ཆ་རེ་གཉིས་བཀྲུས་ཡོང་ཡོད་པ་དང་། ཕོམ་པའང་ཡོད་པས་དེ་བསླུགས་པར་མ་ཟད་ངག་སྐྱོར་ཡང་བྱས། ཆུང་དུས་སུ་སྐྱོར་བ་དག་ནམ་ཡང་བརྗེད་མི་སྲིད།

ཚང་མ་ཡིད་ལ་འཛིན་དགོས་པས། དོན་རྟོགས་མིན་ལ་མ་བལྟོས་ཤིང་བླང་དོར་མེད་པར་ཐོན་ལ་བློར་སྐྱོར་བ་ཡིན། ངག་སྐྱོར་བྱེད་པ་ནི་སློབ་སྦྱོང་ཐད་ཀྱི་ཆེས་ལེ་ལོར་གྱུར་པ་དང་ཆེས་ནུས་པ་ལྡན་པའི་ཐབས་ཤིག་སྟེ། དྲན་པའི་ངོས་སུ་ཆེས་ཡིད་ཚིམ་པ་ནི་མའོ་ཀྲུའུ་ཞིའི《ཏུའུ་ཡུས་མིང་སོགས་ལ་མགོ་འདོགས་པར་སྐུལ་བའི་ཡི་གེ》ཞེས་པ་དེ་ཡིན། དེ་ལས་དྲང་བདེན་གྱི་དོན་དུ་ཞུམ་པ་མེད་ཅིང་མཐོ་སས་དམའ་ས་ལག་མཐིལ་དུ་བླངས་པ་ལྟ་བུའི་ངང་ཚུལ་དེ་ནི་ཅི་འདྲའི་བརྗེད་ཆེ་བ་ལ་ཨང་།

སློབ་ཆེན་འགྲིམ་དུས་ངས་ད་དུང་ཅི་ཞིག་ལ་རྩོམ་རིག་ཟེར་བ་མི་ཤེས། སུ་ཞིག་གིས་ཀྱང་ཕོ་བོ་དེའི་ཕྱོགས་ལ་ཆེད་དུ་གསོ་སྐྱོང་བྱས་མ་མྱོང་ལ། རང་ཉིད་ཀྱིས་ཀྱང་རྩོམ་འབྲི་བའི་ཕྱོགས་ལ་བསམ་བློ་ཡི་ནས་བཏང་མ་མྱོང་། ཐ་ན་མིག་ལྟ་ཙམ་བྱེད་རྒྱུར་ཡང་སུན་སྣང་སྐྱེས། རྩོམ་པ་པོར་གྱུར་

རྗེས། མི་མང་པོ་ཞིག་གིས་རྩོམ་རིག་གི་ལས་འབྲེལ་ཞིབ་དཔྱད་བྱེད་པའི་རྒྱུ་རྐྱེན་སྐོར་དྲིས་མྱོང་། ངས་ཀྱང་འདས་པའི་དོན་ཞིབ་མོའི་བློ་ཡིས་དཔྱད་ཅིང་མནོ་བསམ་ཡང་ཡང་བཏང་མོད་ཀྱང་། སྤྱིར་བཞིན་རྒྱུ་མཚན་ཅི་ཞིག་ཡིན་པ་འཆད་རྒྱུ་མི་འདུག གཞོན་དུས་ཀྱི་དྲན་འཛིན་དུ་རྩོམ་རིག་ལ་འབྲེལ་བའི་སྐོར་ཞིག་དངོས་གནས་ཉུང་ལ། གང་བྱུང་དུ་བསྒྲིག་འདོད་ཀྱང་ཅི་ཡང་མི་ཤེས། ང་ཚོའི་རབས་འདིའི་མིའི་མཚང་མིང་ལ"སྲུང་སྲུག"ཏུ་འབོད་ཅིང་རྒྱུ་མ་སུ་འདེད་བྱེད་རྒྱུར་དགའ། དེ་ནི་ལོ་རྒྱུས་སུ་བྱུང་མ་མྱོང་བའི"རིག་གནས་གསར་བརྗེ་ཆེན་པོས"ང་ཚོ་གསོ་སྐྱོང་དང་སྐྱེད་སྲིང་བྱས་པ་ཅིས་མ་ཡིན།

ཨ་ཕ་བཞུགས་དུས་ངའི་བུ་ལ་ཆ་བཞག་ན་རྩོམ་པ་པོ་ནི་གསོ་སྐྱོང་བྱེད་ཐབས་མེད་པ་ཞིག་རེད་ཅེས་ལྷག་བསམ་རྣམ་དག་གིས་བཤད་ཀྱང་། ཚང་མ་རྩ་བ་ནས་ཡིད་མི་ཆེས། ངའི་བུ་མོས་རྩོམ་རེ་འགའ་དང་དཔེ་ཆ་ཆུང་ཆུང་འགའ་སྤེལ་ཡོད། མི་ལ་ལས་བྱིས་པ་ཁྲིད་ཡོང་ནས་ལྷག་བསམ་ཐེལ་མེད་ངང་དེའི་སྐོར་གྱི་མན་ངག་དྲིས་མྱོང་། གཅིག་མཚུངས་ཀྱི་གནད་དོན་དེའི་མདུན་དུ་ང་ཅི་བྱ་གཏོལ་བྲལ་དུ་གྱུར། དྲང་གཏམ་བརྗོད་ན་གཞན་ཡིད་མི་ཆེས་ལ། རྫུན་གཏམ་བཤད་ན་རང་བློ་མི་བདེ།

རྩོམ་རིག་ལ་དྲང་བའི་གཙོན་རྒྱ་

1974ལོར། ང་མི་ལོ་བཅུ་བདུན་ལ་སོན་ཞིང་མཐོ་འབྲིང་སློབ་མཐར་ཕྱིན་མ་ཐག་ཡིན། བསམ་ཤེས་ཡོད་ཅེ་ན་ཚང་མ་ཤེས་ལ། བསམ་ཤེས་མེད་ཅེ་ན་ཡོངས་སུ་རྟོགས་པའི་དོན་དག་ཤིན་ཏུ་ཉུང་། དེ་ནི་ཤེས་བྱ་ཁྲུ་དང་ཚོགས་བྱས་ནས་གཡང་སར་འདེད་པའི་ལོ་རྒྱ་ཞིག་སྟེ། ཡོད་ཚད་འཁྱོག་ཏུ་འཛིན་ཞིང་ཡོད་ཚད་ཁུངས་མེད་ལུགས་མེད་དུ་གནས། ངས་དུས་སྐབས་དེའི་ཁྱད་མཚར་གྱི་དམར་དཔེ་འགའ་མནབས་ནས་མཐོ་འབྲིང་མཐར་ཕྱིན་ཐུབ་པ་བྱུང་ལ། ངེས་པ་དོན་གྱིས་ངའི་ཡོན་ཚད་དམའ་འབྲིང་སློབ་མ་ལས་ཀྱང་ཞན། ང་ལོ་རིམ་གཅིག་འཕར་མ་ཐུབ། གྲོང་གསེབ་ནས་ནན་ཅིན་དུ་ལོག་རྗེས། ཡང་ཅི་ཡིན་ཆ་མི་འཚལ་བར་ལོ་རིམ་གཅིག་འཕར་ལ། ཐ་ན་ད་དུང་ལོ་གཅིག་ཙམ་ལ་ནད་དགོངས་ཀྱང་ཞུས་སྦྱོང་། དཔེ་ཆ་ཀློག་མི་ཀློག་དང་སློབ་ཁྲིད་ལ་ཞུགས་མི་ཞུགས་ཚང་མ་གཅིག་འདྲ་ཡིན་ཏེ། ངའི་བྲིས་ནི་སློབ་ཆུང་སློབ་མའི་བྲིས་དང་། ཕྱི་གླིང་པས་རྒྱ་ཡིག་བྲིས་པ་དང་གཉིས་སུ་མེད་ལ་ཡིག་ནོར་གྱིས་བཀང་ཡོད། མཐོ་འབྲིང་གི་མཐར་ཕྱིན་རྒྱུགས་ལེན་སྐབས། གྲངས་རིག་ནི་ཕྲེང་རྫིས་ཡིན་ལ། ང་ཚོས་སྔོན་འཕྲི་སྒྱུར་རྟགས་གསུམ་མ་གཏོགས་བགོ་རྟགས་ཀྱང་བསླབས་ཚར་མེད།

སྐབས་དེར་དཔེ་ཀློག་མང་པོ་བྱས་པ་དེ་རང་གི་གཟི་བརྗིད་ཅིག་ཏུ་

རྩིས་ཚིག་ལ། དེའང་སྤྱོས་བཅས་ཀྱིས་མང་ཙམ་དུ་ཟད། ཕ་ལགས་ནན་ཅིན་གྱི་དཔེ་ཉར་རྩེ་གྲ་ཡིན་ཞིང་། ཉར་བའི་དཔེ་ཆ་མང་ཤོས་ཕྱི་རྒྱལ་གྱི་སྒྲུང་གཏམ་གྱི་འགྱུར་ཡིན། "རིག་གནས་གསར་བརྗེ་ཆེན་པོའི"དུས་མཇུག་ནི་ངས་ཧུར་བརྩོན་གྱིས་འཛམ་གླིང་གི་བརྩམས་ཆོས་གྲགས་ཅན་ལ་བལྟས་པའི་ལོ་ཟླ་ཡིན་ཏེ། ངས་བལྟས་མྱོང་བའི་ཕྱི་རྒྱལ་གྱི་སྒྲུང་གཏམ་ནི་ནམ་ཡང་རང་གི་དུང་ཞེན་ཞིག་ཡིན་པར་རློམ། ལོ་མང་པོ་ཞིག་ལ། ངའི་བསམ་པར་ལྟ་ཀློག་གི་ཕྱོགས་ནས་རང་ལས་འགོངས་པ་ཞིག་མེད་པར་རློམ་པ་སྟེ། ངའི་ཕ་ལགས་དཔེ་ཉར་རྩེ་གྲ་ཡིན་པས། རྙིད་པོའི་དཔོན་འོག་ན་སྟར་མ་མེད་པའི་དཔེ་བཞིན། ཕ་ལགས་ཀྱི་མི་རབས་སུ་ཕོང་གིས་དཔེ་ཀློག་བྱས་པ་ཆེས་མང་བས། ངའི་མི་རབས་འདིར་ཡང་ང་ནི་འགྲན་ཟླ་བྲལ་བར་བསམས། ཁ་ཕོ་སྒྲིག་དུས་མི་ཕམ་པའི་གནས་ཤིག་ཚུགས་སླད། ངས་དངོས་གནས་དཔེ་ཆ་མི་ཉུང་བ་ཞིག་བཀླགས།

སྤོ་བོ་ལགས་པེ་ཅིན་དུ་ཡོད་པས། ང་ལ་པེ་ཅིན་དུ་འགྲོ་བའི་གོ་སྐབས་མང་ཞིང་། སོང་ཚེ་ཡུན་རིང་དུ་བསྡད་པ་ཡིན། པེ་ཅིན་ས་ཆ་འདིར་གང་ལྟར་ཡང་རིག་གནས་ལྟེ་གནས་ཀྱི་བྲོ་བ་དང་། ཕ་རི་སིའི་ཧྲ་ལུང་གི་ངང་ཚུལ་ཙུང་ཟད་ཡོད་དེ། "རིག་གནས་གསར་བརྗེ་ཆེན་པོའི"མཇུག་གི་དམིགས་བསལ་གྱི་དུས་སྐབས་སུའང་དེ་བཞིན་ནོ།། ཧྲ་ལུང་དང་འབྲེལ་འདྲིས་གོ་སྐབས་མང་བའི་ཞིང་ཆེན་གཞན་གྱི་རྩོམ་རིག་ལ་དུང་བའི་གཞོན་ནུ་ཞིག་ཡིན་པའི་ཆ་ནས། ཕ་ཡུལ་པེ་ཅིན་གྱིས་ང་ལ་བཞག་པའི་རྩོམ་རིག་ཐད་ཀྱི་བག་ཆགས་དངོས་གནས་ཧ་ཅང་གལ་ཆེ་བ་ཞིག་ཡིན། ངའི་ཕ་སྤུན་གཅེན་པོ་སན་ཕྲུའུ་ཡིས་ནད་དགོངས་ཞུས་ཏེ་ལོ་ནས་ལོར་ཁྱིམ་དུ་ངལ་གསོ་

བྱེད་བཞིན་ཡོད་ཅིང་། ཁོའི་འགྲུལ་ཞག་ཏུ་ནམ་ཡང་མི་སྣ་མང་པོ་འཛོམས་ཤིང་། སྐད་གསང་མཐོན་པོས་བགྲོ་གླེང་དང་མི་བཤད་དགུ་བཤད་དུ་གནས།

སན་ལྷུའུ་ཡི་འགྲུལ་ཞག་སྐབས་དེར་པེ་ཅིན་གྱི་སྙན་ངག་པ་རྒྱུན་དུ་འདུ་ས་ཞིག་ཡིན། ཁོ་ཚོ་བལྟས་ཚོད་ཀྱིས་ན་གཞོན་ཡ་མ་གཟུགས་ཁ་ཤས་ཏེ། ཉིན་མཚན་དབྱེར་མེད་དུ་ཡོང་འདོད་དུས་ཡོང་ལ། བློ་ཡིད་ཚིམ་ཚེ་ཕྱིར་ལོག་འགྲོ། ཁོའི་འགྲུལ་ཞག་ཏུ་ནམ་རྒྱུན་མི་ལ་ལས་སྐད་གསང་མཐོན་པོས་སྙན་ངག་ཁྱེར་འདོན་བྱེད་བཞིན་ཡོད། སྐབས་འགར་སྙན་ངག་པ་རང་གིས་ཁྱེར་འདོན་བྱེད་ལ། སྐབས་འགར་མཛེས་སྡུག་ལྡན་ང་འི་གཞོན་ནུ་མས་ཁྱེར་འདོན་བྱེད། ཡིད་འོང་གི་གཞོན་ནུ་མ་མང་ཤོས་སྙན་ངག་པར་དད་གུས་བྱེད་མཁན་དག་ཡིན་པ་སྟེ། འཛོན་ཐང་སྣ་ཚོགས་ལྡན་ཞིང་། གཞས་ལེན་ཤེས་ལ་རྗོ་སྦྲང་ཡང་གཏོང་ཤེས།

སན་ལྷུའུ་རང་ཉིད་སྙན་ངག་པ་ཡག་ཤོས་ཤིག་ཡིན། སྔོན་ཆད་ཁོའི་འགྲུལ་ཞག་ཏུ་ངས་སྙན་ངག་ཁྱེར་འདོན་བྱས་མྱོང་། ཁོའི་སྙན་ངག་ལ་ཡིད་སྨུག་པ་དང་སྐྱོ་བའི་ཉམས་ཚུང་ལྡན་ལ། མཁས་མདོག་གི་ཉམས་ཙམ་ཡང་ལྡན་པ་སྨོས་མ་དགོས། ངས་འགྲུལ་ཞག་ཏུ་ཁོའི་སྙན་ངག་ཁྱེར་འདོན་བྱེད་དོན་སན་ལྷུའུ་ཡིས་རང་གི་སྙན་ངག་ཁྱེར་དུས་ཐུ་བའི་རྐྱེན་ཡིན། དོན་དངོས་སུ་ངས་ཀྱང་མིག་ནས་མཆི་མ་འདོན་བཞིན་ཁོའི་སྙན་ངག་ཁྱེར་འདོན་བྱས། སན་ལྷུའུ་ཡི་འགྲུལ་ཞག་ཏུ་ཡིད་འགྲུལ་ཐེབས་ནས་ཐུས་པ་དེ་དོན་བཟང་ཞིག་ཏུ་སྣང་བས་བག་ཚ་དགོས་དོན་མེད། དེ་འདྲའི་སྣང་ཚུལ་ང་ལ་མཚོན་ན་ཆེས་རྒྱུས་ཆེ་བར་སྣང་། རྒྱུན་པར་མི་ཞིག་གིས་སྙན་ངག་ཡག

པོ་ཞིག་བརྩམས་ཆོ། ཚང་མས་ཕོར་རྗེན་འབྲེལ་ཞུ་ཞིང་། དེ་ག་རང་དུ་གདངས་བརྩམས་ཏེ་གླུ་རུ་གྱེར། སན་ལྷུའུ་ཡི་སྐན་ངག་གཞིར་བཟུང་སྟེ་གདངས་བརྩམས་པའི་གཞས་ཤིག་པེ་ཅིན་གྱི་ཕོར་ཡུག་ཆུང་ངུའི་ནང་དུ་ཏ་ཙང་དར་ཆེ་སྟེ།

ཀྱེ་མའི་རྩེ་རུ་ཆགས་པའི་ཟླེལ་བར་རེག་མི་བྱ།
རྡེ་མའི་རྩེ་ན་འདར་བའི་མཆེ་མ་འབྱིད་མི་བྱ།

ཟླེལ་བའི་ཐིགས་པའི་ཁྲིད་ན་ཏ་བདུན་དབང་པོ་འཛུམ།
མིག་ཆུའི་ཐིགས་པར་འགྲོ་བ་ང་ཚོའི་བསྲུལ་ལམ་ཉིད།

ཐང་བ་ཞིང་བར་དུ་སྦྱོ་དུས།
གོང་ཁ་ཟླེལ་བས་སྦྲངས།
སེམས་པ་འཚོ་བ་ལ་འགྱོ་དུས།
འཕར་རྩའང་འདམ་དང་མཆེ་མས་སྦྲག

ཟླེལ་བའི་མེ་ཏོག་རྒོད།
མཆེ་མས་ཞིང་ས་བརླན།
མེ་ལྷེ་དྲག་པོས་ཆུ་མིག་སྐམ་སྲིད་ཀྱང་།
ཟླེལ་བ་དང་ནི་མཆེ་མ་སྐམ་མི་འགྱུར།

ཟླེལ་ཐིགས་རེ་རེ་སྡིམ་པར་བཏགས་པས།

ཐབ་ཆུ་བརྗོད་ལ།

སེམས་སུ་ཟེགས་པའི་མཆེ་མ་རེ་རེ།

རྒྱ་མཚོར་གྲུབ།

གྱེ་མའི་རྩེ་རུ་ཆགས་པའི་ཟིལ་བར་རིག་མི་བྱ་།
ཛྲེ་མའི་རྩེ་ན་འདར་བའི་མཆེ་མ་འབྱིད་མི་བྱ།

སྙན་ངག་འདི1972ལོའི་ཟླ10པའི་ཚེས10ཉིན་བྲིས་པ་ཞིག་རེད། ད་ལྟའི་མིག་རྒྱང་གིས་བལྟས་ན་སྙན་ངག་དེ་ཅི་ཡང་མ་རེད། ངོ་བོའི་ཆ་ནས་བཤད་ན་རྩོམ་རིག་ནི་ལོ་རྒྱུས་ཡིན་ལ། ལོ་རྒྱུས་ཀྱི་དཔྱད་གཞིའི་མདུན་དུ་ང་ཚོས་ཨུད་གཏམ་བཤད་དུས་འཕྲིན་ཁུང་ཞིག་བཞག་ཆ་འགྲིག དེའི་གནད་འགག་ནི་ངང་ཚུལ་དེ་རིགས་འཛིག་རྟེན་ལས་འདས་པ་དང་འཛིག་རྟེན་ལ་འབྲེལ་བ་མེད་ལ། སྐབས་དེ་ནི "མི་བཞིའི་ཤོག་ཁག"གི་རླུང་ཡན་གང་སར་ཁྱབ་པའི་ལོ་ཟླ་ཡིན་པ་དང་། རིག་གནས་ཀྱི་བྱེ་ཐང་དང་དཔྱིད་ཀ་མེད་པའི་དགུན་འཁྱག་རང་རེད། སན་ཕྲུའུ་ཡི་སྙན་ངག་གཞན་ཞིག་དེ་བས་ཀྱང་ལེགས་པ་འདྲ་སྙེ།

ཁྲ་ཁྲའི་སྒོ་བྱང་རིག་ནས་ཟད་ལ་ཉེ།
མི་སྡུག་ངོ་གདོང་དག་ལ་སུན་སྣང་སྐྱེས།
མི་ཡུལ་དུ་སླེབས་པ་ནས་བཟུང་། ངས།
སྲིངས་སུ་མེད་པའི་འཕྲིན་པ་དེ་རུམ་ནས་བསྡད།

ངོ་ཚ། འཚེར་སྣང་། དངངས་འཚབ།
འདོད་སྙེག ཕྱུག་བསྒྲལ། རེ་སྨོན།
མི་ཡུལ་དུ་སླིབས་པ་ནས་བཟུང་། ངས།
སྲིད་སུ་མེད་པའི་འཕྲིན་པ་དེ་ཉུམ་ནས་བསྟད།

སྙན་ངག་འདི་དག་ལྷུགས་པར་དུ་བཏབ་ནས་འགྲེམ་སྤེལ་གཏན་ནས་བྱས་སྲོང་མེད། སན་ལྷུའུ་ཡིས་སྙན་རྩོམ་བརྒྱ་ཙམ་བྲིས་ཡོད་ཀྱང་། སྙན་ངག་པ་སླིང་བའི་སྐོར་གྱི་དཔེ་ཆ་གང་ཉུང་དུ་ཁོའི་མིང་མཐོང་མི་སྲིད། ལས་དབང་ཞིག་གིས་ཁོ་སྐད་གྲགས་ཅེ་ཡང་མེད་པར་ལོ་བཞི་བཅུ་ལྷག་ཏུ་འཚོ་གནས་བྱས་ལ། ད་རམའི་སྐབས་དུ་འཇིག་རྟེན་མི་ཡུལ་དང་གྱེས། སྤྱིར་བཤད་ན་དེ་ནི་ཆེས་ཡིད་ཕངས་པའི་དོན་ཞིག་ཡིན་པ་སྨོས་མ་དགོས་ལ། སྙན་ངག་པ་མང་པོ་ཞིག་གི་མཐའ་འབྲས་ཀྱང་དེ་འདྲ་ཡིན་སྲིད། གནས་ལུགས་འདི་རྟོགས་ཚོ་ངའི་ཡིད་སེམས་ཀྱི་ནད་གཞི་དེའང་ཙུང་སངས་པར་འགྱུར་ཐུབ།

1974ལོར། ལོ་ན་བཅུ་བདུན་སོན་པའི་ཞིང་ཆེན་གཞན་གྱི་རྩོམ་རིག་ལ་དུང་བའི་གཞོན་ནུ་ང་སན་ལྷུའུ་ཡི་འགྲུལ་ཤག་ཏུ་རྩོམ་རིག་གི་ཕྱོགས་འདུན་ལ་འཇུག་སྒོ་བརྩམས། ཧྲ་ལུང་གི་ངང་ཚུལ་གྱིས་ཁོ་བོར་ངང་ངམ་ཤུགས་ཀྱིས་སྙན་ངག་པའི་ཚོགས་མི་ཞིག་ཏུ་འགྱུར་བར་རེ་བའི་གཞོག་ཟུང་ཡངས་པར་བསྐྱེད། ཁོ་བོ་རྣན་ཉམས་ཀྱིས་རྩོམ་རིག་སྟོང་བཤད་ཀྱི་དཔུང་གྲལ་དུ་ཞུགས་ཏེ། རྒྱལ་དོན་དཔྱད་སྒྲིང་བྱས་ཤིང་སྤྱུང་རྒྱལ་དུ་སྨྲ་བརྗོད་སྤེལ། སྙན་ངག་པ་དེ་དག་ཀྱང་མཐར་གཏུགས་ན་རྩོམ་རིག་ལ་དུང་བའི་གཞོན་ནུ་ཁ་ཤས་ཡིན་ཞིང་། ཐམས་ཅད་འཆར་ཡན་གྱི་སྙན་ངག་གི་

ཧྲ་ལུང་གི་ངང་ཚུལ་གྱིས་ཕོ་བོར་ངང་ངམ་ཤུགས་ཀྱིས་སྙན་ངག་པའི་ཚོགས་མི་ཞིག་ཏུ་འགྱུར་བར་རེ་བའི་གཤོག་ཟུང་ཡངས་པར་བསྐྱེད། ཕོ་བོ་རྒན་ཉམས་ཀྱིས་རྩོམ་རིག་སྐྱོང་བཤད་ཀྱི་དཔུང་གྲལ་དུ་ཞུགས་ཏེ། རྒྱལ་དོན་དཔྱད་གླེང་བྱས་ཤིང་བྱུང་རྒྱལ་དུ་སྨྲ་བརྗོད་སྤེལ།

ཞིང་ཁམས་སུ་འཚོ་ལ། ཁྱུ་སེམ་མེར་འགྲན་རྩོད་བྱེད་བཞིན་ཡོད། ལོ་ན་གཞོན་ཞིང་ཁེངས་པས་གཟིར་བའི་རི་མོ་བ་ནང་བཞིན། ཚང་མ་རང་རློམ་ཆེ་ཞིང་མི་གཞན་མིག་ནང་དུ་མི་འཇོག སྐབས་དེའི་སྐད་ངག་པ་ཕལ་མོ་ཆེ་པ་ཨེར་མེང་ཐེ་ལ་དགའ་ཞིང་། ཁོ་ཚོ་ཚང་མ་གཤམ་གྱི་ཚིག་འདིར་མོས་ཏེ།

ང་འཇིག་རྟེན་འདིར་འོང་དོན
ཉི་མར་བལྟ་བའི་ཆེད་དུ་ཡིན།

སན་ཕྲུའུ་ཡི་འགྲུལ་ཤག་ཏུ་ནམ་རྒྱུན་སྐད་ཆེག་གི་དོན་དུ་ཁ་རྩོད་གྱིས་ཁེངས། ཕལ་མོ་ཆེ་སྙན་ངག་པ་ཡིན་ལ། དབྱངས་རྩོམ་མཁན་དང་གཞས་གཏོང་མཁན། རི་མོ་འབྲི་མཁན། པར་རྒྱག་མཁན། ད་དུང་མཚན་ཉིད་རིག་པར་ཞིབ་འཇུག་བྱེད་མཁན་སོགས་ཀྱང་ཡོད། དེ་ལས་ལ་ལ་འཚོར་ཉམས་ལྡན་པའི་རྟུས་སྐྲུ་ཞབས་ཤ་སྟག་ཡིན་ཞིང་གདོང་ལ་དར་ཚོ་བརྒྱད་ཀྱི་བུ་ཕྲུག་གི་ཉམས་མདངས། ཁ་ཅིག་ཁ་ལུད་སྣབས་ལུད་གང་སར་མི་འཕེན་པ་མ་གཏོགས། ལྭ་བ་ཐལ་ནས་སྦྲང་བོ་དང་གཉིས་སུ་མ་མཆིས། མི་དེ་དག་ཐམས་ཅད་ཀྱིས་ཚད་ལྡན་སློབ་གསོ་མྱངས་མེད་པ་སྟེ། སྙན་ངག་པ་ཡིན་ན་སྐྱེ་ཉམས་ལྡན་ཞིང་རབ་རིབ་ཅིག་ཡིན་ངེས་ལ། རི་མོ་བ་ནི་“མཚར་པོ”ཞིག་ཡིན་ཏེ། སྐྲ་རིང་འཇོག་རྒྱུར་དགའ་ཞིང་། གླེང་མོ་བྱེད་དུས་ཆེས་བཤད་རྒྱུར་དགའ་བའི་ཚིག་ནི།
“ཁྱི་སྐྱུག་འདི་སྙན་ངག་རེད་དམ། ཁྱི་སྐྱུག་འདི་ལ་རི་མོ་ཟེར་རམ”ཞེས་པ་དེ་ཡིན།

ང་ནི་ཅིས་ཀྱང་རྩོམ་རིག་ལ་དུང་བའི་གཞོན་ནུ་ཞིག་ཡིན་པས། དཔེ་ཆ་འགའ་མང་དུ་བཀླགས་མྱོང་བ་ཙམ་ལས། བརྟགས་འོས་ས་ཅི་ཡང་མི་འདུག དུ་ཞག་གིས་ཁེངས་པའི་འགྲུལ་ཤག་ཏུ་འུད་ཤོབ་ཁྲོལ་མེད་དང་“ཁྱི་སྐྱག་འདི་སྙན་ངག་རེད་དམ། ཁྱི་སྐྱག་འདི་ལ་རི་མོ་ཟེར་རམ”ཞེས་ཟེར་རྒྱུ་རྒྱུད་ལ་འཁྱེར་ཡོད།

ལོ་གང་མང་ཞིག་གི་རྗེས་སུ་ང་རང་སྒྲུང་གཏམ་པ་ཞིག་ཏུ་གྱུར་ཏེ། རྩོམ་ཡོན་ལ་བརྟེན་ནས་ཉི་མ་འཚོལ་ཐབས་བྱེད་པའི་མི་ཚོགས་ཁྲོད་རྐང་ཚུགས་རྒྱུ་ནི་དངོས་གནས་བསམ་ཡུལ་ལས་འདས།

སན་ལྷུའུ་ནི་ཡེ་ཚང་གི་མི་རབས་གསུམ་པའི་ཁྲོད་རྩོམ་པ་པོར་འགྱུར་བར་རེ་བཞག་ཆེན་པོ་ཡོད་པ་ཞིག་ཡིན་ཏེ། ཁོའི་ལུས་སུ་སྙན་ངག་པའི་ཉམས་ཀྱིས་ཁེངས་ཤིང་། སྙན་ངག་འབྲི་བ་དང་སྒྲུང་གཏམ་ལ་བལྟ་བ། སྒྲུང་གཏམ་ལབ་པའི་སྐབས་གང་ཞིག་ཡིན་རུང་ཁྱི་རྒྱལ་གྱི་རོལ་དབྱངས་ལ་ཉན་རྒྱུར་ཧ་ཅང་དགའ། སན་ལྷུའུ་ཡིས་ནམ་རྒྱུན་འདི་ལྟར་བཤད་དེ། ཁོ་རང་རྩོམ་རིག་ལ་དུང་བ་ཟབ་པ་ནི་ངའི་ཨ་ཕའི་བག་ཆགས་བསྐོས་པ་ཡིན་ཟེར། ཁོས་ངའི་ཨ་ཕས་རྩོམ་འབྲི་རྒྱུ་མ་དོར་ན་འགྲིག་ཅེས་བཤད་དུས་ཐ་ན་མིག་ཆུའང་འཚོར་སྲིད། ངའི་ཕ་ལགས་ཀྱིས་ཕོ་ལོ་ཉི་ཤུའི་ཡར་སྟོན་དུ་སྒྲུང་ཐུང་འབོར་ཆེན་བྲིས་མྱོང་། ངའི་སློབ་པོ་ནི་ཀྲུང་གོའི་ཚེ་ཧོ་ཧྲུ་ཡིན་ཞེས་སྨྲ་བའི་མི་གང་མང་མང་ཞིག་ཡོད་ཀྱང་། སན་ལྷུའུ་ཡིས་དུས་དང་རྣམ་པ་ཀུན་ཏུ་ངའི་ཕ་ལགས་ཀྱིས་སྨྱུག་མཚམས་མ་བཞག་པས་ན། ངེས་པ་དོན་གྱི་ཚེ་ཧོ་ཧྲུ་ནི་ངའི་ཕ་ལགས་ཡིན་པར་འདོད།

ངའི་ཨ་ཕས་རྩོམ་རིག་ལ་དུང་བའི་ནད་དེ་སན་ལྷུའུ་ལ་བསྐོས་ལ།

ནད་དེ་མཐའ་མཇུག་ང་ལ་འགོས་པར་གྱུར། སྐུ་ཞབས་ཀུའུ་ཙི་ཆིང་གིས་ངའི་ཨ་ཕའི་གཞོན་དུས་ཀྱི་རྩོམ་ཡིག་ནི“གོ་རིམ་ལྡན་ཞིང་རི་མོ་བཞིན་མིག་ལམ་དུ་ལྷང་ངེར་ཤར་ཐུབ”ཅེས་བསྔགས་པ་བརྗོད་ཅིང་། ཁོའི་སྒྲུང་གཏམ་དུ“ཁོ་རང་གི་བདེ་ཐང་གི་པྲ་ཚགས་དང་སྒྱུར་གྲུང་ཙ་ངོན་ཡོད”ཅེས་གསུང་སོང་། སན་ལྷུའུ་ཡིས་ནམ་ཡང་ངའི་ཨ་ཕའི་དོན་དུ་མ་ཉེས་ཁ་གཡོགས་མྱངས་པ་དང་། “ཨ་ཁུའི་སྒྲུང་གཏམ་ངོ་མས་དུས་བབ་དང་མི་མཐུན”ཞེས་རྒྱུན་དུ་བཤད་ལ། དེ་བཞིན་དཔྱད་འཛུག་དེ་སན་ལྷུའུ་རང་ཉིད་ལ་འཚམ་ཞིང་། དུས་སྐབས་དེའི་མིང་གྲགས་རྒྱས་སྤོ་ལ་སྐྱ་འདས་པའང་སྤོ་དྲགས་པའི་ན་གཞོན་སྙན་ངག་པ་རྣམས་ལའང་འཚམ།

ཨ་ཕས་སན་ལྷུའུ་ཡི་ཤུལ་བཞག་སྙན་ངག་སྐོར་ང་ལ་ཤོད་སྐབས། ད་ལྟའི་བར་དུ་ཁོའི་སྙན་རྩོམ་འགྲེམ་སྤེལ་བྱས་ཚོག་ཚོག་འདུག་ཅེས་བཤད་སོང་། དེ་ནི་དངོས་གནས་བདེན་པར་སྣང་སྟེ། དེང་སྐབས་སྙན་ངག་པ་ཚར་རྗེས་ཀྱི་ཤ་མོ་བཞིན་བརྗོ་བ་བའི་དུས་སྐབས་ཤིག་ཡིན་པས། པར་སྐྲུན་ཡིག་རིགས་གང་སར་ཁྱབ་ཅིང་། སྙན་ངག་དང་ཚིག་བཅད་ཅིག་ཡིན་ཕྱིན་དུས་དེབ་ཏུ་འགོད་རྒྱུ་ལས་སླ་མོ་རེད། ཡིན་ནའང་སན་ལྷུའུ་ཡི་སྙན་ངག་ནི་ཁོ་འཚོ་བཞིན་ཀྱི་དུས་སྐབས་དེ་ཁོ་ནར་འཚམ་ལ། ཁོའི་སྙན་ངག་དང་། ཁོ་དང་བཅས་པའི་དུས་སྐབས་དེའི་སྙན་ངག་པ་དག་མཐར་གཏུགས་ན་སྟེར་བཞིན་དུས་རབས་ཀྱི་ཐོན་དངོས་རང་རེད།

ངས་སན་ལྷུའུ་ཡི་སྙན་རྩོམ་དེ་ཆེས་ལེགས་ཤོས་སུ་ཡེ་ནས་འདོད་མ་སོང་། སྐབས་དེར་ང་ཞིང་ཆེན་གཞན་གྱི་རྩོམ་རིག་ལ་དུང་བའི་གཞོན་ནུ་ཞིག་ཡིན་པའི་ཆ་ནས། ཁོའི་རྗེས་འབྲངས་ཤིང་ཁོར་ལད་ཟློས་བྱས་ནས

སྤྱོབས་པ་ཆེ་ཡང་ནུས་རྩལ་ཆུང་ལ་མ་ཡིན་ཡིན་མདོག་གི་རྣམ་ཐར་བསྐྲུངས་ནའང་། ང་ཁོ་ལྷ་བུའི་སྙན་ངག་པ་ཞིག་བྱེད་འདོད་མེད། ངའི་དད་མོས་བྱེད་ས་ཁོ་ལས་ལོ་ན་གཞོན་པའི་སྙན་ངག་པ་ཞིག་ཡིན། ཁོ་ནི་དུས་སྐབས་དེར་གློ་བུར་དུ་འོད་དུ་འཚེར་བའི་སྐར་ཚོགས་དབུས་སུ་ཆེས་གསལ་བའི་སྐར་མ་འོད་ཆེན་དེ་ཡིན། སྐབས་དེར་པེ་ཅིན་གྱི་དམངས་ཁྲོད་ཧྲ་ལུང་ཁྲོད་མའོ་ཐོའུ་ཡི་སྙན་ངག་མི་ཤེས་མཁན་ཞིག་ཕལ་ཆེར་མེད། ཁོ་ནི་སན་ཕྲུའུ་ལས་ལོ་ན་ཤིན་ཏུ་ཕྲ་ཡང་། ཁེངས་དྲེགས་ཀྱིས་སན་ཕྲུའུ་ཡི་འགྲུལ་ཤག་ཏུ་ཡོང་སྟེ་རང་བསྟོད་བྱེད་པ་ལས་སུ་ཞིག་ཀྱང་མིག་ལམ་དུ་མི་འཇོག

ཁོ་སུ་ཧོ་བ་ཇི་བཞིན་འགྱེལ་ནས་ཉལ་ཡོད།

ཉིན་རེའི་ཚགས་པར་ལུས་སུ་བཀབ་ཅིང་། མིན་པའོ་ནག་པོ་ཧྲས་སུ་རྟེན།
སྨྲ་རའི་སྙིང་ནས་ཟགས་པའི་ཁ་ཆུ་ལ་སྣང་དོགས་བྲལ་ཅིང་།
གདོང་གི་གྲོ་ཐིག་ལའང་དོགས་སྣང་དཔེན། བཞིན་རས་ནི་ཁོང་དགོད་ཀྱི་
ཉམས་སྣང་འཚེར།

སྨྱུ་རྩལ་པའི་མགྱོགས་བྲིས་འདི་ཕལ་ཆེར་མའོ་ཐོའུ་རང་ལ་ཧ་ཅང་འཚམ་པར་སྣང་། མའོ་ཐོའུ་ནི་ལྷན་སྐྱེས་ཀྱི་སྨྱུ་རྩལ་པ་ཞིག་ཡིན། ཁོས་གཞས་གཏོང་ཤེས་ཤིང་ནུབ་གླིང་གི་མཛེས་དབྱངས་དངོས་སུ་སྦྱངས་མྱོང་། སྐབས་དེར་སུ་ཞིག་གི་ལག་ཏུ་དབྱི་ཐ་ལིའི་སླུ་གར་གྱི་སྒྲིན་ཤོག་ལེགས་པོ་ཞིག་ཡོད་ན། ཁོའི་ཡུན་ཐུང་གི་གྲོགས་མཆོག་ཏུ་འགྱུར་བའི་སྐལ་བ་ལྡན་ལ། མགོ་འཕང་མཐོ་བའི་མའོ་ཐོའུ་ནི་མི་གང་ཡིན་གྱིས་གྲོགས་བསྒྲིག་ཐུབ་པ་

ཞིག་མིན། ངས་ཁོ་ནི་མའོ་ཙེ་ཧུང་གི་དགོངས་པ་སློབ་སྦྱོང་བྱེད་པའི་ཧུར་བརྩོན་ཅན་ཞིག་ཡིན་པ་ཁོ་ན་ཙམ་ཤེས་པ་ལས་ཁོའི་སྐྱེ་ཁུངས་སོགས་ལ་རྒྱུས་མངའ་མེད། ང་རྩོམ་རིག་ལ་དྭང་བའི་གཞོན་ནུ་ཞིག་ཡིན་པའི་ལོ་ཟླ་དེར། ཨ་ཕའི་དཔེ་ཆ་དང་སན་ལྷུའུ་ཡི་འགྲུལ་ཤག་གིས་ང་དང་རྩོམ་རིག་བར་ངང་ངམ་ཤུགས་ཀྱིས་འགྱུར་མེད་ཀྱི་ལས་འབྲེལ་ཆགས་སུ་བཅུག་པ་དང་། མའོ་ཐོའུ་ཡི་སྤྱོད་ལམ་གྱིས་བདག་ལ་ཐད་ཀར་སློབ་སྦྱོང་གི་མིག་དཔེ་བཞག

མའོ་ཐོའུ་ལ་ཁྱད་དུ་འཕགས་པའི་རྣམ་དཔྱོད་ལྡན་ཞིང་། ཁོའི་སྨན་ངག་གིས་མི་རྣམས་ལ་དཔེ་གསར་གྱི་ཚོར་བ་དང་གསོ་འགྲུལ་ཐེབས་པར་བྱེད། སྐབས་དེར་ངས་ལོ་ཨེར་ཙ་དང་ཕུའུ་ཞི་ཅིན། པ་ཨེར་མེང་ཐེ། ཨ་ཧྲ་མ་ཐོ་བ་སོགས་ཤེས་ཀྱང་། མའོ་ཐོའུ་ནི་མངོན་སུམ་གསོན་རྗེན་ཡིན་པས། སྨན་ངག་པ་སུ་ལས་ཀྱང་དངོས་གནས་དྭང་གནས་ཡིན་ལ། སྨན་ངག་གང་ལས་ཀྱང་སྲོག་རིན་ལྡན་ང་ར་སྣང་།

མའོ་ཐོའུ་ཡི་སྨན་ངག་བགྲང་ལས་འདས་ཏེ། ལོ་རེར་སྨན་ངག་སྒྲུགས་བསྒྲིགས་རེ་སྤེལ་བཞིན་ཡོད། ཁོས་དུས་ནམ་ཡང་སྨྱུག་གུ་ཐོགས་ཡོད་པ་དང་། གནས་གང་དུ་སོང་ཡང་བསམ་གཞིག་འདོར་མི་སྲིད། སྐབས་འགར་རིག་པའི་གློང་བརྗོ་ལ་ཚེ་ཤོག་བུ་བླངས་ཏེ་ཤར་མར་བྲིས་རྗེས་ཁུག་མའི་ནང་དུ་འཇུག་པ་དང་སྦྲགས། སུ་མཐུད་དུ་ལབ་གླེང་གི་སྒོར་འཇུག་སྲིད། བཤད་ཚུལ་ལྟར་ན་ལོ་རེའི་ཟླ་བཅུ་གཅིག་པའི་ཟླ་མཇུག་ནི་ཁོས་སྨན་ངག་སྒྲུགས་བསྒྲིགས་བྱེད་པའི་དཀའ་ཚེགས་ཆེ་བའི་དུས་སྐབས་ཡིན་པར་སྐད། སྐབས་དེར་ཁོ་ཟླ་སྟོད་པ་བཞིན་ཁང་པའི་ནང་དུ་འཛུལ་ཏེ་ནུས་པ་

ཡོད་རྒྱུ་རྩལ་སྒྲུགས་དང་སྟུག་ཡུས་འདོན་བཞིན་རྟོག་རྫོབ་ཆེ་བའི་ཤོག་ལེབ་གང་ཡིན་དུ་བྲིས་པའི་སྙན་ངག་ལེགས་སྒྲིག་བྱེད་པ་དང་། ལོ་རེ་རེར་དེའི་དོན་དུ་ཁོའི་ལུས་རྡུད་པར་འགྱུར་བ་དང་ཁ་སྤྲུ་གཟེངས་ནས་ཤི་གསོན་ལ་མི་བལྟ་བར་ལས་དེར་གཞོལ། བྱ་བ་ལེགས་འགྲུབ་བྱུང་ཚེ་ཁོར་སླར་ཡང་སྙིང་སྟོབས་རྒྱས་ཤིང་གྲུང་ཤ་དོད་པོའི་ངང་མི་རྣམས་ཀྱི་མདུན་དུ་མངོན་སྲིད།

མའོ་ཐོའུ་ཡི་ཡིད་དབང་འགུག་ནུས་དེ་མ་གཞིར་ཁོ་རང་སྒྲོ་དགས་བཏུས་པའི་སྙན་ངག་ཅིག་ཡིན་པས་རེད། ཁོས་སྙན་ངག་དང་རྩོམ་རིག་ལ་བཅངས་པའི་དུང་བ་ཟབ་མོ་དེ"ཐལ་དྲགས་པ"ཞེས་མ་གཏོགས་མཚོན་ཐབས་བྲལ། 1976ལོའི་ཐང་ཧྲན་ས་ཡོམ་ཆེན་པོ་དེས་པེ་ཅིན་གྱི་མི་རྣམས་ལ་འཛམ་གླིང་འཇིག་ལ་ཉེ་བ་ལྟ་བུའི་འཇིགས་སྣང་ཐེབས། ཆེས་དགོད་བྲོ་བ་ཞིག་ནི་སྐབས་དེར་མའོ་ཐོའུ་ཡིས་འགྲུལ་ཁུག་ཅིག་ལག་ཏུ་བཟུང་ཞིང་དེའི་ནང་དུ་རང་གི་ལག་བྲིས་སྙན་ངག་ཕྱོགས་བསྒྲིགས་གང་བཅུག་སྟེ། ཨ་ཐང་ཆད་པའི་ཉེས་ཅན་སྐྱོང་ས་མེད་པ་ཞིག་དང་འདྲ་བར་ལུས་ཀྱི་ཉམས་ཤོར་ཞིང་དོགས་ཅན་ཞིག་གི་ཚུལ་དུ་ཡར་གཞའ་མར་སྒྲུབ་བྱེད་པ་དེ་ཡིན། རང་བྱུང་ཁམས་ཀྱི་འཇིགས་པའི་མདུན་དུ། མི་གཞན་དག་འཆི་བར་སྐྲག་ལ། ཁོ་ནི་འཆི་བར་སྐྲག་པའི་ཁར་རང་གི་སྙིང་ཐོབ་ཀྱི་བརྩམས་ཆོས་བརླག་འགྲོ་བར་དེ་བས་ཀྱང་སྐྲག

རྩོམ་རིག་ལ་དུང་བའི་གཞོན་ནུ་ཕལ་མོ་ཆེ་དང་འདྲ་བར་ངའི་ཐོག་མའི་རྩོམ་རིག་གི་ཐུགས་འདུན་ནི་སྙན་ངག་འབྲི་རྒྱུ་དེ་ཡིན། མའོ་ཐོའུ་ལྟ་བུའི་སྙན་ངག་པ་ཞིག་ཏུ་འཚོངས་པར་བྱས་ནས་སྙན་ངག་མང་པོ་ཐོན་སྐྱེད་བྱེད་པ་དང་། དོས་ཁུག་ཏུ་སྙན་ངག་གང་བཅུག་སྟེ་གང་སར་འཁྱལ་རྒྱུ་དེ་

ཡིན། སན་ཕྲུའུ་ཡི་འགྲུལ་ཞག་ཏུ་ངས་སན་ཕྲུའུ་དང་ཡང་ན་མའོ་ཐོའུ་ཡི་བཤད་སྟངས་ཀྱིས“ཁྱི་སྐྱག་འདི་སྙན་ངག་རེད་དམ། ཁྱི་སྐྱག་འདི་ལ་རི་མོ་ཟེར་རམ”ཞེས་རྫིག་མདོག་ཁ་པོས་བཤད། མའོ་ཐོའུ་ཡི་སྙན་ངག་ནི་ཆེས་ལེགས་པར་བསམས་པས། ངས་རྐན་ཉམས་ཀྱིས་མའོ་ཐོའུ་ཡི་སྙན་ངག་གིས་གཞན་གྱི་སྙན་ངག་མར་ནན་ནན་ཞིང་། ཕོའི་སྙན་ངག་དང་འདྲ་མིན་ནི་དུས་ཡུན་ངེས་ཅན་ཞིག་གི་རིང་ལ་ངས་སྙན་ངག་གི་བཟང་ངན་བརྡར་ཤ་གཅོད་པའི་ཚད་གཞི་ཉིད་དུ་གྱུར།

ངས་མའོ་ཐོའུ་ཡི་རྩུལ་ལྟར་སྙན་ངག་འབྲི་མགོ་བཙམས། སྒྲོ་རྟགས་གཟའ་རྟགས་སྟོན་ཚུལ་ཕོ་དང་དབྱེར་མ་མཆིས་ལ་ ཤོག་ལེབ་དང་འབྲི་དེབ་ཆུང་ཆུང་། ཐ་ན་དཔེ་ཆའི་སྒྲོང་ཆ་ཡོངས་སུ་གང་བྱུང་དུ་བྲིས། ལོ་བཅུ་བདུན་སོན་པའི་ལོ་དེར་ངས་ཕྱིར་དྲན་བཟང་པོ་ཞིག་བྱ་འོས་ཏེ། དེ་དུས་ངས་ཐ་མག་འཐེན་མགོ་ང་རྩམས་ལ། སྐབས་འགར་ཆང་འཐུང་བར་མ་ཟད་དངོས་གནས་བུད་མེད་ལ་སེམས་འཕྲེང་མགོ་བཙམས། ང་ནི་ཅུང་ཟད་ཞོབ་ཅིང་འཛིག་རྟེན་བྱ་བ་ཡོད་ཚད་རྣ་རྒྱབ་ལྕུང་བུ་ལྟར་བསྐྱུར་བ་ཞིག་ཏུ་གྱུར། དེའི་རྐྱེན་པས་ཨ་མས་ནམ་ཡང་སན་ཕྲུའུ་གློར་མི་འབབ་ཅིང་ང་ཕོར་འགྲོགས་ནས་ངན་ལོབས་པར་འདོད།

ངའི་དཔེ་ཀློག་གི་རྟེ་སྟང་ཡང་སྐབས་དེ་ནས་འགྱུར་མགོ་བཙམས། ང་ནི་ཧུའུ་གོའི་མོས་དད་པ་རྣལ་མ་ཞིག་ནས་གློ་བུར་དུ་དུས་རབས19པའི་ཡོབ་གླིང་ནུབ་མའི་རྩོམ་རིག་ཡོངས་ལ་ཡེ་ནས་མི་མཐུན་པ་ཞིག་ཏུ་གྱུར། འཆར་ཡན་རིང་ལུགས་ཀྱི་རྩོམ་རིག་བཙམས་ཆོས་ད་དུང་བསླུགས་ཚར་མེད་པའི་དུས་དེར། དངོས་ཡོད་རིང་ལུགས་ཀྱི་རྩོམ་རིག་གི་ཞིང་ཁམས་

ལས་མཚོངས་ཤིང་། དུས་རབས20པའི་ནུབ་ཕྱོགས་དེང་རབས་གྲུབ་མཐའི་རྩོམ་རིག་ལ་འཇུག་མགོ་བརྩམས། ཨའི་ལུན་པའོ་ཡི《མི་དང་ལོ་ཟླ་དང་འཚོ་བ》ཞེས་པས་ང་ལ་ཤེས་བྱའི་འཚོ་བཅུད་ཀྱི་ནོམ་པ་བསྐྱལ། ནན་ཅིན་དུ་ལོག་རྗེས། པེ་ཅིན་གྱི་ཧྲ་ལུང་དང་རིང་དུ་གྲེས་ཏེ་ཨའི་ལུན་པོའི་དྲན་ཐོའི་ཁྲིད་ཚོར་སྣང་བཙལ། ངས་ནུས་པ་ཡོད་རྒྱ་རྩལ་སྤྲུགས་ཀྱིས་སྙན་ངག་བྲིས་ཏེ། ནམ་ཞིག་གི་ཚེ་སན་ཕྲུའུ་ཡི་འགྲུལ་ཤག་ཏུ་མའོ་ཐོའུ་བཞིན་མགོ་བོ་འདེགས་པའི་དམ་བཅས།

སྙན་ངག་པར་དངོས་གནས་ལྷན་སྐྱེས་ཡོད་པ་འདྲ། ངས་སྨྱུར་དུ་ཚིག་རྐང་བཅད་པའི་སྙན་ཚིག་མང་པོ་ཞིག་བྲིས་ཀྱང་ཡོད་ཚད་སྐྱུག་བྲོ་བར་སྣང་། ངས་ཡིན་མདོག་ཁ་པོ་སྤྲུངས་ནས་ཤེས། ངས་རྒྱུགས་པའི་ཉམས་སྣང་སྤྲུངས་ནས་ཤེས། ངས་ཚིག་གི་བརྗོད་པ་ཉོག་པོར་སྤེལ་བ་སྤྲུངས་ནས་ཤེས། དེ་ལྟ་ནའང་ངས་སྙན་ངག་ཡག་པོ་ཞིག་འབྲི་མི་ནུས། ངའི་རྩོམ་རིག་གཞོན་ནུའི་དུས་སྐབས་སུ། ང་རང་ཆེས་ཡིད་ཕངས་པ་ཞིག་ནི་དོན་དངོས་སུ་རང་ཉིད་སྙན་ངག་པ་ལེགས་པོ་ཞིག་འགྱུར་མི་སྲིད་པ་རྟོགས་པ་དེའོ།།

ང་ནམ་རྒྱུན་ཁེར་རྐྱང་ལ་བྱེས་སུ་སོང་ནས་སྙན་ངག་བཙལ་ཞིང་ཚིག་སྙན་མོ་ཁོ་ན་བཤུ་སྒྲོད་བྱས། དཔྱིད་ཀར་སྤང་ཐང་དུ་མནོ་བསམ་གཏོང་བཞིན་གཏོང་བཞིན་གཉིད་དུ་ཡུར། བྱ་བ་ཅི་ཞིག་སྒྲུབ་ཀྱང་སླད་པའི་ནང་དུ་སྙན་ངག་ཁོ་ན་ལས་ཅི་ཡང་མེད་སོད། དངོས་སུ་འབྲི་བར་བརྩམས་ཚེ་བྱིངས་རྐྱོད་ཀྱི་གཡང་ལ་ལྷུང་ནས་ཅི་བྱ་བྲལ། ང་སྙན་ངག་པ་ལྟར་འཚོ་ཞིང་སྲོག་རླུང་ཞུགས་པ་ལྟར་ནད་མེད་འཁུན་སྒྲས་གཅེ་ཞིང་། དུས་རབས་དང་ཡེ་ནས་མི་མཐུན། བཟོ་གྲྭ་ཆུང་ཆུང་ཞིག་ཏུ་བཟོ་པ་བྱས་ཏེ་ནངས་སྔ་འགྲོ

དང་དགོང་འཕྲོ་སོག་བྱས་ཤིང་། ཆབ་སྲིད་སློབ་སྦྱོང་ཡོད་ཚད་ལ་གཡོལ་བར་མ་ཟད་ཚགས་པར་ལ་གཏན་ནས་མི་བལྟ། སྐབས་དེའི་པར་སྐྲུན་ཡིག་རིགས་དེ་དག་ང་དང་འབྲེལ་བ་མེད་ལ། རང་ཉིད་ཀྱིས་སྙན་ངག་བྲིས་པ་ངོ་མས་བཙོག་པར་སྙམ་པའི་ཚོར་བ་དྲག་པོ་སྐྱེས་དུས། ངས་ཕྱི་རྒྱལ་གྱི་སྒྲུང་གཏམ་ལས་གཞན་ཅི་ལའང་མི་བལྟ་བའི་དམ་བཅས།

སོ་འགའི་རྗེས་སུ། གནས་བབ་ལ་འགྱུར་ལྡོག་ཆེན་པོ་བྱུང་སྟེ། སྒྲུང་གཏམ་དང་ལྷག་པར་དུ་སྒྲུང་ཐུང་དར་མགོ་བཙམས། ངས་སློབ་ཆེན་དུ་རྒྱུགས་འཕྲོད་ཅིང་ཞུར་ཟིང་དེའི་རྗེས་འབྲངས་ནས་སྒྲུང་གཏམ་བྲིས། དང་ཐོག་གི་སྒྲུང་གཏམ་ཡང་ངའི་དང་ཐོག་གི་སྙན་ངག་ལྟར་སྣང་། དེ་ལྟ་བུའི་སྒྲུང་གཏམ་ངས་པེ་ཅིན་ལ་སྤྲིངས་སྦྱོང་། ཁོས་བལྟས་རྗེས་ང་ལ་ངའི་སྒྲུང་གཏམ་མི་ལེགས་ཀྱང་སྙན་ངག་འབྲི་བའི་བག་ནུས་ཆེན་པོ་ཡོད་པའི་འཕྲིན་ལན་འབྱོར། ཁོས་ང་ལ་སྙན་ངག་གི་ཚོར་འདུ་ལེགས་པོ་ལྡན་པས་དེའི་ཕྱོགས་སུ་གཞོལ་འོས་ཞེས་བསྐུགས་པ་བརྗོད། ཁོའི་ཟླ་བསྐོད་དེས་ང་ཡུན་རིང་ཞིག་ལ་རེ་ཐག་ཆད་ནས་ལུས། གལ་ཏེ་ངའི་སྒྲུང་གཏམ་གྱི་ཚོར་འདུ་དེ་སྙན་ངག་ལས་ཀྱང་ཞན་ཆེ། རྩོམ་རིག་གི་ལམ་དུ་བ་ནུད་པ་ལས་འཆི་ན་དགའ་བར་འདོད། ངས་རང་གི་སྙན་ངག་སྐྱིབ་ཐབས་མེད་པ་གསལ་པོར་ཤེས་པའི་ཁར། སྐབས་དེའི་ངའི་སྒྲུང་གཏམ་ཡང་བཟང་རྒྱུ་མེད་པ་དངོས་སུ་རྟོགས།

ད་ལྟའི་བར་དུ་ངའི་སྒྲུང་གཏམ་སྤར་བཞིན་ལེགས་པོ་ཞིག་འཕྲོངས་མེད། རང་གི་སྒྲུང་གཏམ་སྙིང་བར་ཕྱིར་བལྟས་ཚེ་ངོ་ཚ་ནོང་ཞིང་སྨྲ་མི་ཤེས་པ་ཞིག་རེད། ལོ་ཟླ་དེ་ཕྱིར་དྲན་བྱས་ན། ངས་བརྩོན་པ་ཆུ་བོའི་རྒྱུན་བཞིན་

བརྟེན་ནས་སྒྲུང་གཏམ་བྲིས་ཏེ་རྩོམ་མ་ཕུད་པར་འཐབ་རྩོད་བྱས་པ་དེ་ནི་དཔེ་མི་སྲིད་པའི་ངོ་མཚར་ཞིག་ཏུ་འཁྲུམས། ཁོང་ཁྲོའི་རྐྱེན་ཡིན་ཀྱང་སྲིད། རང་ཉིད་ཀྱིས་དགའ་ཕྱོགས་གསར་བ་གཞན་བཙལ་རྗེས། སྒྲུང་གཏམ་ལ་དགའ་མོས་ཆེན་པོ་སྐྱེས་ཤིང་། དེ་ནི་ངས་སྐད་ངག་ལྟར་ལས་མཐའ་མི་འཁྲོལ་བ་བསྒྱུར་ཏེ་རྒྱུན་འཁྲོངས་སྟོད་མེད་བྱས་པའི་རྐྱེན་ཡིན་པ་སྨོས་མ་དགོས།

ལོ་མང་པོའི་ཡར་སྔོན་དུ། རྩོམ་རིག་ལ་དུང་བའི་གཞོན་ནུ་ཞིག་གིས་མ་འོངས་པའི་དུས་སུ་སྐད་ངག་པ་ཡ་མེད་ཅིག་ཏུ་འགྱུར་བར་འཁྲུལ་སྣང་སྐྱེས་བཞིན་ཡོད། མཛེས་སྡུག་གི་ཕུགས་འདུན་མང་ཤོས་སྟོང་ཟད་དུ་འགྲོ་བ་ལས་ཀྱིས་བསྐོས་པ་ནང་བཞིན། ངའི་སྐད་ངག་པའི་རྨི་ལམ་གྱི་རྒྱང་ཐག་རིང་བ་དེའང་མི་གཞན་གྱི་གཏམ་རྒྱུད་དང་འདྲ་བར་སྣང་། ངས་རང་གི་ལྟ་བས་མི་བཟོད་པའི་སྐད་རྩོམ་དེ་དག་བརྟགས་པར་འགྲོད་གདུང་ཅི་ཡང་མེད། དུས་ཚོད་ལ་ཕྱིར་འབྱུང་ཐབས་མེད་ཅིང་སྒྱུ་རྩལ་ལ་འཛད་མཐའ་བྲལ། འདས་ཟིན་པ་ཡོད་ཚད་དུང་ཞིང་ཞེན་པའི་ཕྱིར་དྲན་དུ་གྱུར། ངས་སན་ལྷུའུ་དྲན་ཞིང་མའོ་ཐོའུ་བརྗེད་ཐབས་མེད། ཐེངས་མང་པོའི་ཕྱིར་དྲན་གྱི་གློང་དུ་ནད་སྙིང་དེ་བསྐྱར་དུ་འཕར། ངས་འདས་ཟིན་པའི་སྟོང་པ་ཉིད་ཀྱི་རང་ལ་ལག་གཡོབ་ཀྱིས་གུས་པ་ཕུལ། འདི་ནི་བསྐལ་པ་མ་འཇིག་བར་དུ་བརྗེད་དུ་མེད་ལ་བརྗེད་ཐབས་ཀྱང་བྲལ་བའི་ང་ཅི་ལ་མིན། ངས་ང་ལ་ལྟ་བཞིན་དུང་ཞེན་དང་སྐྱོ་གདུང་གིས་གཟིར། ང་ཚོ་སྔོན་ཆད་ཚོགས་སྤྱི་ཞིག་ཡིན་ལ། ང་ཚོ་དུས་གཏན་དུ་ཚོགས་སྤྱི་ཞིག་ཡིན།

ང་ཚོས་ཕན་ཚུན་དྲན་པའི་གདུང་བ་དེ།

སྤྱར་བཞིན་ཁྲུ་སིམ་མེར་མདུན་དུ་སྐྱོད།
དེ་ནི་གངས་ཀྱི་ཞུད་བྱེད་ཅིག་དང་འདྲ་བར།
རྨ་ཁའི་སྙིང་ནས་སུ་མཐུད་དུ་ཞུད་བཞིན་མཆིས།

མི་དང་སྙན་ངག རོལ་དབྱངས།

པ་སྤུན་གཅེན་པོ་སན་ལྷུའུ་ཡི་འགྲུལ་ཤག་ཏུ་ངས་རྩོམ་རིག་གི་ཞིང་ཁམས་འཕྲིམ་མགོ་བཙམས། སྐབས་དེར་ང་ནི་རྩོམ་རིག་ལ་དུང་བའི་གཞོན་ནུ་ཞིག་ཡིན་ཞིང་། པོའི་མཇུབ་ཁྲིད་ལ་བརྟེན་ནས། འཛམ་གླིང་གི་རྩོམ་རིག་གྲགས་ཆེན་བཀླགས་པ་དང་། དགའ་མོས་ཡོད་པའི་རྩོམ་པ་པོར་བསྟོད་བརྗོད་བྱས་ཏེ། སྙན་ངག་གི་བྲོ་བས་ཕྱུག་པའི་འཚོ་བ་རོལ་བཞིན་ཡོད། སན་ལྷུའུ་ནི་ང་ཚོའི་མི་རབས་དེའི་རྒྱན་རབས་ཡིན་ཞིང་། འཛོན་ཐང་ཆེ་ཡང་དོན་བྱ་གང་ཡང་ལེགས་འགྲུབ་བྱུང་མ་སོང་། ལོ་ན་གཞོན་དུས་ནས་ནད་ཡ་མཚན་ཞིག་བྱུང་ལ་དོ་སྣང་མ་བྱས་པས་འཇིག་རྟེན་མི་ཡུལ་དང་ཁྱེས་སོང་།

སན་ལྷུའུ་ཡིས་པར་བསྐྲུན་པ་ཤིན་ཏུ་ལེགས། དུས་སྐབས་ཤིག་ལ་ཁོས་འཛར་མན་གྱི་པར་ཆས་རྙིང་པ་ཞིག་གིས་མི་སྣ་པར་བརྒྱབ་སྟེ། རེ་ཞིག“སན་ལྷུའུ་འདྲ་པར”ཞེས་པའི་མཚན་སྙན་ཐོབ་ཅིང་། སྐབས་དེར་མི་མང་པོས་ཁོས་པར་རེ་བསྐྲུན་ཐུབ་པར་རེ་སྨོན་བྱེད། ངེད་ཚང་ལྷ་བུའི་རིག་གནས་པའི་ཁྱིམ་ཚང་འདིར་མཚོན་ན་ཁོས་ང་ལ་བསློས་པའི་བག་ཆགས་ཆེས་ཟབ། དུས་རབས20པའི་ལོ་རབས70པའི་དུས་མགོར། སན་ལྷུའུ་ཡིས་པར་བསྐྲུན་པ་ལས་གཞན། པོ་ནི་ད་དུང་གདོང་མཚོང་སྙན་ངག་པ་དཔེ་

མེད་ཅིག་སྟེ་ངེས་དོན་གྱི་གདོང་ལེན་པ་ཞིག་ཏུ་ཟད། དུས་སྐབས་དེར་སན་ལྷེའུ་ལྷ་བུའི་སློབ་ངག་འཁྲི་མཁན་ཐམས་ཅད་མི་ཡ་མཚན་ཞིག་ཏུ་བརྩི་བར་གདོན་མི་ཟའོ། །

སན་ལྷེའུ་ཡི་རོལ་དབྱངས་ཀྱིས་སློབ་ངག་དང་པར་རྩལ་ལས་ཀྱང་ཡིད་ཀྱི་དང་བ་འདྲེན་ཐུབ། ཁོ་ནི་རོལ་དབྱངས་དོན་གཉེར་མཁན་འཛོན་པོ་ཞིག་ཡིན་ཏེ། སྔོན་ལ་སྒྲ་དཔར་དང་ཕྱིས་སུ་ད་དུང་དབྱིབས་སྙིང་སྡེར་ཆེན་སྒྲ་འཕེབས་སྤྱིན་ཐག་གཉེར་ལ། མཇུག་མཐར་ད་གཟོད་སྐམ་ཐགས་དོན་དུ་གཉེར། གལ་ཏེ་སྡེ་མོ་ནས་ཚེ་ལས་འདས་མེད་པའི་དབང་དུ་བཏང་ན། ཁོ་ནི་སྐྱུལ་འོད་སླུ་སྡེར་བསྟུ་ཉར་མཁན་ཞིག་ཏུ་འགྱུར་ངེས་པ་སྨྲ་མེད་ཡིན་ལ། པེ་ཅིན་གྱི་ཁོར་ཡུག་ཆུང་ངུའི་ནང་དུ་སྐད་གྲགས་ཆུང་ཆེན་པོ་ལྡན། སློབ་ངག་བྲིས་པ་ཐུལ་དུ་བྱུང་བ་དང་གཤིས་རྒྱུད་ཡ་མཚན་ཅན་གྱི་སློབ་ངག་པ་དང་། རོལ་དབྱངས་བསྟུ་ཉར་མཁན་ཡང་ཡིན་པའི་ཅོ་ལོ་བཞི་བཅུར་སོན་པའི་མི་ཞིག་གིས་བྱིས་པ་བཞིན་སན་ལྷེའུ་ལ་ཁ་ལོག་བྱས། སན་ལྷེའུ་ཡིས་སྐམ་ཐགས་གྱི་ནོམ་པ་བསྟུ་ཉར་བྱས་ཡོད་པ་ཤེས་རྗེས། ཁོས་སན་ལྷེའུ་ལ་སྐད་བཏང་ནས་ཆ་སྐམ་གྱི་ཁ་འབྱེད་ཐུབ་ཚེ། སྟུད་ཐགས་གཉིས་གང་དགར་འདེམ་དུ་བཙུག་ན་ཁོ་གཉིས་འགྲིག་མཐུན་བྱས་ཆོག་ཅེས་བཤད།

སན་ལྷེའུ་སློབ་ངག་པ་དེའི་སློབ་ངག་ལ་དགའ། ནམ་རྒྱུན་ངའི་མདུན་དུ་ཁོ་རང་གླེང་བཞིན་ཡོད་ཅིང་ཁོའི་སློབ་ངག་ནི་ཀྲུང་གོའི་ཆེས་ལེགས་པའི་སློབ་ངག་ཏུ་སེམས། ཁོ་གཉིས་སྟོན་ཚད་བློས་ཐུབ་ཀྱི་གྲོགས་པོ་ཡིན་ཞིང་། ཁ་ལོག་བརྒྱབ་རྗེས་སན་ལྷེའུ་ཡིས་ཁོ་ཚོའི་སྟོན་ཚད་ཀྱི་མཛའ

བརྗེ་དང་། མཉམ་དུ་སྐན་ངག་བྲིས་པ་དང་། ཡག་བཙོག་གང་རུང་གི་སྐན་ངག་དེ་དག་བྲིས་ཚུལ། མཉམ་དུ་རོལ་དབྱངས་གཉེར་ཏེ། ལྷུགས་རྟའི་སྙིང་ལྡིང་རྫོབ་ཆེ་བའི་སྒྲ་འཕེབས་འཕྲུལ་ཆས་ཤིག་བཀལ་ནས་གང་སར་སྒྲ་ཐགས་བསྐྱར་འཕེབས་བྱེད་དུ་ཆས་པ་སོགས་ཕྱིར་དྲན་ཡང་ཡང་བྱས། མཛའ་བརྗེ་ཡལ་བ་དེ་ཕྱིར་འཚོལ་རྒྱུ་ནི་སན་ལྷུའུ་ཡི་ལོ་མང་གི་མོས་འདུན་ཞིག་ཡིན་མོད། འགྱོད་སེམས་མེད་པར་རང་གིས་ཉར་བའི་སྣམ་ཐགས་གཉིས་སློས་གཏོང་རྒྱུ་ནི་རང་གི་མིག་འབྲས་ལེན་པ་དང་གཉིས་སུ་མ་མཆིས།

"འགྲིག་མི་འགྲིག་ཁོར་རག་ལས། སྣམ་ཐགས་གཉིས་གཞན་ལ་འདེམ་དུ་བཙུག་ཆོག་ཀྱང་ཁོར་ནི་ག་ལ་རུང་། "

རང་གཞན་གཉིས་ཀྱི་ཚུལ་རྟོགས་པས། སན་ལྷུའུ་ཅིས་ཀྱང་ཉེན་སྣར་སྐྱོད་མི་ཐོད། རྒྱུ་མཚན་ནི་སྐན་ངག་པ་དེས་ཁོའི་ཆེས་ཐུལ་དུ་བྱུང་བའི་སྣུད་ཐགས་གཉིས་འཁྲོག་འགྲོ་བའི་གདེང་ཚོད་བརྟན་པོ་ཡོད་པས་སོ། །བློ་ཁོག་དོག་ན་དམ་པ་མིན། གནག་སེམས་མེད་ན་སྐྱེས་པ་མིན། ཁོས་ཐེ་ཚོམ་ཡང་ཡང་བྱས་མཐར།

"ཧྲིན། འགྲིག་རྒྱུ་མིན། གཞན་གྱི་དགའ་བ་འཁྲོག་ན་ག་ལ་ཆོག"ཅེས་བཤད་དེ་མཐའ་གཅིག་ཏུ་མི་འགྲིག་པའི་ཐག་བཅད།

རོལ་དབྱངས་དོན་གཉེར་ཅན་གྱི་མིག་ལམ་དུ་སན་ལྷུའུ་ནི་རྟ་བོང་གི་དབྱེ་བ་མི་ཤེས་པའི་ཚུལ་དུ་ཟད། ཁོར་མཚོན་ན་རོལ་དབྱངས་ནི་ཆེད་ལས་མིན་ལ། ཐ་ན་ལས་ཞོར་ཡང་མིན་པར་རོལ་དབྱངས་ལ་དགའ་བ་ཁོ་ནའོ། །"དགའ་བ"དེས་ཁོས་རོལ་དབྱངས་ལ་བཅངས་པའི་དུང་བ་ཡོད་ཚད་མཚོན་ཡོད། རོལ་དབྱངས་ནི་ཐ་མག་དང་བདུད་རྩི། ཁོའི་འཚོ་བའི་ཁྲིད་

མེད་མི་རུང་བའི་རྒྱུས་སྦྱོར་ཤིག་དང་དབྱེར་མ་མཆིས། རོལ་དབྱངས་ལ་རབ་ཏུ་ཆགས་ཤིང་རོལ་དབྱངས་ཀྱིས་བཟི། རོལ་དབྱངས་ལ་ཉན་བཞིན་ཉན་བཞིན་རྐང་བྲོ་ལག་བྲོ་འཁྲབ། རེ་འགར་ངུ་ཞིང་རེ་འགར་སྐད་ཅོར་རྒྱག་པའི་མི་ཞིག་གིས་དབྱངས་ཧ་ཐེག་ལྷུ་ལའང་ངེས་ཆ་མེད་ཅེས་བཤད་ན་སུ་ཞིག་ཉོམ། ཁོས་རོལ་དབྱངས་ལ་རྒྱུན་ཆད་མེད་པར་ཉན་པ་ཙམ་ལས་ངས་ཁོས་ཁ་གདང་བ་ཙམ་ཡང་མཐོང་མ་མྱོང་།

སྙན་ངག་དང་རོལ་དབྱངས་ནི་སན་ལྷུའུ་ཡི་འཚོ་བའི་གྲུབ་ཆ་ཞིག་ཡིན་ཞིང་། རོལ་དབྱངས་ཡོད་པས་སྙན་ངག་ཀྱང་ངང་གིས་ཐོན། སྙན་ཞིང་འཇེབས་པའི་རོལ་དབྱངས་ཁྲོད་སྙན་ངག་འབྲི་བའི་སྤྲོ་སེམས་ཇེ་ལྷར་འཕེལ་བའི་སྐོར་ཁོས་ང་ལ་ལན་མང་བཤད་མྱོང་སྟེ། "རོལ་དབྱངས་མེད་ན་སྙན་ངག་འབྲི་ག་ལ་ཐུབ" ཅེས་བཤད་དུས་ཚུལ་འཆོས་དང་སོམ་ཉི་སྤྲ་ཙམ་ཡང་མེད་པའི་སྒྲོ་འདོགས་ཀྱི་ཉམས་འགྱུར་དེ་ད་ལྟའི་བར་དུ་ངའི་ཡིད་ཀྱི་ཞིང་ཁམས་སུ་ཉར་ཡོད། ཁོ་ལ་མཚོན་ན། རོལ་དབྱངས་ནི་ཐོས་འཛིན་གྱི་སྙན་ངག་ཡིན་ལ། སྙན་ངག་ནི་ཤོག་སྟེང་གི་རོལ་དབྱངས་སུ་འཁྱུམས།

ད་ལྟ། བདག་གིས་ཁྱེད་ལ་སྙན་ངག་གྱེར་བའི་དུས་སུ་སླེབས་སོང་།
ཚོན་པིར་རྙིང་བ་དེ་སྦྲུལ་བའི་ལག་པ་བརྒྱུད་དེ།
ལོ་བརྒྱའི་རྡུལ་ཁྲོད་དུ་ལྷུང་སོང་།
ཁྱེད་ཀྱིས་ཁོའི་ཆེད་དུ།
ཀློ་དཀར་དང་།
གཞུང་དྲང་གཙང་མའི་ལོ་ངོ་སྟོང་ཕྲག་གི

ལྷག་བསམ་གཙང་མའི་འདང་རྫིས་བཙངས་ཡོད།
འཛིག་རྟེན་གྱི་མི་སུ་དང་གང་གིས་ཀྱང་།
ཁྱེད་ཀྱི་བླ་མེད་དྭངས་གཙང་གི་སྐད་ངག་གོ་མི་ནུས།

འདི་ནི་སན་ཕྲུའུ་ཡིས་བྲིས་པའི་སྙན་ངག་ཚན་པ་ཞིག་ཡིན། དེ་ནི 1964ལོ་སྟེ། སྐབས་དེར་ཁོ་ལང་ཚོ་དར་ལ་བབས་ཤིང་སྐྱེས་སློ་ཡག་པའི་སྟག་ཤར་གཞོན་ནུ་གྲུང་ཤ་རྡོད་པོ་ཞིག་ཡིན། བགྲང་བྱ་བཅུའི་རྗེས་སུ། ངས་རྒྱབ་ཤུན་སྲ་མོའི་འབྲི་དེབ་ཅིག་ཏུ་གྲོག་མའི་རྗེས་ཤུལ་ལྟ་བུའི་བྲིས་ཀྱིས་སན་ཕྲུའུ་ཡི་སྙན་ངག་ཕྱོགས་བསྒྲིགས་གུས་གུས་དུད་དུད་ཀྱིས་བཤུ་འབྲི་བྱས། བགྲང་བྱ་བཅུའི་ལོ་ཟླ་དང་། ལོ་ངོ་བཅུའི་ཟིང་འཁྲུག་གིས་སན་ཕྲུའུ་མི་གཞན་ཞིག་ཏུ་བསྒྱུར་ཡོད་པ་འདྲ།

ཁྱེད་ཀྱི་མཆུ་སྒྲོས་ལས་རྟག་ཏུ།
སྐྱོ་བའི་འཛུམ་བག་ཅིག་མངོན།

མི་ཨང་། ལོ་ཟླ་ཨང་།
སྐྱོ་སྡུག་ག་ཞ་ཐག་ཐག་ཏུ་གྱུར་སོང་།

རི་བོའི་ཁ་དན་ལ་གཟུགས་མི་འདུག
མཚོ་མོའི་མནའ་ཚིག་གི་རྗེས་ཤུལ་སྟོང་སོང་།
ཡིད་རྟོན་གྱིས་སྤངས་ཤིང་།
མཛའ་སེམས་ཀྱིས་ལས་སླ་མོས་དོར།

ཟུར་ཟ། བརྙས་དམོད།
ད་དུང་མཐོང་སྙིག་གི་ཕྲག་དོག
ཟབ་མོར་བརྐོས་པའི་གབ་དོང་དུ།
བསླུ་བྲིད་ཀྱི་ཨ་ལོང་དམ་པོར་བསྡམས།

མི་ཨང་། ལོ་ཟླ་ཨང་།
གདུག་རྩུབ་ངའོ་སྙམ་པའི་ང་རྒྱལ་དུ་གྱུར་སོང་།

སྐྱོ་འཛུམ། སྐྱོ་འཛུམ་གྱིས།
བདག་གི་མཆུ་སྒྲོས་ཀྱི་ཚུགས་ཀ་ཡོངས་སུ་འཁྱུར་སོང་།

བསམ་བློའི་གོ་རྟོགས་ལ་འགྱུར་བ་ཆེན་པོ་བྱུང་ཡོད་པར་མ་ཟད། གཟུགས་གཞིའང་ཡིད་སྐྱོ་བ་ཞིག་ཏུ་གྱུར་ཡོད་དེ། རྫང་སྔོན་ཚོགས་གྲུམ་དང་ཞིང་རའི་བཟོད་ཐབས་བྲལ་བའི་རྩོལ་ལས་ཀྱི་རྐྱེན་པས། ཁོའི་ལུས་ཡོངས་སུ་སྐྲུར་ཏེ་དབང་པོ་སྐྱོན་ཅན་ཤ་སྟག་ཅིག་ཏུ་གྱུར། ཁོའི་སྙན་ངག་གི་རྩོམ་གཤིས་ལ་འགྱུར་བ་ཆེན་པོ་བྱུང་བ་དང་། གདོང་གི་ཉམས་མདངས་ཤར་བའི་དར་ནག་པོ་དེ་སྙན་ངག་གི་ཚིག་ཕྲེང་རེ་རེའི་ཁྲོད་གསལ་པོར་མངོན་ཡོད། ཁོ་རང་མི་ཚེ་དང་འཚོ་བར་རེ་ཐག་ཆད་པ་དེས་སྤྱི་ཚོགས་སུ་ཞུགས་མ་ཐག་པའི་བདག་ལ་ཤུགས་རྐྱེན་ཚབས་ཆེན་ཐེབས། ལོ་དེར་ང་རང་ལོ་བཅུ་བདུན་ཡིན་ཞིང་། མཐོ་འབྲིང་སློབ་མཐར་ཕྱིན་ནས་ཁྱིམ་དུ

བསྟོད་ཡོད། སློབ་ཆེན་དུ་རྒྱུགས་སྤྲོད་པའི་བསམ་བློ་ཡེ་ནས་མེད་པ་དང་མདུན་ལམ་དང་ལས་ཀ་ཅི་ཡང་མེད་པར་ལུས། ང་ཡང་སན་ཕྲུའུ་དང་འདྲ་བར་ཉམས་དམའ་ཞིང་ནད་མེད་འཁུན་སྒྲས་གཅེ་ལ། དོན་དངོས་ཀྱི་འཚོ་བ་གསོན་པོ་དེར་རྒྱང་བཀྱེད་པ་ཞིག་ཏུ་གྱུར།

སྙན་ངག་འབྲི་རྒྱུ་སྦྱངས་པ་ལས་གཞན། ང་རོལ་དབྱངས་ཀྱི་གོལ་སར་ལྷུང་སྟེ་ཐམ་ཐོམ་ངང་ཕྱིར་འོང་མི་འདོད། རོལ་དབྱངས་ལ་ཉན་རྒྱུའང་ངའི་འདོད་ཞེན་ཞིག་ཏུ་གྱུར་ཅིང་། ད་ལྟའི་བར་དུ་ངས་ད་དུང་གོམས་གཤིས་ངན་པ་འདི་འདྲ་ཞིག་སྐྱོང་བཞིན་ཡོད་དེ། རྩོམ་འབྲི་སྐབས་ཡིན་གཅིག་མིན་གཉིས་རོལ་དབྱངས་ལ་ཉན་དགོས། རོལ་དབྱངས་ཀྱི་དབྱངས་ཏ་ལས་བསམ་གཞིག་བསྐྱེད་ཐུབ། ཁ་ཁྱུ་སེམས་པ་དང་ནར་གཟན་པའི་ཝུར་སྒྲ་གང་ཡིན་ཡང་། རོལ་དབྱངས་ཀྱིས་མི་ལ་ཚ་མེད་དང་རྩོམ་འབྲི་བའི་སྐབས་སུ་སུན་སྣང་སྤྲིན་ལ། ཚོར་སྣང་དེ་བས་ཀྱང་ཕུན་སུམ་ཇེ་ཚོགས་སུ་གཏོང་ཐུབ། ང་རང་སྙན་ངག་ལ་དགའ་བ་བཞིན་རོལ་དབྱངས་ཉན་རྒྱུར་དགའ་བ་དེའང་སན་ཕྲུའུ་ཡིས་ཤུགས་རྐྱེན་ཐེབས་པ་རང་ཡིན། ཁོས་ནམ་ཡང་མཁས་རློམ་གྱིས་སྟོང་བཤད་བྱེད་ཅིང་། རོལ་དབྱངས་གླིང་ཚེ་རྫོགས་མཐའ་མེད། དགོད་བྲོ་བ་ཞིག་ལ་ཁོས་ང་ལ་རོལ་མོ་བའི་གཏམ་རྒྱུད་དང་ངག་རྒྱུན་བཤད་ཤེས་པ་ཙམ་ལས་རོལ་དབྱངས་ཀྱི་གཞུང་ལུགས་ཅི་ཡང་བཤད་མི་ཤེས།

རོལ་མོ་བའི་གཏམ་རྒྱུད་དང་ངག་རྒྱུན་གྱིས་ངས་རྩོམ་འབྲི་བར་ནུས་པ་འདྲ་མིན་ཐོན་ཞིང་། ངས་རང་ཉིད་མོ་ཀྲ་ཐེ་དང་པེ་ཐོ་ཕེན་ལྟ་བུའི་རོལ་མོ་བ་ཞིག་ཏུ་འགྱུར་བར་རེ། བློ་སྟོབས་ཉམས་པའི་སྐབས་སུ་རོལ་དབྱངས

ཀྱིས་ང་ལ་བླ་ན་མཐོ་ཞིང་། དྲི་མ་མེད་པའི་དྭངས་གཙང་གི་རོ་བཅུད་སྨིན་ཡོང་། ངས་སན་ཕྲུའུ་ཡི་གཤམ་གྱི་སྙན་ངག་ཚན་པ་འདི་བཤུ་འབྲི་བྱེད་སྐབས། མིག་ཆུ་དབང་མེད་དུ་བཞུར་ཞིང་སེམས་སུ་སྨྲ་མི་ཤེས་པའི་ཚོར་བས་བརྟས།

ཁྱེད་ཀྱི་མཛུབ་མོས།
མཐེབ་གཞོང་ལ་བྱིལ་བྱིལ་གནང་།
བདག་ནི ཕྲག་རྫུང་འདར་བཞིན།
རང་ངོ་ལག་མཐིལ་དུ་སྦས་པ་མ་གཏོགས།
ཅི་ཡང་མ་ནུས་ཏེ།
རྒྱུ་མཚན་ནི།
ང་ནི་ཁྱེད་ཀྱི་ཕྱུག་འོག་གི
དཀར་ནག་གི་མཐེབ་རྩེའུ་རེ་རེ་ཡིན་པས་སོ། །

སན་ཕྲུའུ་ཡི་འཇོན་ནུས་དེ་འདོན་སྤེལ་ལེགས་པོ་ཞིག་གཏན་ནས་བྱ་ཐབ་མེད། ངེས་དོན་གྱི་གདོང་མཆོང་སྙན་ངག་པ་ནང་བཞིན། ཕོ་ཁེར་རྐྱང་དང་སུན་སྣང་གིས་གཟེར་ལ། མི་རྣམས་ཀྱི་མིག་ལམ་དུ་བྱ་བ་ཅི་ཡང་ལམ་སྟོངས་བྱུང་མེད། ཕོའི་སྙན་ངག་ཤིན་ཏུ་ཉུང་ལ་ལྷུགས་པར་དུ་བཏབ་པ་དེ་བས་ཀྱང་ཉུང་ངོ་། ། ཕོའི་འཇོན་ཐང་ནི་དུས་རབས་ཀྱི་རླབས་དང་རྒྱང་ཐག་ཤིག་ཏུ་རིང་བར་མ་ཟད། ཁྱིར་རྒྱུག་གི་དབྱུག་པ་ཙམ་ཡང་མི་ཉན་པ་ལྟར་སྣང་། 1975ལོའི་རྗེས་སུ་ཕོས་སྙན་ངག་གཅིག་ཀྱང་བྲིས་མེད་པ་འདྲ་

སྟེ། སྣན་ངག་པའི་སྒྲོ་སེམས་དེ་ཡིད་སྨུག་པའི་དུས་རབས་ཤིག་ཏུ་དུ་སྒྲིན་བཞིན་ཡལ་བར་གྱུར། 1972ལོའི་ཟླ10པའི་ཚེས29ཉིན་དེར། ཁོས་རྣམ་ཐོག་པའི་རི་སྤྱང་བཞིན་ང་རོ་བསྒྲགས་པ་སྟེ།

ང་ཚོ་ཤིང་སྡོང་ཞིག་དང་འདྲ་བར།
གཞན་གྱིས་ཤུན་པ་བཀོག་སྟེ།
སྟེའུས་གཞོག་བཞིན།
འཛེར་མས་མནན་ཅིང་།
སོག་ལེས་བཅད་དེ།
མཐའ་མར་རང་གིས་རང་ལ་བལྟས་ཀྱང་།
རྒྱུས་མེད་ཅིག་ཏུ་བཏང་ཡོད།

ཡིན་ནའང་། གོ་ལ་ཕྱིལ་པོར་འཁོར་ནས།
ང་ཚོས་ད་དུང་ཟུར་ཟའི་ཚུལ་གྱིས།
སེམས་ནམ་ཡིན་ཡང་།
གཅིག་པུ་དེ་ཁོ་ན་ཉིད་དོ་ཞེས་བཤད་དགོས།

"མི་བཞིའི་ཤོག་ཁག"རྗེས་སུ་བཏྲགས་རྗེས། སྙན་ངག་པ་གསར་བ་ཆར་རྗེས་ཀྱི་ཤ་མོ་བཞོལ་བ་བཞིན་བྱུང་། སན་ལྷུའུ་ཡིས་རོལ་དབྱངས་ལ་ཉན་པ་ལས་གཞན་ནམ་ཡང་སྟུད་ཐགས་འཚོལ་སྟུད་བྱེད་ཅིང་། སྙན་ངག་ནི་ཁོར་མཚོན་ན་རྒྱང་རིང་གི་འདས་དོན་ཞིག་ཏུ་གྱུར་ཡོད། ངས་ཁོར་སྙན་

ངག་མི་འབྲི་དོན་ཅི་ཡིན་པ་དང་རང་གི་སྙན་ངག་འགྲེམ་སྤེལ་མི་བྱེད་དོན་ཅི་ཡིན་པ་ཡང་ཡང་དྲིས་ཀྱང་། ཁོས་དྲང་ཕྱོགས་ནས་ལན་ཐེངས་གཅིག་ཀྱང་ཕྱོན་མ་མྱོང་། ཁོས་ཐོག་མཐའ་བར་གསུམ་དུ་འཚོ་བ་འགྱུར་བ་མེད་པ་ཞིག་རོལ་བཞིན་ཡོད་པ་འདྲ་སྟེ། ཉིན་རྒྱུན་ཟས་ཟ་བ་དང་གཉིད་པ། བུ་མོས་སྒྲ་སྙན་གཏོང་བར་ཉན་པ། རོལ་དབྱངས་ཀྱི་རྟ་བཅས་སུ་འཚོ་བཞིན་ཡོད། ལོ་འདི་དག་ཏུ་ང་སློབ་ཆེན་དང་ཞིབ་འཇུག་སློབ་གྲྭ་འགྲིམས་ཤིང་སྒྲུང་གཏམ་བྲིས། གཉེན་བསྒྲིགས་ཤིང་བུ་མོ་གསོ་སྐྱོང་བྱེད་ཆེད་སྒོར་མོ་བཙལ། འགྱུར་བ་ཡང་ནར་པོ་བྱུང་ཞིང་ཅི་ལྟར་འགྱུར་ན་དེ་ཙམ་གྱིས་འདྲ་མི་ཆགས་ལ། དེ་ཙམ་གྱིས་མངོན་སུམ་དུ་གྱུར།

སན་ཕྲུའུ་ཡི་འདས་རྐྱེན་ནི་དུས་གཏན་གྱི་གསང་བ་ཞིག་ཡིན། དབང་པོ་སྐྱོན་ཅན་ཞིག་ཡིན་པའི་ཆ་ནས་ཁོར་རྒྱུན་དུ་ནད་མདོག་མངོན་ཡོད་པས། སྐབས་འགར་ཁོའི་ལུས་མི་བདེ་བ་དེར་སུས་ཀྱང་དོ་སྣང་བྱེད་མི་སྲིད། ཁོའི་ལུས་ཡོངས་སུ་སྐྲུར་ཞིང་སེམས་པ་ད་དུང་གཞོན་ནུ་བཞིན་གཡོ་ལྡེད་མེད་ལ། ལུས་པོ་ནི་སྣུམ་ཟད་ཀྱི་མར་མེ་ལྟར་གྱུར་ཡོད། ཁོ་ནམ་ཡང་ན་བས་གཟིར་ཞིང་། བྱིས་པ་བཞིན་འཁུན་སྒྲ་འབྱིན་ལ། སོ་མི་ན་ན་ཟོ་བ་ན་སྟེ། ཁོ་ནི་ནམ་ཡང་གཅེས་ལང་དུ་བཏང་བའི་སྐྱུ་སྲུས་ཞིག་དང་འདྲ། ངས་ཆེས་བརྗོད་པར་དཀའ་བ་ནི་ཁོས་ཞའོ་སུའུ་ཏ་འཐུང་བའི་རྣམ་པ་དེ་ཡིན། གཞན་གྱིས་སྨན་འཐུང་ན་རིལ་བུ་འགའ་མ་གཏོགས་མི་འཐུང་ལ། ཁོས་ཡང་ན་མི་འཐུང་བ་དང་། འཐུང་ན་དམ་བེ་ཕྱེད་ཀའམ་ཡོངས་རྫོགས་འཐུང་སྲིད། ཁོའི་འདས་རྐྱེན་ནི་སྨན་ཁང་གི་ནད་དཔྱད་ལྟར་ན་བཤལ་ནད་ཚབས་ཆེན་ཞིག་ཡིན་ཏེ། ནད་བྱུང་བ་ནས་དབུགས་ཀྱི་རྒྱུ་བ་ཆད་པའི་

བར་ཆུ་ཚོད་ཉེར་བཞི་ལས་འགྱངས་མེད། འཆི་བ་ནི་སྐབས་འགར་ཆེས་སླ་མོ་ཞིག་རེད། ཁོས་འཁྲུན་སྒྲ་དང་དབུགས་རིང་འབྱིན་པ་ནི་གོམས་གཤིས་སུ་ཆགས་པས། ཁོང་སྐུ་འདས་པའི་མཚན་མོ་དེར་མལ་ཁྲིའི་སྟེང་ཉལ་ནས་འཁྲུན་སྒྲ་བར་མེད་ཕྱུང་ཡང་སུས་ཀྱང་དོ་སྣང་མ་བྱས།

སན་ལྷེའུ་ཚེ་ལས་མ་འདས་པའི་ཉིན་འགའི་སྔོན་དུ། མི་ཞིག་གིས་ཁོར་རྦུ་རུའི་ཡི《ླ་སྟོག་བདེ་བའི་རོལ་དབྱངས》ཞེས་པ་ཕུལ། ཁོས་ཉན་ཞོར་དུ་སྨྲ་མོར་ང་ཤི་ཚེ། རོལ་དབྱངས་འདི་འདས་མཆོད་རོལ་དབྱངས་བྱེད་རོགས་ཞེས་ཀུ་རེ་བཤད། སན་ལྷེའུ་འདས་རྗེས། གྲོགས་པོ་ཚོས《ླ་སྟོག་བདེ་བའི་རོལ་དབྱངས》ཀྱི་སྐད་དབྱངས་ཁྲིད་པོ་ལ་གྱེས་ཕྱག་ཕུལ། རྣམ་པ་དེ་བརྙན་འཕེབས་འཕྲུལ་ཆས་ཀྱིས་བརྙན་བླངས་ཤིང་གྲངས་མེད་བཏང་ནས་ཁོར་གདུང་མཇལ་བྱེད་ཡོང་མ་བྱུང་བའི་གྲོགས་པོ་རྣམས་ལ་བསྟན། འདས་མཆོད་རོལ་དབྱངས་ཀྱི་སྒྲ་གདངས་དམའ་ཞིང་དལ་གྱིས་གྲག་ལ། སན་ལྷེའུ་འཚོ་བཞུགས་སྐབས་དང་འདྲ་བར་སྐྱོ་ཉམས་ཀྱིས་མེ་ཏོག་ཚོམ་བུའི་དབུས་སུ་གཏན་དུ་གཟིམས་ཡོད། གྲོགས་པོ་ཚོས་ལག་ལ་མེ་ཏོག་ཁང་ནའི་ཞིན་ཐོགས་ཤིང་རེ་རེ་བཞིན་མདུན་དུ་ཆས་ནས་ཁོའི་ལུས་ལ་མེ་ཏོག་གཏོར་བཞིན་མཆིས། དེ་ནི་ཁོ་འཚོ་བཞུགས་དུས་སུ་ཆེས་དགའ་བའི་མེ་ཏོག་རེད། སན་ལྷེའུ་ཡི་གྲོགས་པོ་ཞིག་གིས་མིག་ནས་མཆི་མ་འདོན་བཞིན་ཁོ་འཚོ་བཞུགས་སྐབས་ཉན་རྒྱུར་ཆེས་དགའ་བའི་སྣམ་ཐགས་གཉིས་ཁོའི་པང་དུ་བཞག འཛིག་རྟེན་གཞན་ཞིག་ཏུ་སྣམ་ཐགས་དེ་གཉིས་གཏན་དུ་ཁོ་དང་འབྲལ་མེད་དུ་གནས་ཤིད།

ཕ་སྤུན་གཅེན་མོ་ཞའོ་མའོ་ཡིས་སན་ལྷེའུ་ཡི་སྐད་ངག་སྦྱོགས་

གྲང་ཤུར་ཤུར་གྱི་འཚོག་ཛ་ཁང་ཞིག་གི་མདུན་དུ། གར་ལ་དུང་བའི་གཞོན་ནུ་སྨིག་མོ་ཞིག་གིས་ཁེར་རྐྱང་དུ་གར་ལ་རྩེན་བཞིན་རང་གི་སྣངས་སྣབས་ལ་རྣམ་པར་རོལ་ནས། བཟི་བའམ་སྨྱོས་པར་གྱུར་ཀྱང་། འཇིག་རྟེན་འདིས་ཁོ་མོ་ཡེ་ནས་བརྗེད་པར་གྱུར་པ་དང་ཀུན་ནས་མཚུངས། རྩེད་ཀྱིན་རྩེད་ཀྱིན་མོའི་གར་གྱི་ཉམས་སྣང་སྟོང་གིས་དེར་འདུས་སྐྱེ་བོ་ཀུན་གྱི་ཡིད་སེམས་དབང་མེད་དུ་བཀུག

བསྒྲིགས་ཤིག་དཔེ་སྐྲུན་བྱ་རྒྱུའི་སྐོར་ང་ལ་གྲོས་བགྲོས་བྱུང་། མི་ཞིག་ཚེ་ལས་འདས་ན། འཇིག་རྟེན་མི་ཡུལ་དུ་ལེགས་སྐྱེས་ཙམ་དྲན་རྟེན་དུ་འབུལ་རྒྱུའི་འདུན་པ་ཤིན་ཏུ་ཆེ། སྐད་ངག་དང་རོལ་དབྱངས་ཚང་མ་རང་དང་འབྲེལ་མེད་ཀྱི་དངོས་པོ་ཡིན། སན་ཕྲུའུ་ལོ་ན་གཞོན་དུས་ནས་རང་དགར་བཞུད་སོང་། ཁོས་རང་གི་དཔྱད་པའི་མིག་དང་འདྲ་བའི་སྟུད་ཐགས་འཐོར་ཆེན་དང་། རྒྱབ་ཤོག་སྦྲ་མོའི་འབྲི་དེབ་ཏུ་བཤུས་པའི་སྐད་ངག་ཕྱོགས་བསྒྲིགས་ཤིག་མི་ཡུལ་འདིར་རྟེན་དུ་བཞག་ཡོད། ཁོའི་སྐད་ངག་ལས་ལེགས་ཤིང་སྙད་གྲགས་དེ་བས་ཆེ་བའི་སྐད་ངག་ཕྱོགས་བསྒྲིགས་དག་ཀྱང་དཔེ་སྐྲུན་བྱེད་མ་ཐུབ་པར་ལུས་ཡོད་པས་ན། ཁོའི་སྐད་ངག་ཕྱོགས་བསྒྲིགས་དེ་ནམ་ཞིག་ལ་དཔེ་སྐྲུན་ཐུབ་རྒྱུ་ནི་དངོས་གནས་བློ་ཡུལ་དུ་ཤོང་དཀའ།

སན་ཕྲུའུ་ངེད་གཉིས་ལ་ཕྱེར་ཞེས་པར་ཤིན་ཏུ་དགའ་ཞིང་། 《པའོ་ལེ་ལོའི་ཞབས་བྲོའི་རོལ་དབྱངས》ལ་ལྷག་ཏུ་མོས་ སན་ཕྲུའུ་ཡིས་རོལ་དབྱངས་འདིས་མཚོན་པའི་བརྗོད་དོན་ང་ལ་བཤད་བྱུང་། དེ་ནི་སྒྲ་གདུང་ཞུགས་འབུལ་མཛད་སྒོའི་སྐོར་གྱི་རང་བཞིན་བརྗོད་པ་ཞིག་སྟེ། ཆར་པ་ཟིམ་ཟིམ་འབབ། མི་རྣམས་ཀྱི་ལུས་སུ་མུང་གོས་ནག་པོ་གྱོན་ཞིང་གྲལ་བསྒྲིགས་ནས་ཆར་པའི་ཁྲོད་དུ་ཁུ་སིམ་མེར་དལ་གྱིས་སྐྱོད་བཞིན་ཡོད། རོལ་དབྱངས་ཡང་སྐོར་ངསྒྱུར་སྐོར་དུ་གྲག་ཅིང་། འགྱུར་བ་ཕྲ་མོ་ཙམ་ཡོད་པ་ནི་རྫམ་བརྗེད་ཇེ་ཆེ་ནས་ཇེ་ཆེ་ཡིན་པ་དེའོ། །ལོ་མང་པོའི་རིང་ལ་ངས་ཐད་ཀར་སན་ཕྲུའུ་ཡིས་ང་བཤད་པ་བཞིན་རོལ་དབྱངས་དེར་གོ་བ་བླངས།

ཐེངས་ཤིག་སྟེས་དབང་གིས་དཔེ་ཆ་ཞིག་བཀླགས་ནས་ད་གཟོད་ཁོས་བཤད་པ་ཡེ་ནས་ནོར་ཡོད་པ་ཤེས། དྲིས་ལན་ཡང་དག་པ་ནི་གཞོན་ནུ་

མ་ཞིག་གིས་གར་སྟབས་བསྒྱུར་བའི་གཏམ་རྒྱུད་ཡིན། གྲང་ཤུར་ཤུར་གྱི་འཚིག་ཇ་ཁང་ཞིག་གི་མདུན་དུ། གར་ལ་དུང་བའི་གཞོན་ནུ་སྣེག་མོ་ཞིག་གིས་ཁེར་རྐྱང་དུ་གར་ལ་རྟེན་བཞིན་རང་གི་སྟངས་སྟབས་ལ་རྣམ་པར་རོལ་ནས། བཟི་བའམ་སྨྱོས་པར་གྱུར་ཀྱང་། འཇིག་རྟེན་འདིས་ཕོ་མོ་ཡི་ནས་བརྗེད་པར་གྱུར་པ་དང་ཀུན་ནས་མཚུངས། རྟེད་ཀྱིན་རྟེད་ཀྱིན་མོའི་གར་གྱི་ཉམས་སྣང་སྟོང་གིས་དེར་འདུས་སྐྱེ་བོ་ཀུན་གྱི་ཡིད་སེམས་དབང་མེད་དུ་བཀུག ཚང་མས་མཉམ་དུ་དགའ་སྤྲོའི་ངང་གར་སྟབས་བསྒྱུར་ཞིང་སྤྲོ་སེམས་འཕོལ་བའི་རྣམ་པའི་ཁྲོད་རོལ་དབྱངས་མཇུག་བསྒྲིལ།

རོལ་དབྱངས་ཤིག་ལ་གོ་བ་བླངས་པ་ནོར་བའམ་ཡང་དག་གང་ཡིན་རུང་། རོལ་དབྱངས་རང་སྟེང་ལ་རོལ་སྒྱུར་བྱེད་པར་གེགས་ཅི་ཡང་མེད། མི་ལ་ལའི་མི་ཚེ་ནི་སྙན་ཞིང་མཛེས་པའི་སྙན་ངག་དང་། སྒྱུ་ཞིང་སྙན་པའི་རོལ་དབྱངས་རེ་ཡིན། མི་ཚེའི་ཁྲོད་ནོར་འཛོལ་ཧ་ཅང་མང་ལ། སྐབས་འགར་ནོར་འཛོལ་ཡང་ཤིན་ཏུ་མཛེས་ཤིང་མི་རྣམས་ཀྱི་སེམས་གཏིང་དུ་འཛུགས་ནས་བརྗེད་པར་དཀའ་འོ། །

ངས་ཀྱང་ཉིན་འགར་འཇའ་ཕན་སྐད་བསླབས་མྱོང་ལ། དེ་ནི་དངོས་གནས་དགོད་བྲོ་བའི་དོན་ཞིག་རེད། ལོ་དེར་ང་པེ་ཅིན་དུ་ཡོད་ཅིང་། སློབ་འབྲིང་མཐར་ཕྱིན་རྗེས་ལས་སྒྱུག་བྱས་ནས་ཁོམ་ཞིང་ལས་ཀ་གཞན་མེད་པར་བསྡད་ཡོད། ངའི་ཕ་སྤུན་གཅེན་པོའི་གྲོགས་པོ་སྐོར་ཞིག་གིས་འཇའ་ཕན་སྐད་སྦྱོང་བའི་གློ་སྐྱེས་ཏེ། ལམ་སང་སློབ་གཞི་ཉོས་ཤིང་སྐུ་ཞབས་རྒན་པ་ཞིག་གདན་ཞུས་ནས་ང་ཚོར་སློབ་ཁྲིད་བྱས། དཔེ་ཁྲིད་ཀྱི་གནས་ནི་ངའི་ཕ་སྤུན་གཅེན་པོའི་འགྲུལ་ཤག་ཡིན་པ་དང་། གཟའ་འཁོར་གཅིག་ལ་དཔེ་ཁྲིད་ཐེངས་གཅིག་བྱེད་རྒྱུ་བསྒྲིགས་ཡོད།

སྐུ་ཞབས་རྒན་པ་འཇའ་ཕན་གོང་མའི་རྒྱལ་ཁབ་སློབ་ཆེན་གྱི་མཐར་ཕྱིན་སློབ་མ་ཡིན་ཞིང་། འཇའ་ཕན་སྐད་ལ་འཇའ་ཕན་པ་ལྟར་བྱང་ཡོད། ཁོ་ནི་མན་ཆིང་དུས་ཀྱི་རྒྱལ་པོའི་ཁྲིམ་དུ་སྐྱེས་ཤིང་། སྐུ་དྲག་གི་གདུང་རྒྱུད་ཤ་སྟག་ཡིན། ཁ་རྒྱུན་ལྟར་ན་པེ་ཅིན་དུ་ཆུང་རྒྱུ་མེད་པ་རེ་སྲང་ལམ་ཞིག་ཡོད་ཅིང་། སྔོན་ཆད་དེ་ཚང་ཨ་ཁོ་ཚང་གི་ཡིན་པར་གྲགས། ང་ཚོས་ཁོར་སྐུ་ཞབས་རྒན་པར་འབོད་ཀྱང་། དོན་དངོས་སུ་ཁོ་ལོ་ལྔ་བཅུ་ལྷག་ཙམ་ཡིན། ལོ་དེ་ནི1974ལོ་ཡིན་པས་ཁོ་གདན་ཞུས་ནས་དཔེ་ཁྲིད་བྱེད་པར་སློབ་ཡོན་སྤྲོད་མི་དགོས། ཁོ་ཡང་ང་ཚོ་ནང་བཞིན་བྱ་བ་གཞན་མེད་པས། ཁོར་མཚོན་ན་ང་ཚོར་འཇའ་ཕན་སྐད་ཁྲིད་པ་ནི་གང་ལྟར་དུས་འདའ་བར་བྱེད་ཐབས་

ཞིག་ཡིན་པ་འདྲ། "རིག་གསར"གྱི་རླུང་འཚུབ་དྲག་པོའི་ལོ་ཟླ་རུ་ཁོ་ལྟ་བུའི་སྐྱེ་བོ་དག་གིས་སྡུག་ཆེན་པོ་མྱངས་ཡོད་པ་སྨོས་མ་དགོས།

སློབ་ཕྲུན་དང་པོ་ཁོ་ན་ནན་ཏན་ཡིན། ང་ཚོས་སྐུ་ཞབས་རྒན་པས་རྗེས་འབྲངས་ནས་འཇའ་ཡིག་གི་མིང་རྟེན་མ་དེ་དག་ཡང་དང་བསྐྱར་དུ་གྱིར་ལ། མཇུག་མཐར་འཇའ་ཕན་སྐད་ཀྱི"བདེ་མོ"བསླབས། འཇའ་ཡིག་ལ་ཉན་ན་ནམ་ཡང་དགོད་བྲོ་བ་ཞིག་རེད། སློབ་ཁྲིད་ཐེངས་དང་པོ་བྱས་རྗེས། པ་སྤུན་གཅེན་པོ་ངེད་གཉིས་ཀྱིས་ནམ་ཡང་འཇའ་ཕན་སྐད་ཀྱི"བདེ་མོ"ཞེས་པ་བཀོལ་ནས་བཞད་གད་བསླངས་པ་ཡིན། སློབ་ཕྲུན་གཉིས་པ་ནས་བཟུང་དེ་ཙམ་འདྲ་ཆགས་པོ་ཞིག་མིན། ངའི་པ་སྤུན་གཅེན་པོ་ནམ་ཡང་རང་དབང་མེད་པར་གད་མོ་ཤོར་ཞིང་། ནེ་ཙོས་མ་ཧི་འདོན་པ་བཞིན་སྐུ་ཞབས་རྒན་པའི་རྗེས་འབྲངས་ནས་འདོན་པ་དང་། ཚིག་འགག་བཏོན་རྗེས་སྐུ་ཞབས་རྒན་པར་ཁོས་འཇའ་ཕན་དུ་སློབ་གཉེར་བྱེད་དུས་ཀྱི་གཏམ་རྒྱུད་བཤད་དུ་བཅུག སྐུ་ཞབས་རྒན་པས་ཀྱང"ཚིག་གི། ཅུང་ཟད་བཤད་ནས་ཁྱོད་ཚོའི་སེམས་ཁམས་སློམ་སྒྲིག་ཅིག་བྱ"ཟེར།

སྐུ་ཞབས་རྒན་པའི་སྐབས་དེའི་འཇའ་ཕན་གྱི་གཏམ་རྒྱུད་ནི་སྤྲོ་པོ་ཞིག་ཡིན་པ་སྨོས་མ་དགོས་ཏེ། སློབ་ཁྲིད་ལས་སྤྲོ་བ་ལྷན། སྐབས་དེ་ནི་ད་དུང"རིག་གསར"གྱི་དུས་སྐབས་ཡིན་པས། སྐད་ཆ་མང་པོ་ཞིག་ཚིག་སྣེ་ཙམ་ལས་བཤད་མི་ཕོད་མོད། འོན་ཀྱང་སྐུ་ཞབས་རྒན་པ་ནི་གསང་བ་འདོན་པར་དགའ་བས། སྐྱེ་བོ་དམ་པས་རང་མི་བསྟོད་ཅེས་པ་ལྟར་ངག་ལྷབ་ལྷིབ་ཀྱིས་རང་ཉིད་རྒྱ་ནོར་ལོངས་སྤྱོད་ཀྱིས་ཕྱུག་པའི་ཁྱིམ་རྫོབས་ཆེན་ཞིག་ཏུ་སྐྱེས་པས། གཞོན་པའི་དུས་སུ་བག་མེད་རྩོལ་འཆལ་ལ་རོལ་བ་ནི་

ཕྱོག་ཏུ་མེད་པ་ཞིག་ཡིན་ལ། འཇའ་ཕན་བུ་མོ་ནི་དངོས་གནས་འདི་འདྲ་དེ་འདྲ་ཡིན་ཞེས་ཁས་བླངས། མཐར་མུ་མཐུད་དུ་སློབ་ཁྲིད་བྱས་ཀྱང་། ཁྲིད་ཀྱིན་ཁྲིད་ཀྱིན་ཇེ་སྡུག་ཏུ་ཕྱུར་པ་སྟེ། ཚང་མས་ཁོའི་རྗེས་འབྲངས་ནས་གང་ཕྱུང་དུ་ཀློག་ཅིང་། ཁོ་སྐབས་རེ་ཡོད་ན་ཁོ་བསྐོར་ནས་ཁོའི་འདས་ཟིན་པའི་འཚོ་བའི་ཁྲོད་ཀྱི་ངོ་མཚར་གཏམ་རྒྱུད་རེ་བཤད་དེ་སེམས་ཁམས་སློམ་སྐྲིག་དང་། སློབ་ཁྲིད་ཀྱི་ངང་རྩུལ་འཁྲུག་ཆ་དོད་པོར་གཏོང་བའི་རེ་བ་ཞུས། ཁོ་ལ་ཕུར་བསྟོད་བྱས་ཚེ་ངག་སྡོམ་ཐབས་བྲལ་ཞིང་། ཁོའི་འདས་ཟིན་པའི་གཏམ་རྒྱུད་ཐམས་ཅད་ཁོག་ནས་རྡུལ་ཚེ་ཡིད་ཕངས་པ་ཞིག་རེད། སློབ་མ་ཉན་པར་དགའ་ཞིང་། ཁོ་བཤད་པར་དགའ། ཕྱོགས་གཅིག་གིས་རྣ་བ་གཏད་ནས་ཉན་ལ། ཕྱོགས་གཅིག་གིས་ཇི་མ་ཇི་བཞིན་བཤད། བཤད་ཀྱིན་བཤད་ཀྱིན་ཇེ་ཟབ་ཏུ་ཕྱིན་པས་བཤད་མི་ཐོད་པ་དག་ཀྱང་ཁ་ནས་དབང་མེད་ཤོར།

ཁོའི་འདས་ཟིན་པའི་གཏམ་རྒྱུད་མདའ་མོ་རྒྱུད་ལས་ཤོར་བ་བཞིན་བསྟུ་ཐབས་མེད་ཅིང་ངོ་མཚར་འབུམ་གྱིས་ཕྱུག འཇའ་ཕན་སྐད་སློབ་པ་ནི་བསླུ་གཟན་ལྟ་བུ་ཞིག་སྟེ། ཕར་དེད་ན་ཚིག་འགའ་ལས་བསླབས་མེད། སྐུ་ཞབས་ཏན་པས་གཏམ་རྒྱུད་བཤད་པའི་དུས་ལ་སླེབས་ཚེ། ཉབ་ཉོབ་ཏུ་གྱུར་པའི་སློབ་མ་རེ་རེ་ཆུ་དང་བྲལ་བའི་ཉ་མོར་ཆུ་རིག་པ་བཞིན་མྱུར་དུ་གསོན་ཤུགས་རྒྱས་སྲིད་ལ། འཇའ་ཕན་སྐད་བསླབ་པ་རང་ནི་ཆེས་ཕལ་བའི་དོན་ཞིག་ཏུ་གྱུར། སློབ་མ་རྣམས་དེ་འདྲ་ཡིན་པར་མ་ཟད། སྐུ་ཞབས་ཏན་པའང་དེ་ལྟར་སྣང་། འདས་ཟིན་པའི་གཏམ་རྒྱུད་ཀྱིས་ཁོའི་ཉམས་པར་གྱུར་པའི་སྙིང་སྟོབས་ལ་གཡོ་འགུལ་བཏང་སྟེ། ཁོས་ང་ཚོར་སློབ་ཁྲིད་

བྱེད་པ་སྤྱུར་དུ་བཙྟེད་དེ་འདས་ཟིན་པའི་གཏམ་རྒྱུད་དུ་འདས་ཡོག་བྱས་པ་དང་གཉིས་སུ་མེད།

བག་མེད་རྩོལ་འཚལ་གྱི་འཇའ་ཕན་སྐད་བསླབས་པ་དེས་ང་ལ་བཞག་པའི་དྲན་ཤེས་ནི། ང་ཚོས་ནམ་ཡང་དངོས་གནས་དྲང་གནས་ཀྱི་སློབ་ཁྲིད་སྤྱུར་དུ་གྲོལ་ནས། ཕོས་སློ་བུར་དུ་སེམས་ཤུགས་རྒྱས་ཤིང་དགའ་བའི་འཛུམ་གྱིས་རང་གི་འདས་དོན་གླེང་བར་རེ་སྨུག་བྱེད་པ་དེ་ཡིན་ལ། དགེ་རྒན་གྱི་དྲན་འཛིན་དུ་ལུས་པའི་འདུ་འཛི་རྐོད་པའི་རྨི་ལམ་དེ་ནམ་རྒྱུན་ངའི་མིག་མདུན་དུ་ལྷུང་བུ་བཞིན་ལྷང་ངེ། །

པལ་ཙ་ཁི་རྒན་པ་དྲན་པ།

པལ་ཙ་ཁི་རྒན་པ་ཟློག་ཨར་བསྒྲུགས་པ་ནི1974ལོ་ཡིན། ལོ་དེར་ང་ལོ་བཅུ་བདུན་ལ་སོན་ཞིང་། ཡིད་ན་ཆེས་ལེགས་པའི་སྒྲུང་གཏམ་པ་ནི་ལྷེ་ཁི་ཏོ་•རུའུ་གོ་ཡིན། རུའུ་གོའི་བརྩམས་ཆོས་ཕལ་མོ་ཆེར་བལྟས་ཟིན། རབ་ཏུ་སྨྱོས་ནས་འབྲི་དེབ་སྟེང་གང་བྱུང་དུ་བཤུས་ཤིང་བྲིས། ཕོ་ལོ་བཅུ་བདུན་ལ་སོན་པའི་ལོ་དེ་ནི་ངའི་རྩོམ་རིག་ཐད་ཀྱི་ཡར་སྐྱེད་ལ་གལ་འགངས་ཤིན་ཏུ་ཆེ། ང་འཆར་ཡན་རིང་ལུགས་ཀྱི་སྒྲུང་གཏམ་དང་གྲོས་ཏེ། དེ་བས་དཀྱིལ་ཡངས་ཀྱི་སྒྲུང་གཏམ་གསར་ངའི་འཛིག་རྟེན་དུ་སྐྱོད་པའི་སྐང་ཡིན། དེ་ནི་དཔེ་ཆ་བསྒྲུགས་ན་རྫོ་མི་ཐོགས་པའི་ལོ་ཟླ་ཞིག་སྟེ། ང་མཐོ་འབྲིང་ནས་སློབ་མཐར་ཕྱིན་ཀྱང་སློབ་ཆེན་འགྲིམ་ས་མེད་ལ་ལས་ཀའང་མེད། མདུན་ལམ་ནི་ཉམས་དགའ་རྒྱུ་མེད་ལ་སྐྱོ་རྒྱུའང་མེད་པ་དང་། དུས་ཚོད་ནི་ནོར་གྱི་རྒྱལ་པོ་བཞིན་གྱི་ནོམ།

སྒྲོ་བོའི་ཟུར་ཁྲིད་འོག ངས་པལ་ཙ་ཁིའི《བགྲེས་པོ་ཀའོ་ལགས》དང་ཐོར་སི་ཐའེ་ཡི《དམག་འཁྲུག་དང་ཞི་བདེ》གཉིས་དུས་མཉམ་དུ་བསྒྲུགས་པ་ཡིན། ལོ་རབས་དེར་ངའི་ལོ་ཚོད་ཀྱི་མི་ཞིག་གིས《དམག་འཁྲུག་དང་ཞི་བདེ》བསྒྲུག་ཚར་རྒྱུ་དེ་ལས་སླ་མོ་ཞིག་ག་ལ་ཡིན། དོན་དངོས་སུ་ངས་མིའི་རིགས་ཀྱི་ལོ་རྒྱུས་སུ་ཆེས་རླབས་ཆེ་བའི་ལོ་རྒྱུས་སྙན་ངག་འདི་བསྒྲུགས་ནས

དེབ་གསུམ་པར་སྐྱེབས་དུས་ཀློག་ཐབས་མེད་པར་གྱུར། སྤོ་བོས་བཤད་པའི་བཟང་ཚུལ་དང་དཔེ་མི་སྲིད་པ་དེ་གང་ཞིག་ཏུ་ཡིབ་ཡོད་པ་ཡེ་ནས་རྟོགས་ཐབས་མི་འདུག

ངས་ཀློས་མི་ཐོང་བ་ནི《བགྲེས་པོ་ཀའོ་ལགས》ཞེས་པ་ཡིན། དེ་ནི་དཔེ་ཆ་ལེགས་པོ་ཞིག་ཡིན་ཞིང་མགོ་ནས་མཇུག་བར་བྲོ་བས་ཕྱུག་པས་སླ་པོར་བཀླགས་ཚར། རྩོམ་རིག་ལ་དུང་བའི་གཞོན་ནུ་ལོ་བཅུ་བདུན་ཅན་ཞིག་ལ་མཚོན་ན། རྩོམ་པ་པོ་གྲགས་ཅན་པལ་ཚོ་ཁེ་དང་ལེན་ཐུ་རྒྱུ་འདི་ལྟར་སླ་བ་དངོས་གནས་བསམ་ཡུལ་ལས་འདས། ངས་ཁོང་གི་སྙིང་གཏམ་འགའ་བསྟུད་མར་བཀླགས་ཤིང་། ལ་ལ་ཞིག་ལ་བལྟ་རྒྱུ་ཡོད་ཀྱང་ལ་ལར་བལྟ་རྒྱུ་མེད། ཕལ་ཆེར་དེ་དག་ཡོད་ཚད་ཧྲུ་ལེ་ཡིས་ཡིག་སྒྱུར་བྱས་པ་སྟེ། མདུན་ཤོག་ནང་ངོས་སུ་ཁོའི་མིང་པེར་སྨྱུག་གིས་གུས་གུས་དུད་དུད་ཀྱིས་བྲིས་ཡོད་ཅིང་། དེ་ནི་ཁོས་ངའི་སྤོ་བོར་ཕུལ་བའི་མིང་བཀོད་དཔེ་ཆ་རེད། ད་དུང་པེ་ཅིན་སློབ་ཆེན་གྱི་སློབ་དཔོན་ཆེན་མོ་མིང་ཁའི་ཡི་འགྱུར་དེབ་ཀྱང་ཡོད། དེ་ཧྲུ་ལེའི་འགྱུར་དེབ་དང་བསྡུར་ན་དངོས་གནས་ཀློག་བཟོད་དཀའ་བ་ཞིག་རེད།

པལ་ཚོ་ཁེས་ངའི་ཡིད་དབང་བཀུག་ཡུན་དེ་འདྲ་རིང་རྒྱུ་མི་འདུག ངས་འཛམ་གླིང་གི་གསུང་རྩོམ་གྲགས་ཅན་མང་པོ་ཀློག་མགོ་བརྩམས། དམིགས་ཡུལ་ནི་རྩོམ་པ་པོ་བྱེད་འདོད་པ་མིན་ལ། ཐ་ན་རྩོམ་རིག་གི་ཡོན་ཚད་ཟེར་བ་ཇེ་མཐོར་གཏོང་སྙད་ཀྱང་མིན། ངས་སྒྲིག་བསྡོམས་ཀྱིས་གསུང་རྩོམ་གྲགས་ཅན་བཀླགས་པའི་ཐད་ཀའི་རྒྱུ་རྐྱེན་ནི། མི་གཞན་དང་སྙིང་གཏམ་ལབ་དུས་གཞན་ལས་ལྷག་པའི་རྣམ་པར་རྒྱལ་བའི་གོ་ས་ཞིག་འཛིན་

ཐུབ་ཕྱིར་ཡིན། བཤད་ན་དགོད་བྲོ་བ་ཞིག་སྟེ། པལ་ཚ་ཁི་ནི་སྐབས་དེར་ངས་འུད་གཏམ་བཤད་པའི་མ་རྩ་དང་རྒྱ་ནོ་ལྟ་བུ་ཡིན། ཁོང་ལ་དངོས་སུ་ཐུང་བ་ནི་ངས་སྒྲུང་གཏམ་འབྲི་མགོ་བརྩམས་པའི་སྐབས་ཏེ། ལོ་རབས70པའི་མཇུག་ཏུ་སླེབས་ཤིང་། ང་ནི་རྩོམ་རིག་ལ་དུང་བའི་གཞོན་ནུ་གོ་མེད་ཅིག་ནས་བདེན་པ་བདེན་འཁྱོལ་གྱི་རྩོམ་རིག་ལ་དུང་བའི་གཞོན་ནུ་ཞིག་ཏུ་བར་བརྒྱལ་བྱུས་པའི་དུས་དེའོ། །

དུས་རབས20པའི་སྒྲུང་གཏམ་མང་པོ་ཞིག་བཀླགས་རྗེས། ངས་རང་ཉམས་ཆེན་པོས་དུས་རབས19པའི་སྒྲུང་གཏམ་རྩ་བ་ནས་དུས་ལས་ཡོལ་ཚར་ཞེས་ངོས་མཐའ་གཅིག་ཏུ་བཟུང་ལ། སེམས་སུ་ནམ་ཡང་ཧའི་མིང་ལྷེ་དང་ཟླུ་ཁི་ན། ས་ཐེ། ཙ་མིའོ་སོགས་འཁོར་ནའང་། ཁ་ནས་དེང་རབས་གྲུབ་མཐའ་དང་རྟོག་པ་རྒྱ་ཡན་པ། སྒྲུང་གཏམ་གསར་བ། ཁ་མཚར་གྲུབ་མཐའ་ནག་པོ་སོགས་གླེང་བཞིན་ཡོད། ད་ལྟའི་བར་དུ་ང་ཆེས་དགའ་བ་ནི་ཐོར་བཞིན་ཨ་རིའི་སྒྲུང་གཏམ་ཡིན། དུས་རབས20པའི་ཨ་རིའི་སྒྲུང་གཏམ་ལ་གསོན་ཉམས་ལྡན་ཞིང་པ་སར་གཏོད་འདུ་ཤེས་ཀྱིས་ཕྱུག་ནའང་། སྟེས་དབང་ཞིག་གིས་རྙིང་བ་རྙིང་རྒྱུད་ཀྱི་པལ་ཚ་ཁིས་བློ་བུར་དུ་ང་ལ་སྐུལ་འདེད་གསར་བ་ཞིག་ཐེབས། ངས《ཨོ་ཡེ་ཉི・ཀོ་ལང་ཐའི》བསྒྱུར་དུ་བཀླགས་ཤིང་། ཏ་ལས་པ་ཞིག་ལ་ཆེས་གོ་བདེ་བའི་སྒྲུང་གཏམ་འདིའི་ནང་དུ་ཡེ་ནས་མི་གོ་བའི་དངོས་པོ་ཀྱི་ནོམ་པ་ཞིག་ཉར་ཡོད།

པལ་ཚ་ཁིས་མི་རྣམས་ལ་འཕྲུལ་སྣང་བཟོ་སླ་སྟེ་ དོན་དངོས་སུ་ཁོང་ཡང་དུས་རབས་གཅིག་པའི་མི་རྣམས་དང་འདྲ་བར་རྒྱུ་ནོར་ལ་ཤིན་ཏུ་སྲིད་པར་མ་ཟད། ཁེ་གྲགས་གཉེར་བས་མི་རྣམས་ཡིད་ཕངས་པར་བྱེད་མོད།

འོན་ཀྱང་དངོས་ཡོད་ཐེར་འདོན་དང་། རྒྱ་ནོར་ལ་རྒྱུན་ཆད་མེད་པར་རྒོལ་གཏམ་བཏང་སྟེ་སྐོར་མོ་དང་ཞེ་འཁོན་ཆེན་པོ་ཡོད་པའི་སྣང་བ་བསྐྱེད་སྲིད། ངས་ཐེངས་དང་པོར་པལ་ཙ་ཁིའི་སྒྲུང་གཏམ་དུ་བསམ་བློ་གསར་བ་བསླུགས་པ་དང་། བསམ་བློ་གསར་བ་དེ་ནི་མི་རྣམས་ཀྱི་ཁ་ནས་གླེང་བའི་ཅུང་དགོད་བྲོ་བའི་བརྩེ་དུང་དེའོ། །བརྩེ་དུང་བརྗོད་པའི་སྒྲུང་གཏམ་གྲགས་ཅན་མང་པོ་ལས་ངས་བསླུགས་པ་ནི་མིའི་འདོད་པ་དང་བུ་མོ་སྐྱ་རི་མའི་གཏམ་རྒྱུད་ཀྱི་འདྲ་བཤུས་དང་། གྲོང་མིའི་ཉིན་མོའི་རྨི་ལམ། ཐ་ན་ཙ་ལག་རྩག་རྩིག་རྐུ་བ་འགེབས་སྲུང་བྱེད་པ་སོགས་ཡིན་ལ། ཁ་གཡར་བཙན་པོའི་དབང་འོག་ནས་ཞེ་འདང་ལ་གནོད་སྐྱོན་ཡང་ཡང་ཐེབས། 《ཨོ་ཡེ་ཉེ·ཀོ་ལང་ཐའི》ཞེས་པས་ངའི་པལ་ཙ་ཁི་ལ་བཅངས་པའི་སྨྲོ་སེམས་ཀྱི་མེ་ལྕེ་སླར་ཡང་སྦར།

ངས་རང་དབང་མེད་པར་མི་རྣམས་ལ་གཡོ་འགྲུལ་ཐེབས་པའི་《བགྲེས་པོ་ཀའོ་ལགས》ཡང་བསྐྱར་ཐེངས་གཅིག་བསླུགས་ལ། 《རེ་བ་སྟོང་ཟད་དུ་གྱུར་པ》བསྐྱར་དུ་བསླུགས། 《ཨ་ནེ་པེ་ལགས》《ཚུ་སྤྲུལ་བུ་མོ》སོགས་བསླུགས། སྦྲུ་ལིའི་འགྱུར་དེབ་ཀྱིས་མཐོ་བའི་རི་དང་ཡངས་པའི་རྒྱ་མཚོ་བཞིན་ངའི་ཡིད་སེམས་དབང་མེད་དུ་བཀུག སྐད་དང་ཡི་གེའི་ཕྱོགས་ནས་ཁོང་ནི་ང་ལ་སྐྱ་དྲིན་ཆེ་བའི་དགེ་རྒན་ཡིན་པ་ཐེངས་མང་ཁས་བླངས་མྱོང་། པལ་ཙ་ཁིའི་ཚིག་གི་འགྲུག་ཤུགས་དེ་སྦྲུ་ལིས་མ་གཏོགས་མཚོན་པར་བྱེད་མི་ནུས་ལ། སྐུ་ཞབས་སྦྲུ་ལིས་དམར་རྗེན་རྗེན་གྱི་པལ་ཙ་ཁི་ཞིག་ང་ལ་མཁོ་འདོན་བྱས།

ཚིག་གི་ཕྲེང་བ་རེ་རེ་དང་། རྣམས་མཐུན་པའི་སྐད་བརྡའི་གཞལ་

ཡས་ཁང་། རྗེས་དཔག་གི་འཇིག་རྟེན་ལ་སེམས་ཉེས་ཁེངས་པའི་ལོ་ལྔ་བཅས་སུ། ངས་སྙིང་བ་སྙིང་རྐྱང་གི་ཞེ་འདོད་ལ་ཡང་བསྐྱར་བསམ་གཞིག་བྱས། ཕྱི་ཚུལ་ནས་བལྟས་ན། ཨོ་ཡེ་ཉེས་ཞེ་འདོད་ཚད་མེད་བཅངས་ནའང་། རང་ལ་འདོད་རྗེས་ཅི་ཡང་མ་ཐོབ་པ “འདི་ནི་ཨོ་ཡེ་ཉེའི་གཏམ་རྒྱུད་ཡིན་ཏེ། འཇིག་རྟེན་འདི་ཙུ་མོ་ནི་རབ་ཏུ་ཕྱུང་བ་དང་འདྲ་སྟེ། ལྷན་སྐྱེས་ཀྱི་ལྔ་མོ་དང་མ་བཟང་མོ་ཞིག་གི་མཚན་ཉིད་ཚང་ཡང་། ཁྱོ་ག་མེད་ལ་བུ་ཕྲུག་མེད། ཁྱིམ་ཚང་ཡང་མེད། ” བུད་མེད་ཆེས་ཕལ་བ་ཞིག་ཡིན་པའི་ཆ་ནས། ཨོ་ཡེ་ཉེའི་བརྩེ་བས་མི་རྣམས་ལ་འཕགས་མ་མ་ལི་ཡ་དྲན་དུ་འཇུག་ཐུབ། པལ་ཙ་ཁེའི་སྨྱུག་རྩེ་ལས། བརྩེ་བ་ནི་རང་ཚོད་ཟིན་པའི་ནུས་པ་མེད་པ་དང་ཆ་རྐྱེན་མེད་པ་ཞིག་ཡིན། བརྩེ་བ་ནི་མུ་མཐའ་མེད་པའི་འཇིག་རྟེན་ལ་འཁྱམས་པའི་འོད་ཚུན་ཞིག་སྟེ། ཁེར་རྐྱང་དུ་རྒྱུང་རིང་ལ་ཕྱོགས་ཏེ་ལྡོག་འགྲོ་མེད་ལ། དྲིན་ལན་མེད། མཇུག་འཛུས་ཀྱང་ཅི་ཡང་མེད། བརྩེ་བ་ནི་ནམ་ཡང་བྱིས་བློ་དང་དགོད་བྲོ་བའི་གཏོང་ཕོད་ཅིག་ཡིན། མོས “དགེ་སྦྱོར་དང་དྲང་བདེན་སྤྱོད་ལམ་མང་པོ་ཞིག་མནབས་ནས་དག་ཞིང་དུ་སྐྱོད་བཞིན་ཡོད། ” སྒྲུང་གཏམ་གྱི་སྙིང་པོ་ནི་སུ་ཞིག་ལ་བརྩེ་བ་ཐོབ་མིན་མཚོན་པར་ཐུག་ཡོད་པ་ཞིག་གཏན་ནས་མིན་ལ། སུ་ཞིག་གིས་བརྩེ་བ་བཅངས་ཡོད་མིན་མཚོན་པ་ཙམ་ཡང་མིན། པལ་ཙ་ཁེས་བརྩེ་བའི་ངོ་བོ་རྣལ་མར་རང་ཤུགས་སུ་ཞིབ་དཔྱད་བྱས་པ་དང་། བརྩེ་བའི་ཅི་བྱ་གཏོལ་བྲལ་གྱི་གནས་བབ་དང་བརྩེ་བའི་མཐར་ཐུག་ལ་ཞིབ་དཔྱད་བྱས་ཡོད། བགྲེས་པོ་ཀའོ་ལགས་ཀྱིས་བུ་མོར་བཅངས་པའི་བརྩེ་བ་དང་བུ་མོར་ཁོ་ལ་འདོད་རྗེས་མེད་པའི་འགལ་ཟླའི་འབྲེལ་བ་དེས། མིའི་རིགས་ཀྱི་ཡིད་ཕངས་པའི་དོན་དངོས་གནས་ཚུལ་

ཐེར་འདོན་བྱས་ཡོད། བརྩེ་བར་མཚུག་འབྲས་མེད་པའི་རྐྱེན་གྱིས་འོད་སྣང་མོག་མོག་པོར་འགྱུར་འགྲོ་བ་ཞིག་མིན་ཏེ། རྒྱུ་ནོར་གྱིས་བརྩེ་བར་དྲི་མ་བསྒོ་སྲིད་ལ། གཟི་བརྗིད་གོ་གནས་ཀྱིས་ཀྱང་བརྩེ་བའི་ངོ་བོ་བསྒྱུར་སྲིད་མོད། འོན་ཀྱང་བརྩེ་བའི་ངོ་བོ་རྣལ་མ་ནི་གཏན་དུ་འགྱུར་བ་མེད་དོ།།

པལ་ཚ་ཁི་ནི་དེང་དུས་ཀྱི་སློག་པ་པོ་དག་ལ་མཚོན་ན་དངོས་གནས་ཅུང་རྙིང་དྲགས། ཁོང་གི་དངོས་བྲིས་མཛེས་ཉམས་ལྡན་པའི་རྩོམ་རྩལ་མཐོན་པོ་དེ་ད་ལྟ་བལྟས་ན་ཅུང་ཉོག་པར་སྣང་མོད། འོན་ཀྱང་ངས་ཁོང་གི་བརྩམས་ཆོས་སུ་དེང་རབས་སྙིང་གཏམ་གྱི་དོན་སྙིང་ཆེས་ལྡན་པའི་ཁྱད་ཆོས་རྟོགས་ཤིང་། ཆེས་གནའ་བོའི་གླིང་གཞིའི་འགྲེལ་གསར་བ་རྟོགས། པལ་ཚ་ཁི་བསྐྱར་དུ་བཀླགས་པ་དེས་ང་ལ་ཕན་ཆ་མི་དམན་པ་བསྐྱུན་ཏེ། ཨོ་ཡེ་ཉི་དང་བགྲེས་པོ་ཀའོ་ལགས། ཡང་ན་ལི་ཞི་ཨན་གང་ཡིན་ཡང་། ངས་གོ་བ་རྙེད་པ་ནི། པལ་ཚ་ཁིས་རྒྱུ་ནོར་ལ་ཧམ་པའི་ནུས་པ་ཆེན་པོ་རྟོགས་ནའང་། ཁོང་གི་སྙིང་གཏམ་ལས་གཙོ་བོ་བརྩེ་བ་དང་། ཞོར་དུ་དགག་རྒྱག་གམ་དངོས་པོ་གཞན་གྱི་སྐོར་མཚོན་པར་བྱས་ཡོད།

པལ་ཚ་ཁི་ལ་དུང་བ་ཟབ་མོ་སྐྱེས་པ་དེས་ང་ལ་མི་དྲན་དགུ་དྲན་གྱི་སྐབས་སླགས་བསྐུལ་ཞིང་། ལོ་ཏན་གྱི་འཛེམ་བརྟན་གྱིས་མ་གཏོགས་ཁོང་གི་རང་གཤིས་དེ་འཛིན་ཐུབ་པ་ཞིག་གཏན་ནས་ཡོད་མི་སྲིད། དེ་ནི་གཉིད་ཀྱིས་གཟིར་ནས་ཐབས་ཟད་འོ་ཐུག་ཏུ་གྱུར་པའི་མཁས་དབང་ཆེན་པོ་ཞིག་གི་ཉམས་འགྱུར་ཏེ། ཁོང་ཉིད་འཕྲུལ་སྣང་ཆེན་པོ་ཞིག་གིས་མགོ་བོ་སྐོར་ཤིང་ཞེད་སྣང་སྐྱེས། གཉིད་ཀྱི་དབང་དུ་གྱུར་པའི་རབ་རིབ་ཀྱི་མིག་དང་། མཆུ་སྒྲོས་དམ་པོར་ཟུམ། ཐ་འཁྲམས་པ་ལྟར་དབུ་སྐྲ་ཡོངས་སུ་གཟེངས་ལ།

སྟོན་གྱིས་མནར་བའི་ལུས་ནི་ཁོང་གི་ཉལ་གོས་གཡོ་བ་བཞིན་འདར་བཞིན་ཡོད། དེ་ནི་སྨྱོ་རྣམ་ཆེ་བའི་རྩོམ་འབྲི་འཕྲུལ་ཆས་ཤིག་སྟེ། ངག་རྒྱུན་དུ་མི་རྣམས་འཛིགས་སྣང་སྐྱེས་པའི་མིག་གཅིག་ཅན་གྱི་གདོན་འདྲེ་དེ་དང་ཀུན་ནས་མཚུངས། ཁོང་གིས་ཐུན་མོང་མ་ཡིན་པའི་གསར་གཏོད་ནུས་པས་འཛིག་རྟེན་གསར་རྐྱང་ཞིག་བཞེངས་སྐྲུན་བྱས་ལ། པལ་ཙ་ཁི་ནི་འོད་སྣང་གིས་གསར་བཟོ་བྱས་པའི་ངོ་མཚར་འཛིག་རྟེན་གྱི་རྗེ་བོ་རང་རེད། པོ་ལན་ཏུའི་སེམས་བསྐྱབས་པ་ཆེན་པོ་བརྗོད་པ་བཞིན་ཁོང་ལ་རང་ཉིད་ཀྱི་རྒྱལ་ཁམས་མཆིས། ངེས་དོན་གྱི་རྒྱལ་ཁབ་ཅིག་དང་གཉིས་སུ་མེད་པར། སྟེ་སོ་སོའི་སློན་ཆེན་དང་ཁྲིམས་དཔོན། དམག་སྤྱི་བཅས་ཡོད་ལ། དངུལ་རྩ་ཅན་དང་བཟོ་སྐྲུན་པ། ཚོང་པ། ཞིང་པའང་ཡོད། ད་དུང་ཆོས་དཔོན་དང་། གྲོང་ཁྱེར་དང་གྲོང་བརྡལ་གྱི་སྨན་པ། གྲོང་གསེབ་སྨན་པ། དར་ཆེའི་མི་སྣ། རི་མོ་བ། འཛེམ་རྐྱ་པ། ཇུས་འགོད་པ། སྙན་ངག་པ། འབོལ་རྩོམ་རྩོམ་མཁན། གསར་འགོད་པ། གནའ་བོའི་སྐུ་དྲག་དང་གསར་སྐྱེས་སྐུ་དྲག་གཏམ་འདོད་ཆེ་ལ་བློ་མི་དཀར་བའི་མཛའ་མོ། གཅེས་པར་འོས་ཤིང་བསླུ་བྲིད་ཐེབས་པའི་ཆུང་མ། འཛོན་ཐང་ལྡན་པའི་བུད་མེད་རྩོམ་པ་པོ། ཞིང་ཆེན་གཞན་གྱི“རྐང་འབོ་ལ་སྟོན་པོ།” བུད་མེད་འཁྲབ་སྟོན་པ་སོགས་ཀྱང་མཆིས།

པལ་ཙ་ཁིས་གསར་བཞེངས་བྱས་པའི་འཛིག་རྟེན་དེ་ནི་ཕྱིས་སུ་བསྒྲང་ལས་འདས་པའི་རྩོམ་པ་པོ་དག་གི་གཏན་གྱི་འདུན་མར་གྱུར། རྩོམ་རིག་གི་ཐ་སྙད་ངེས་གཏན་ཞིག་བྱུང་ཞིང་། དེ་ནི“པལ་ཙ་ཁི་ལུགས་ཀྱི་རྣམ་སེམས”ཞེས་པ་དེ་རེད། སྤྱིར་བཏང་མ་ཡིན་པའི་གསར་གཏོད་ནུས་པ་ལྡན་

མིན་ནི་ཚོམ་པ་པོ་ལེགས་པོ་ཞིག་ཡིན་མིན་ཤན་འབྱེད་པའི་ཚད་གཞི་ཉག་གཅིག་ཏུ་འཁུམས། མི་རྣམས་ཀྱི་མིག་འཕྲུལ་བར་བྱེད་པའི་མི་སྣ་མང་པོ་ལས་གཞན། ཁོང་གི་སྒྲུང་གཏམ་གྱི་རྣམ་པ་སྣ་མང་ཅན་གྱིས་ཀྱང་དེ་བཞིན་ཁྱེས་ཀྱི་ཚོམ་པ་པོ་དག་ཏ་ལས་ཤིང་ངོ་གནོང་བར་བྱེད། ཁོང་གི་སྐྱོན་གྲགས་ནི་སྒྲུང་གཏམ་རེ་གཉིས་ཙམ་ལ་བརྟེན་ནས་བསྒྲུངས་པ་མ་ཡིན་ཏེ། ཁོང་གི་ཐུན་མོང་མིན་པའི་ཚོམ་རྩལ་ནི་རྒྱ་སྟག་གཡུ་འབྲུག་ནང་བཞིན་བརྩམས་ཚོས་རབས་དང་རིམ་པའི་ཁྲིད་གསལ་ལེར་མངོན་ཡོད། ཆུ་ཐིགས་གཅིག་ལས་ཀྱང་ཉི་མའི་འོད་ཟེར་ལྡོག་འཕྲོ་བྱེད་ཐུབ་པ་བཞིན། ཁོང་གི་ཡུལ་དུ་བྱུང་བའི་སྒྲུང་གཏམ་ཚང་མའི་ཁྲིད་ཕལ་ཆེར་མི་སེམས་འགུལ་བའི་རྣམ་པ་དང་། ཚང་མར་མི་སྣ་ཡུལ་བྱུང་ཅན་རེ་འགའ་ཡོད་ཅིང་། མི་སྣ་དེ་དག་ལ་གདོད་ནས་བབ་ཆགས་ཤིང་ལྷད་མེད་ཀྱི་བརྩེ་བ་ཡོད་ལ། ཐམས་ཅད་གཏན་དུ་ངལ་བ་མེད་པའི་མཁྲེགས་བཟུང་དང་རེ་སྙེག་ཅིག་གི་སླད་དུ་ཉམས་མེད་དུ་གནས་ཡོད།

ཚོམ་རིག་ཐད་པལ་ཙ་ཁེ་བྱུང་བ་ནས་བཟུང་། ཚོམ་པ་པོ་ཆེན་པོ་ཞིག་ཏུ་འགྱུར་བར་འདོད་པ་ནི་ལས་སླ་མོ་ཞིག་ག་ལ་ཡིན། པལ་ཙ་ཁེ་ལུགས་ཀྱི་ཧམ་སེམས་ཀྱིས་ཚོམ་རིག་ཐད་བྱས་རྗེས་འཛོག་པར་རེ་བའི་ཚོམ་པ་པོ་དེ་དག་ལ་སྐུལ་ལྕག་གཏོང་བཞིན་ཡོད་ཅིང་། སྒྲུང་གཏམ་ནི་རང་རྒྱ་འཕེར་བའི་རིག་ཚན་དང་སྒྱུ་རྩལ་ཞིག་ཡིན་པའི་ཆ་ནས། མཁྱེན་དཔྱོད་ཕྱར་ལས་ཐེ་ཡངས་དང་། ལེགས་སྐྱོན་འཐུས་ཚང་གི་ཕྱོགས་སུ་འཕེལ་བཞིན་ཡོད་པ་དང་། པལ་ཙ་ཁེ་ནི་སྒྲུང་གཏམ་ལོ་རྒྱུས་སུ་ཆེས་འོད་དུ་འཚེར་བའི་རྡོ་རིང་ཞིག་ཡིན། ང་ནམ་ཡང་རང་དབང་མེད་པར་སྟོང་བསམ་གྱི་འཛིངས་སུ་

ལྷུང་ནས་མི་དྲན་དགུ་དྲན་དང་མགོ་འཐོམ་ཀླད་སྣས། ཧ་ལས་ཧོན་ཐོར་དང་ཅི་བྱ་གཏོལ་བྲལ་དུ་ལུས། རྒྱུ་མཚན་ནི་ཀླབས་ཆེན་གྱི་པལ་ཙ་ཁི་ཡོད་པས། ངའི་སྐྱོ་ཤུར་ཤུར་གྱི་ཀླད་པ་དང་། ང་ཚོའི་དཔ་ར་འཁྲུམ་ཞིང་སྙིང་རྩ་འདར་བའི་སྨྱུག་རྩེ་རུ་ད་དུང་སྒྲུང་གཏམ་ཅི་འདྲ་ཞིག་འབྲི་བཞེངས་བྱེད་ཐུབ་བམ། "ང་ཚོས་ད་དུང་ཇི་ལྟར་འབྲི་དགོས་སམ"ཞེས་པའི་བརྗོད་གཞི་འདིས་ང་ཚོ་མི་ཚེ་གང་པོར་སྡུག་ལ་སྦྱོར་བཞིན་མཆིས

在农村的两年多，我一直和外祖母睡一个房间，就在我的枕头边，竖着一具为外祖母准备的棺材。深更半夜，我醒过来时，常常不敢睁开眼睛。

间，就在我的枕头边，竖着一具为外祖母准备的棺材。深更半夜，我醒过来时，常常不敢睁开眼睛。我始终觉得棺材是一个让人害怕的玩意儿。它给人造成的恐惧，并不亚于躺在那里的一具尸体。

外祖母明知道我害怕，平时我若是不听话，她便用让我一个人睡在小房间里来吓唬我。这次让我一个人回去看家，她知道有些为难我，说要是真害怕，就到村上去随便找个什么人陪一陪。

雪很大，我那时候才十一岁，可是我觉得自己已经是个大孩子了。当时最为难的是要走过一片墓地，农村的坟很多，单独的还不怎么觉得害怕，集中了那么一大片，便有些瘆人。记得走进那片墓地时，我心里全是对外祖母的怨恨，她为什么要这样对待我，难道就因为我不是她的亲外孙。

十几里路很快就走完，我回到村上，没去自己家，先到对门的李家，找到一个叫阿兴的小伙子，问他晚上愿意不愿意陪我睡觉。阿兴好像有什么心思，犹豫了一下，说：

“你先回去吧，我待会儿来。”

这天晚上，阿兴很晚才来。在他没来以前，我一直在担心，他如果不来，又会怎么样。天早就黑了，点了油灯以后，风从门缝里吹进来，灯苗跳过来跳过去。我知道如果阿兴不来，自己也许一夜都不会合眼。明知道不可能有鬼的，可平时听到的鬼故事，到了这一刻全部复活。我一个人坐在门口哆嗦，一直等到阿兴来敲门。

阿兴已到了该结婚的年龄。他是那种有文化的农村人。人长得很漂亮。他家弟兄三个，个个都称得上美男子。因为是外来户，他家住的房也是租人家的，弟兄三个都到了娶媳妇的岁数，却因为没房子不能结婚。我觉得像阿兴这样的人，应该娶村上最漂亮的一个姑娘，那姑娘是大队书记的女儿，是宣传队的积极分子。

一段时间内，他们的关系似乎非常好，他们常在一起排演自编自导的节目。村上已经有了关于他们的议论，风言风语，说得有鼻子有眼。大队书记的女儿很快嫁到了别的村上。阿兴痛苦了很长时间，后来跟一位很难看、但是心地很好的本村姑娘结了婚。如今的江南农村富得流油，阿兴弟兄三人每人盖了栋楼房，富丽堂皇，省委书记也不过只能住这样的房子。

真的是没法想象，阿兴那天晚上不来，我会吓成什么样子。那天晚上是我一生中经过的最恐怖的夜晚之一。我生来胆子小，却又生来怕求人。我知道我不会再去叫阿兴。如果他真的不来，那只能算我倒霉。所以去叫阿兴陪我，是觉得他是我的一个大朋友，他喜欢我，我也喜欢他。我喜欢他，是因为他从来不歧视我的身份，他没有因为我父母落难就把我看成狗崽子。他喜欢我，是因为他觉得我是一个城里来的孩子，对于一个农村青年来说，一个城里来的孩子，能触动他很多美丽的幻想。城里毕竟是每一个乡下人心目中的天堂。

阿兴那天很晚才来，他愁眉苦脸，做出若无其事的样子，和我睡在一个被窝里，说了大半夜话。他让我描述城里的街道，抽水马桶和长着“辫子”的电车。那天的雪大极了，天窗上白白的一大块，好像是月光似的，把小屋照得仿佛白天一样亮。阿兴不断地让我说，甚至我都睡着了，还把我弄醒了，让我继续往下说。

大队书记的女儿就是在那年新年里结婚的。现在回想起来，那个大雪之夜，一个十一岁的孤独孩子，一个失恋的农村青年，睡在一个被窝里，那情景真是太让人难忘。

桥之一

江南的桥数不胜数，小桥流水人家，人从桥上走，水自桥下流，一切都很平常。春城三百七十桥，夹岸朱楼隔柳条。童年记忆中，桥和平地差不多，桥连着路，路接着桥，人俯在桥栏上，孩子气地往河里吐口水。记忆中的桥面上都很干净，那水也不像今天这么肮脏，小孩子站在桥上，除了吐口水，想不出还能干别的什么事。

第一次对桥有深刻印象，是“文化大革命”刚开始，一个大些的小男孩，十分神秘地问我们，能不能找到一条路，不经过桥，就能抵达夫子庙。这问题引起了好奇心，充满了挑战意味，我们因此逃学，走了差不多整整一天，遇到桥就绕路，没有路便回头，脚底下磨出了水泡，小腿肚开始抽筋。通往夫子庙有很多条路，大路小路、柏油路、水泥路，

春城三百七十桥，夹岸朱楼隔柳条。童年记忆中，桥和平地差不多，桥连着路，路接着桥，人俯在桥栏上，孩子气地往河里吐口水。

还有那鹅卵石铺的路，所有的路都踩遍了。终于得到了答案，不过桥，只能隔岸观望。

我们用同样的问题问别的孩子，问那些什么事都已明白的大人。得到的答案大同小异，所有刚听到这问题的成年人，都不相信不过桥就到不了夫子庙。没有人相信我们能把所有的路都走完，一个上年纪的老人说我们是胡说八道，一起探路的小男孩则被母亲用鞋底狠狠地打屁股，理由是外面这么乱，冒冒失失乱闯，天知道会闯下什么祸。我们成了一群说谎的孩子，大家都觉得这些孩子太天真了，夫子庙又不是孤岛，它就在市中心，有那么多条路，又是大家经常要去的地方，有的人甚至天天从那儿走。

经常去，天天走，临了，对自己是不是过桥这么简单的小问题，却不得不产生怀疑。可笑的是，大人常常不愿意在小孩子面前承认自己的无知。大人总是对的，即使错了也是对。那时候不知道去找地图看，也许拿张地图出来，大家立刻无话可说。很长时间里，我们的小脑袋瓜总被这问题纠缠，我是个信心不足的孩子，更多的时候宁愿相信自己错了。虽然那条路根本不存在，然而我还是怀疑，也许有条秘密的通道被我们漏了过去，这条路直通夫子庙，用不着经过任何一座桥。

桥之二

在农村的外祖母家上小学，学校建在河坡上，有座窄窄的木桥，在小孩子眼里算是很高，有点危险，人在上面走，能听见“叽叽咔咔”的摇晃声。

夏天到了，一下课，差不多所有的男孩，都脱了短裤，光着屁股争先恐后地往河里跳。我是个城市里的小孩，刚开始在众目睽睽之下，真有些不好意思。当时的情形是，大家已经光屁股了，如果你还穿条游泳裤，反而显得有些怪。在农村，不仅是小男孩，就是大人下河也是光屁股。

唯一的例外是我们的语文老师，他是个复员军人，当过兵的，讲究文明，记得当时有人讥笑他，说：

“你又没两个那东西，怕谁看呀！”

乡下孩子游泳，清一色的狗刨式，就听见“扑通扑通”

的水声，扑腾了半天，人却前进不了多少。我比所有的乡下小孩都游得快，三十多米的河面，我游到头了，那些乡下孩子，至多才游到一半。

桥上有几个女孩子在看我们戏水，因为有女孩子看着，我越游越快。乡下的小孩比不了速度，就和我比胆大，比谁敢从高高的桥上往下跳。那桥确实有些高，刚开始，谁也不敢跳，大家胆战心惊地翻过桥栏杆，做出要跳的模样，比画了半天，不敢撒手，一撒手，人就会掉下去。

女孩子们在一旁叽叽喳喳地看着，终于有个叫和尚的调皮蛋，一不小心，像下饺子似的，平躺着掉了下去，“嘭”的一声，溅起很高的水花。女孩子一片声地惊叫，站在桥栏外面的小男孩，不约而同赶紧翻过栏杆，回到安全的桥面上，扶着栏杆往桥下看。这时候，和尚已经冒出了水面，这一摔，胆子摔大了，湿漉漉地重新回到桥上，越过栏杆，二话不说又往下跳。

和尚是第一个敢从桥上往河里跳的小男孩，刚开始，就他一个人敢这么做。渐渐地，敢从桥上往下跳的孩子多起来。我几次下狠心，闭上眼睛想往下跳，就是不肯最后撒手。同伴们跑过来推我，扳我的手指，用最难听的话刺我，最后还是没敢跳。

不敢从高高的桥上跳下去，说穿了，是心理障碍，很后悔自己当初的胆小。直到现在，胆怯仍然伴随着我，当时咬咬牙，真跳下去，后来的情况会完全不一样。有些事，小时候不敢做，长大了，更不敢。如今，我可以在水里不间断地游一个小时，但是让我从游泳池边往下跳，仍然会有一种由衷的害怕。

流水之一

上中学时，有一次看见一位居民，从门前的秦淮河里捞起条金鱼。很大的一条，可能是别人放养，也可能是野生的，反正那鱼的颜色，和一般的缸养金鱼不一样，是青色，大尾巴。捞起这条金鱼的人，把鱼放在一个大木脚盆里养着，不少人围着看，纷纷猜测这鱼的来头。连续很多天，我们放学路上的一个重要内容，就是去看那条鱼还在不在。那人想把这条大金鱼卖了，可是一直没有买主。

那年头，若有人举着一根鱼竿，在秦淮河边钓鱼，不能算是发疯。秦淮河里确实有鱼，不仅有鱼，还有小虾。孩子们在河边玩耍，手疾眼快，用捞鱼虫的小网兜迅速出击，便能有所收获。关于流水的概念，我其实到了很久以后，才逐渐明朗起来。童年的记忆中，河水永远在流，这和现在见到的情况完全不同。小时候见到的都是活水，不像现在，动不动就是臭水潭。

小桥流水人家，是典型的江南特色。记得20世纪80年代初期，秦淮河排水清淤泥，几个喜欢收藏的朋友闻讯，赶过去淘宝贝，高高地卷起裤腿，光着脚跳下河，从几尺厚的淤泥中，搜寻前人留下来的文物。忙了几天，把能搜集到的破青瓷碗，有裂纹的花瓶，断的笔架，还算完整的小鼻烟壶，喜气洋洋地都席卷回家。说起来都是有上百年的历史，喜欢古董的朋友就好这个，他们博古架上的供品，有很多好玩意儿其实就是埋在河底的垃圾。过去失意的文人，无所事事的贩夫走卒，得志的和不得意的官僚，未必比今天的人更有环保意识，有什么不要的东西往河里一扔，便完事。

不妨想象一下，河水不流，又会怎么样。壤非壤不高，水非水不流。流水不腐，秦淮河要是不流动，早就不复存在。正是因为有了秦淮河，我们才可能在它的淤泥里，重温历史，抚摸过去。这些年来，人们都在抱怨秦淮河水太臭，污染是原因，水流得不畅更是原因。流水是江南繁华的根本，流水落花春去也，看似无情，却是有情。是流水成全了锦绣春色，江南众多的河道，犹如人躯体上的毛细血管，有了流水，江南也就有了生命，就有了无穷无尽的活力。

记得 20 世纪 80 年代初期，秦淮河排水清淤泥，几个喜欢收藏的朋友闻讯，赶过去淘宝贝，高高地卷起裤腿，光着脚跳下河，从几尺厚的淤泥中，搜寻前人留下来的文物。

流水之二

“昨夜月明江上梦，逆随潮水到秦淮”，这是王安石诗中的佳句。如果说水乡纵横交错的河道，是毛细血管，长江就是大动脉。大江滚滚东流去，奔腾到海不复还，古人把百川与大海汇合，比喻为诸侯朝见天子。长江厉害，更厉害的却是大海。因此，江南水乡的人，对潮起潮落会有很特殊的感受。水往低处流，长江下游，受到潮汐的抵挡，水位迅速变化。

以我外祖母家后门口的石码头为例，潮来潮去，一天之内的落差，可以有一两米高。清晨起来，河水已泛滥到了后门口，站在门外稍稍弯腰，就可以舀到水。到了下午，滔滔的河水仿佛脸盆被凿了个洞，水差不多全漏光了，要洗碗洗菜，得一口气走下去许多级台阶才行。

现如今的江南，已很难看到潮起潮落。到处修了闸，水位完全由人工控制。人的日常生活，和潮汐几乎无关。要说这种变化，也不过是近二三十年的事情。我在农村上小学的时候，吃完饭，大人把锅碗瓢盆放在河边的码头上，慢慢地涨潮了，河水漫上来了，到退潮以后，容器里常会有小鱼留下来，慌乱地游着。那鱼是一种永远也长不大的品种，一寸左右，大头，看上去有些像蝌蚪。

水乡的男孩子没有不会捉螃蟹的，秋风响，蟹脚痒。三十年前，江南水乡，到处可以见到螃蟹，河沟里，田埂旁，捉几只螃蟹来下酒，谈不上一点儿奢侈。流水是螃蟹的生命线，水流到哪里，哪里就有螃蟹的足迹。

如今是在梦中，才能重温当年捉螃蟹的情景。要先找螃蟹洞，发现了可疑洞穴，便往里泼水。如果有一道细细的黑线涌出来，说明洞里一定有螃蟹，于是就用一种铁丝做的钩子，伸进去，将那螃蟹活生生地揪出来。这是一种野蛮操作，螃蟹会受伤，受了伤很快会死，死螃蟹绝对不能食用，所以不是吃饭前，一般不用这种下策。

聪明的办法是用草和稀泥和成一团，将洞堵死，然后在旁边做上记号，隔三四个小时再来智取。取时手穿过堵塞物，沿着洞壁慢慢伸进去，抓住螃蟹的脚，另一只手拿开堵塞物，螃蟹也就手到擒来。螃蟹意识到氧气不足的时候，会不得不往洞口爬。

如此捉蟹的方法，关键要掌握好时间，太短了，手刚伸进去，螃蟹还未进入昏迷状态，仍然要往后逃，太长，便会憋死。

第二章　旧式的情感

玩半导体收音机

我曾经玩过一段时间的半导体收音机，那是在上中学时，刚开始是玩矿石机，后来买了一本薄薄的小册子，根据上面说明，装了个小单管机。我至今还能记得第一次听到播音时的激动。

玩半导体收音机是很容易上瘾的事，首先要有一点儿钱，那时候的家长似乎不懂得要为子女投资，而且好像也不知道应该给孩子零用钱。很长一段时间内，我只是把那个单管机拆了装，装了再拆再装。我把精力都花在了如何缩小体积上面，先是用一个普通的肥皂盒，后来竟然把同样多的零件，都压缩在了一个更小的肥皂盒里，那种小肥皂盒现在已见不到，小得只能放下宾馆里常见的那种小肥皂。

那时候大约是1971年，正是“文革”中期。之所以要强调一下时间，是想说明当时的背景正是“读书无用论”风行之际，我一个中学生能这么做，已经很有些未来可以当大科学家的味道。

因为没钱买耳机、买零件，我便从家里偷书借给同学看，作为交易，同学把一个旧的电话耳机送给我，附带还有一部分半导体元件。改造完了我的小半导体收音机以后，我又开始改造耳机。既然一个小小的肥皂盒都能放下书上说的必须放在大肥皂盒里的零件，为什么我不试试把耳机也压缩成一个小耳塞子呢？我选中的是一个五分钱大小的塑料盒子，原来是放中药膏的，然后又找了一截老式的旧钢笔的笔管，那种老式的旧钢笔管，在尾部有能旋下的一小截，正好可以用来当作塞在耳朵里的塞子。我小心翼翼地将笔管锯开，利用原有的螺纹，在小塑料盒上钻个小孔，把那一小截笔管固定在上面。

老式的电话耳机里的线圈很大，没办法放进小塑料药盒里。唯一的方法便是自己重新绕线圈。这是一个很费脑筋的事，我失败了许多次，最后才勉强成功。因为没有绕线机，在绕线圈时，必须靠自己心里记数字。那时候要配用的耳机是高阻抗的，和我们今天常见的那种耳塞子完全两回事。反正要绕一个很大的线圈，才鼓鼓囊囊硬塞进小塑料药盒里。

玩半导体收音机的乐趣在于制作，在于自己动手，在于

我曾经玩过一段时间的半导体收音机，那是在上中学时，刚开始是玩矿石机，后来买了一本薄薄的小册子，根据上面说明，装了个小单管机。我至今还能记得第一次听到播音时的激动。

利用不花钱的废旧物品。很多时间都花在设想上。玩半导体收音机，本质上是一种很健康的动脑筋，要挖空心思废寝忘食。真正做好了，其实也就那么一回事。事实上我很难得听半导体收音机，即使是自己吃辛吃苦制造出来的也一样。

“非法买卖”

我还干过一段时间很有趣的“非法买卖”，那就是在摊贩市场上和别人交换半导体元件。十四五岁的时候，我玩半导体完全入了迷。那时候也没钱玩，只能把有限的几个元件，拆了装，装了拆。

后来暑假里去北京，发现当时已插队的堂哥，有足足一大抽屉玩剩的半导体元件。堂哥把这些元件统统给了我，我仿佛一下子挖掘到了一个大宝藏，顿时成了大富翁，那种发自内心深处的喜悦，简直没办法用笔墨来形容。北京表姐夫又送了一个万能电表和电烙铁给我。这真是如虎添翼，我发觉自己终于有了足够的本钱，可以大大地干一番。单管收音机对我来说已经微不足道，经过了双管机三管机，我又开始装超外差六管半导体收音机。

很快发现元部件不够用，虽然我有一大堆，可总是缺这少那。于是我便像如今黑市上交换邮票一样，揣了一口袋半导体元件，在南京一个很有名的摊贩市场上和别人交换。那时候这是地道的“非法买卖”，常常有戴着红袖章的民兵突然冒出来，逮住了就全部没收。那个年代，农民在集市上卖自己养的鸡和鸡蛋，都属于资本主义的尾巴。我们这些生在红旗下、长在红旗下的少年在街面上倒卖半导体元件，自然有些大逆不道的意思。

做买卖有时候可以无师自通，最初只是用自己多余的元件，去和别人交换有用的元件，很快学乖巧了，知道什么元件是紧俏货，怎么交换划算，怎么不划算。有时候交换的元件，自己当时根本就用不着，但还是先换过来，哪怕是多贴些元件，吃小亏占大便宜，反正紧俏货脱手很容易。

人有时候会自然而然地狡猾起来，在摊贩市场上，倒卖半导体元件的，许多都是成年人，和这些人打交道，你越是表现出自己想要什么，他就越是拼命抬高你所要东西的价钱。在半导体元件中，有许多都是伪劣商品，质量很差。常常兴冲冲带回去了，鼓捣了半天，却发现是坏的，然后再带到摊贩市场，偷偷地换给别人。人学好不容易，学坏几乎不用教。

“非法买卖”的乐趣，也许就在于“非法”。因为常常要注意到戴红袖章的民兵，整个交易过程，都在一种非常紧张的气氛中进行。被抓到的倒霉蛋会被公认为无用。那些民兵有时候会把醒目的红袖章摘下来，放在口袋里，装作也想交换元件的样子，然后突然露出狰狞面目。好在那一阵儿我们也不好好上学，老在摊贩市场上转悠，就那么几位民兵同志，相貌早就刻骨铭心，一看见他们，赶紧把元件放在口袋里藏好了，然后跟在他们后面，兴致勃勃地等着看别人的笑话。

玩照相

1974年高中快毕业，我得到了一台苏联查尔基4型相机。这是托母亲朋友从上海的旧货店淘来的，价格204元。在当时，已是一架很不错的相机，镜头是F2，据说与德国莱卡的某款机型相似。我的堂哥告诉我，这相机搁在20世纪50年代，基本上就是顶级产品，因为它的核心技术，它的原材料，都是利用了德国战败的赔款。

以今天的眼光看，它已经算不了什么。在当时，我是说在当时，起码周围的人，没有谁能拿出比这更高档的玩意儿。那年头常见的是一种双镜头反光机，是120的，镜头只有3.5，只能拍12张照片，不像我的这台135机器，每次可以拍36张，而且因为镜头大，成像效果极好。我的堂哥是摄影爱好者，尤其擅长拍摄人像，他是我的老师，我从他那里学到了最基本的拍摄和冲印技术。

家庭成员和周围的人，成了我拍摄的模特。也许从来就没有真正地拍好过什么照片，可是有一段时间，我耳朵边，常听到有人表扬我的作品。祖父表扬的一句话就是：“这张照片不错，我要放到我的相册里。”我在玩照相上花了很多时间，南京新街口有家摄影图片社，那里的放大纸论斤卖，可以买回来自己放大照片，成本要相对便宜许多。

我自制了放大机上光机，自制了闪光灯，用脸盆配制了药水，躲在暗房里，一干就是一个通宵。记不清我拍了多少照片，相对于今天，根本算不上什么，可是在当时，考虑到我小小的年纪，一干活就是一脸盆，一出手就是厚厚一大叠照片，还真有些唬人。

我会摄影的名声很快传了开来，经常有人要我拍照。我把有限的时间和金钱，投入到了无限的摄影之中。说起来荒唐，那年头拍了那么多照片，现在要想找回当时的痕迹却很困难，除了父母影集留下了一些证据，大多数照片已无处可寻。你为别人拍了照，冲洗放大成照片，把照片给了别人，事情就完了，就结束了。

1976 年 9 月 9 日，在南京绣球公园，我正为一位电工师傅的儿子拍照，那孩子才三四岁。大广播里说有重要新闻要广播，让大家耐心等待。我们一边拍照，一边等候。终于把一卷胶卷拍完，从树林里走出来，我们听到了毛主席他老人家去世的消息。

家学渊源

我的旧学实在不怎么样，旧学问是门古老的艺术，离我们越来越远。现在靠写小说混饭吃，辛辛苦苦在格子里填上了字，总算有人愿意看，有人愿意写些小评论。不少评论都提到了我的家学渊源，一位评论家甚至断言我的才能将淹没在传统的阴影中。

真要是如此也是一种幸运，事实上，旧学问在清末达到顶峰，此后便是代代退化，一蟹不如一蟹。这是历史发展的大趋势，谁也改变不了。对于今天的人来说，我祖父可以算是旧学大师，对于把旧学问发展到极致的乾嘉学派，却又是不肖子孙。作为“五四”一代的风云人物，我的祖父一生都在鼓吹新文化。虽然他有极深的古文造诣，能写很不错的旧体诗词，然而从来不主张我们小辈在旧学问上花大功夫。

我唯一得到祖父指点的旧学便是对对子。这是在“文革”期间，我正上初中，有一次，祖父发现我竟然能背出一连串辛弃疾的词，很有些吃惊，便大大地表扬了我一番。我得到了鼓励，顿时感觉良好，下决心要把手头的一本夏承焘先生编的《唐宋词选》全部背下来。那时候正是读书无用的时代，上不上课读不读书都无所谓。

我的祖父也闲着无聊，难得我对旧诗词如此有兴趣，就让我从头开始，学习平平仄仄仄仄平平。方法有点像旧时私塾先生授课，祖父报一个字，我回答一个字。云对雨，雪对风，晚照对晴空，杨柳绿对杏花红。一来一去，很像是做游戏。在北京，我常常陪祖父去洗澡，祖父泡在浴池里，不时即兴发问，我一边替他擦背，一边挖空心思对答。出门散步时也是如此，总是拣人少的地方去，见到什么说什么，一个字两个字，渐渐到了五个字七个字。从来也没到过对答如流的地步，字越多越吃力，但是好歹都能凑合答出来，祖父在这方面特别宽容，说：

“好，有点儿入门了。”

可惜我只是站在旧体诗词的门口，往里面望了几眼，毕竟是处在一个旧诗词已不流行的时代。随着年龄的增长，外国小说更能够吸引我。我开始如狼似虎地阅读 19 世纪的欧洲小说，数量之大速度之快，连祖父都感到意外。记得当时

云对雨，雪对风，晚照对晴空，杨柳绿对杏花红。一来一去，很像是做游戏。在北京，我常常陪祖父去洗澡，祖父泡在浴池里，不时即兴发问，我一边替他擦背，一边挖空心思对答。

看内部发行的三岛由纪夫的《丰饶之海》，四大厚本，祖父第一本尚未读完，我已经见缝插针，全部读完了并把故事卖弄给大家听。

祖父嫌我看书太快太马虎，找了两本书让我细读，这两部书是托尔斯泰的《战争与和平》和巴尔扎克的《高老头》。

旧式的情感

二十多年前，纪念祖父诞辰一百周年，我有一点想不明白，为什么人们对整数总是特别有兴趣。莫名其妙，就成了习惯。记得祖父在世时，对生日很看重，可以说是非常看重，尤其“文化大革命”后期，一家老小，都盼过节似的惦记着祖父的生日。是不是整数无所谓，过阴历或阳历也无所谓，快到了，就掰着指头数，算一算还有多少天。

有时候，祖父的生日庆祝，安排在阳历的那天，有时候，却是阴历，关键看大家方便，最好一个休息日，反正灵活机动，哪个日子好，就选哪一天。祖父很喜欢过生日，喜欢那热闹，有一年，阳历和阴历都适合过生日，他老人家便孩子气地宣布，干脆两个生日都过。

想一想也简单，老人乐意过生日，原因是平时太寂寞。

老人永远是寂寞的，尤其一个高寿的老人。同时代的人，一个接一个去了，活得越久，意味着越要忍受寂寞煎熬。小辈们一个个相对独立，有了自己的小家，下了乡，去了别的城市，只有老人过生日这个借口，才能让大家理直气壮堂而皇之走到一起。

老人的寂寞往往被我们所忽视。我侄女儿的小学要给解放军写慰问信，没人会写毛笔字，于是我自告奋勇带回来，让祖父给她抄写。差不多相同的日子里，父亲想要什么内部资料，想要那些一时不易得手的马列著作，只要告诉祖父，祖父便会一笔不苟地抄了邮来。有一段时间，问祖父讨字留作纪念的人，渐渐多起来，闲着也是闲着，祖父就挨个地写，唐人的诗、宋人的词、毛主席的教导，一张张地写了，寄出去，直到写烦了，人也太老了，写不动为止。

记得常陪祖父去四站路以外的王伯祥老人家。这是一位比祖父年龄更大的老人，他们从小学时代就是好朋友，相濡以沫，风风雨雨，已经有几十年的友谊。祖父坚持每星期都坐着公共汽车去看他。祖父订了一份大字《参考消息》，王伯祥老人虽然是著名的历史学家、一级研究员，似乎还没有资格订阅，于是祖父便把自己订的报，带去给他看。每次见面大约两个小时，一方郑重其事地还报纸，另一方毕恭毕敬地将新的报纸递过去，然后就喝茶聊天，无主题变奏。

说什么从来不重要。有时候，聊天也是一种寂寞，老人害怕寂寞，同时也最能享受寂寞。明白的老人永远是智者。我不得不承认自己在这些老人的寂寞中，学到了许多东西。我从老派人的聊天中，明白了许多旧式的情感。旧式的情感是人类的结晶，只有当真正失去时，我们才会感到它的珍重。老派的人所看重的那些旧式情感，今天已经不复存在。时过境迁，生活的节奏突然变快了。寂寞成了奢侈品，热闹反而让人感到恐惧。

老人最害怕告别，送君千里，终有一别。祖父晚年，每次和他分手，心里都特别难受。大家都不说话，在房间里耗着，他坐在写字桌前写日记，我站在一边，有报纸，随手捞起一张，胡乱看下去。那时候要说话，也是一些和分别无关的话题，想到哪里是哪里，海阔天空。祖父平时很喜欢和我对话，他常常表扬我，说我小小年纪，知道的事却不少，说我的水平大大地超过了同龄人。

我记得他总是鼓励我多说话，说讲什么并不重要，人有趣了，说什么话，都会有趣。早在还是一个无知的中学生时，我就是一个善于和老人对话的人。我并不知道祖父喜欢听什么，也从来就没有想过这些问题。我曾经真的是觉得自己知道的事多，肚子里学问大，后来才知道那是因为老人的寂寞。

在白马湖学骑自行车

时至今日，有一辆四个轮子的私家车很平常，可是我们当年读中学时，一位同学家有辆自行车，就因为这辆自行车已经属于他了，只有他一个人拥有，几乎整个学校都嫉妒。

那是一辆半新不旧的自行车，害得许多同学都涎着脸讨好它的主人。我的不少同学就是借助这辆自行车学会骑车的，记得同学们排着队，在操场上等待自己的机会。远远地有女同学看着，轮到骑车的男同学骑在车上，挺胸抬头搔首弄姿，故意不朝女同学看。

我生长在一个经济比较宽裕的家庭，父母在我读中学时，从没想到过要为我买一辆自行车。我读小学中学那个年代，贫穷是一种光荣，他们绝不会让自己的孩子先别人一步享受富裕。相反，为了表示和别人家的孩子没区别，甚至都不让我穿高档一点儿的衣服。一直到大学毕业，我才开始穿第一双皮鞋。除了“文革”最糟糕的几年，我们家一直有保姆，怕别人知道这一点，不得不告诉同学这是亲戚。小时候，我一直认为有保姆是不对的，保姆是劳动人民，家里有了保姆，便会有资产阶级嫌疑。

我所接受的少年教育，其中最重要的一条，就是不许摆阔。不摆阔，用今天的话来说，就是不要冒富。父亲屡屡教导我，千万别觉得自己和别人不一样。别人还没有的东西，自己别急着有。他似乎不太明白幸福是一种比较，古谚云，“富贵不还乡，如锦衣夜行”。有阔不摆，有富不冒，过了这村就没这店。如果我在读中学时，就能拥有一辆自行车，那么获得女同学青睐的显然该是我。如今的中学生差不多都骑车，要想有同样效果，非得有一辆小汽车才行。

我是在浙江大学图书馆的过道里学会骑自行车的，仍然是上中学的时候，骑着一辆女式车，沿着长长的过道，东倒西歪，不到两个小时，竟然学会了。记得当时很兴奋，肆无忌惮地在浙江大学的校园里横冲直撞。几天以后，我随着伯母又到了浙江上虞的春晖中学，住在夏丏尊先生的故居里。夏先生和我祖父是老朋友，我的伯母是他的小女儿，我那次有机会去浙江，就是为了去探访著名的春晖中学。

很多年以前，春晖中学聚集了一批文化名人，尽管只是一所普通的中学，而且远离城市，在这教书的，除了夏先生，还有朱自清和朱光潜，还有丰子恺和匡互生。这些一度大名鼎鼎的人物，为了躲避城市生活的喧嚣，都跑到这里来立志教育。教育救国从来就是一个浪漫主义的故事，我们不能以成败论英雄，来肯定或否定这故事。留给后人津津乐道的，是这个风景秀丽的地方，为什么曾经高人雅聚群贤毕至。春晖中学完全可以在中国的教育史上留下一笔，对了，弘一大师的晚晴山房也在这儿。

恐怕很难再找出一所竟然会有这么多大腕级名人当教师的中学。名师出高徒，从春晖中学出来的有名气的学生，谢晋可以算上一个。因为他的缘故，许多片子都以风景秀丽的春晖中学为外景地。“文革”后期的《春苗》，后来的电视连续剧《围城》，便是在这所学校里拍摄。

到达春晖中学的那一年，高中毕业前夕，正是开始写诗的季节。在春晖中学操场上，骑着自行车，一遍又一遍兜圈子。一些同龄人所不知道的往事，吸引了我。这所田园一般的学校本身就像一首诗，校园藏在田野和湖水之间，根本用不到什么围墙。我骑着自行车兜来兜去，目的已不再仅仅是过刚学会骑车的瘾。迎着晨雾，穿过晚霞，事实上我正在寻章摘句，拼凑一首非常拙劣的小诗。

历史上的人物，重现在我的面前。我想象着在几十年前，一个身着长衫戴着礼帽的读书人，正从晨雾或晚霞中走出来，可能是朱自清先生，也可能是丰子恺先生，也可能是弘一大师，他们什么也没说，就从我身边走了过去。

去紫霞湖游泳

天气又热了，忽然想起小时候去紫霞湖游泳。时间是“文革”中的暑假，刚上初中。查百度地图，单程六点七公里，来回将近二十里路，还要游两三千米，体力真是够好。

小孩子不知道叫累，直到上大学，我才知道“紫霞湖”三个字。一直以为是“纸牙湖”，大约方言原因，身边人都这么称呼。中山门外有个前湖，都叫它“浅湖”，我们不知道玄武湖是后湖，有后湖当然有前湖。前湖很浅，面积足够大，天天经过，还是觉得应该再走些路。

紫霞湖在紫金山上的树林中，周围一片绿色，选择在这儿游泳，不是因为水干净，那年头没这概念，“污染”一词基本上用在意识形态上，譬如“被资产阶级思想所污染”。去紫霞湖，是看中它的水深，看中了别人不敢去。这个湖年年淹死人，也不是不害怕，有时候害怕是最大诱惑。一起玩的男孩突然决定要去，于是你只剩一个选择——别做胆小鬼。

南京的夏天很热，没电视，没电脑，除样板戏之外没任何娱乐活动。也没有暑假作业，更没有升学压力，大人们都在搞阶级斗争，孩子们闲着没事干，就去游泳。紫霞湖水无比清凉，湖边是望不到尽头的树林，或许因为地方太远，太偏僻，别人不怎么敢来，我们几个自然而然成了为数不多的勇敢孩子。

那时候的南京城到处都是大树，一路过去，晒不着太阳。回家路上，将泳裤顶在头上，快到家，泳裤已干了。汽车少，自行车也少，慢车道上有时会出现一种“蹦蹦车”，拖拉机的一种，比手扶拖拉机略大，我们便像铁道游击队员那样搭顺风车。这么做有危险，害怕是诱惑，危险当然也是。

从风水的角度看，紫霞湖是个好地方。1947 年，蒋委员长看中了，打算死后就葬在这里。于是建了个“正气亭”，还立了石碑，藏在湖边的树林里，我们当年还真没见过。“文革”毁了那么多东西，偏偏它们留了下来。说起来，离市中心也不算远，我们不知道，年龄大的红卫兵也不知道，真知道，肯定会冲过去将亭子扒了，将石碑砸了。

第三章　文学少年

没有文学的少年

小时候的文学印象，最初可以追溯到排队买《欧阳海之歌》。隔着时间长河，穿过光阴面纱，记不清楚当年怎么一回事，只记得很长的队伍，男女老少各种各样面孔，喊声和骂声一片。不明白大家为什么都去排队，都去抢这样一本书，我只是一个很局外的看客，一个九岁小男孩，远远地看着热闹。

少年的记忆中没有文学，在一些回忆文章中，我曾吹嘘过自己小时候很喜欢看书。其实这不确切，与各种人物的回忆录一样，根本就不靠谱，我看书不是因为喜欢，而是因为孤独。无聊于是读书，孤独然后看小说，捡篮子里便是菜，抓手上就是名著。

什么样的文字我都愿意看，“老三篇”背得滚瓜烂熟，

《毛主席语录》不敢说倒背如流，要哪段翻哪段绝没问题。就算是到现在，记忆力已经严重不行，我仍然还能背很多老人家的诗词。

如果那年头有 NBA，有世界杯，有奥运会，有网络，有四大天王，有超女，有美剧和韩剧，或者有高考，有重点中学，我肯定不再乱看书消磨时间。我的少年根本就没有文学，那是一片文化沙漠，就像是月球的表面，看上去光滑，却毫无生命迹象。

现在的孩子听到“文化大革命”，总觉得有些怪怪的，怎么会有如此荒诞的一个时代。就像我们小时候听老人讲日本人怎么进了南京，跟教科书上讲得完全不一样。我总是忍不住就要唠叨“文革”，特别愿意跟年轻人说，而年轻人又未必愿意听。话不投机半句多，我知道喜欢提到这些掌故的人，差不多都是祥林嫂，都是《大话西游》上的唐僧。

我在少年时代，既不喜欢唐诗，也不喜欢宋词，能背几首古诗词蒙蒙人，完全是拜无聊所赐。没人逼着我看这些玩意儿，爱看不看，反正不知从哪里随手偷到了一两本，闲着也是闲着，结果不光看了，而且背了，小时候背的东西往往最不容易忘。

记什么都是记，花拳绣腿有口无心，生吞活剥地先背诵下来拉倒。死记硬背是学习最偷懒最有效的方式，记忆中，最爽的还是背诵毛主席他老人家的《敦促杜聿明等投降书》，那个大义凛然，那个居高临下，那个牛啊。

直到上大学，我也都没有弄明白什么叫文学。没人在这方面专门培养过我，自己也从来没往写作的路上仔细想，甚至都懒得看上一眼。成了作家以后，很多人追问文学因缘，考究渊源，我也十分认真地检点过去，盘算再三，仍然说不出一个为什么。少年记忆中与文学有关的玩意儿，实在少之又少，想胡编都找不到北。我们这一代人被恶谥为“狼崽”，非要追问出一个所以然，只能说是史无前例的“文化大革命”，培养和滋润了我们。

父亲生前常说作家没办法培养，以我这个儿子为例，语重心长诲人不倦，结果人家根本不相信。我女儿发表了一些文章，出了几本小书，有人就带着孩子登门，诚心诚意请问，讨教独门暗器和秘诀，面对同样问题，我显得非常无奈，真话假话都不行，说真人家不相信，说假自己又不乐意。

文学少年

1974 年，我十七岁，高中刚毕业，说懂事，什么都懂了，说不懂，真正明白的事实在太少。那是个知识被成群地赶进深山的年代，一切都被扭曲，一切都很荒唐。我是那个时代带着几分奇怪的标本，算是高中毕业，实际水平比初中生还差。我留过一级，从农村回到南京后，又莫名其妙跳了一级，甚至还泡过将近一年的病假。读不读书上不上课都一样，我的字写得像小学生，像外国人写中文，错字别字连篇。高中毕业考试，考数学是珠算，我们只学过加减乘，连除法都没来得及学。

那时唯一值得自豪的，就是书看得多，相对而言的多。父亲是南京的藏书状元，所藏的书绝大多数是翻译过来的外国小说。“文化大革命”后期是我拼命看世界名著的年代。

卖弄自己看过的外国小说，一向是我的嗜好。多少年来，我一向自以为是，觉得在阅读方面没人吹牛吹得过我。我的父亲毕竟是藏书状元，强将手下无弱兵，父亲在他那辈人中读书最多，我自然在我这一辈中也没有什么对手。为了在吹牛时立于不败之地，我实实在在读了不少书。

因为祖父在北京，我经常有机会去，一去就住很长时间。北京这地方多少会有些文化中心的意思，有点巴黎的沙龙气氛，即使在“文化大革命”后期这一特殊阶段也不例外。作为一个经常有机会接触沙龙的外省文学少年，北京老家给我在文学上的影响的确太重要。我的堂哥三午长年累月在家歇病假，他的客厅永远有人，高谈阔论，胡说八道。

三午的客厅是当年北京诗人经常光顾的地方。那是些看上去神经兮兮的年轻人，没日没夜，高兴时来，尽兴则去。三午客厅常常有人高声朗诵诗，有时候诗人自己朗诵，有时由漂亮的女郎代劳。漂亮女郎多半是诗人的崇拜者，多才多艺，会唱会弹钢琴。

三午自己就是一个很不错的诗人。我曾在他客厅里朗诵过他的诗。他的诗免不了有些颓废，有些痛苦，当然也有些矫情。我在客厅卖弄他的诗，原因是三午在念自己的诗时大哭起来。事实上我也是一边流眼泪，一边朗诵。在三午的客厅里，感动得哭起来是一桩雅事，没什么可难为情。对于这样的场面我已经太熟悉。常常有人写了一首好诗，大家喝彩，于是当场作曲，当场唱。根据三午的诗作曲的一首歌在北京小圈子里曾经很流行：

不要碰落麦芒上
凝结的露
不要抹去睫毛上
颤抖的泪

露珠里映着
整个的太阳
泪滴里闪着
我们走过的路

脚在田野里迈
衣领上全是露水
心在生活里滚
脉搏上全是泥和泪

露在深深花蕊
泪在层层心田

烈火枯竭源泉
烘不干露和泪

手捧起滴滴露珠
便成一道瀑布
心积起颗颗泪滴
那是无边的海

不要碰落麦芒上
凝结的露
不要抹去睫毛上
颤抖的泪

诗写于 1972 年 10 月 10 日。以今天的眼光看，诗当然算不了什么。文学从本质上来说就是历史，在历史的参照系数面前，我们说大话最好留些余地。关键是那种氛围，与世隔绝，与世无关。那时可是“四人帮”之流肆虐的年代，是文化的沙漠，是没有春天的严冬。三年另一首诗似乎写得更好一些：

摸熟了块块斑驳的门牌

翻厌了张张嘈杂的脸儿
从来到人世，我
就揣着一封无法投寄的信

羞愧不安焦急
憧憬痛苦渴望
从来到人世，我
就揣着一封无法投寄的信

这些诗从来也没有变成铅字发表过，三午写了近百首诗，任何一本谈诗人的书都不会见到他的名字。他注定了只能默默无闻，活了四十多岁，便英年早逝。说起来，这当然是非常遗憾的一件事，许多好诗人的结局，都可能是这样，明白了这一点，也许我们就会释然。

1974年，我这个十七岁的外省文学少年，在三午的客厅，开始了最初的文学梦想。沙龙的气氛自然使我向往成为诗人的一员。我老气横秋地加入了侃文学的清谈，指点江山，信口开河。这些诗人说到底也不过是一些文学青年，大家生活在浪漫的诗意中，悄悄地较着劲。和年轻狂妄的画家们相仿，都觉得自己行，都看不上别人。那一代诗人似乎都喜欢巴尔蒙特，他们都喜欢这句话：

沙龙的气氛自然使我向往成为诗人的一员。我老气横秋地加入了侃文学的清谈，指点江山，信口开河。

我来到这个世界上

只是为了看看太阳

三午的客厅里常常为了诗歌吵架，吵得不可开交。诗人最多，有作曲的，有唱歌的，有画画的，有摄影的，还有研究哲学的。有的显然是风流潇洒的公子哥儿，一脸的八旗子弟样，有的却像乞丐，衣衫褴褛，只差随地吐痰擤鼻涕。所有这些人都是野路子，是诗人一定颓废，一定朦胧，画画都离不开一个“怪”字，都喜欢留长发，言谈时，最擅长的一句话就是：

“这他妈哪儿是诗，这他妈哪儿叫画！”

我毕竟只是文学少年，除了多读过几本书之外，一无可夸耀处。在烟雾缭绕的客厅里，学会了大言不惭地说：

“这他妈哪儿是诗，这他妈哪儿叫画。”

做梦也不会想到多少年后，我会成为一个小说家，会跻身于混稿费的人流中。

三午是叶家第三代人中最有希望成为作家的一个人，他身上有饱满的诗人气质，他写诗，看小说吹小说，发疯地喜欢外国音乐。三午常说，他喜欢文学，是受我父亲的影响。他说起我父亲不该中途放弃写作时甚至掉眼泪。我父亲早在二十岁前就写了一大堆短篇小说，不止一个人说过我祖父是中国的契诃夫，但是三午一向认为，如果我父亲不停笔，真正成为契诃夫的应该是他。

我父亲把爱好文学的毛病传染给了三午，这毛病最终又到了我头上。朱自清先生曾夸我父亲少年时的文章写得“头头是道，历历如画”，说他的小说中有“他自己健康的调皮和机智”。三午总是为我父亲抱屈，他老说：“叔叔的小说太不合时宜。”不合时宜的评价同样适合三午自己，适合那一代过早来临又过早凋谢的年轻诗人们。

父亲在和我谈起三午的遗诗时曾经说过，时至今日，他的诗歌完全可以发表。这的确也是实情，今日已是个诗人多如牛毛的年代，出版物泛滥，只要是诗，只要是那些分了行的短句子，混迹于刊物之上并非太难。可是三午的诗毕竟只适合他曾经活着的那个时代，他的诗，包括他在内的一代诗人，说到底仍然是时代的产物。

我从来不认为三午的诗最好。即使当年我作为一个外省的文学少年，跟在三午后面亦步亦趋，志大才疏又装腔作势，我也不甘心做一个像他那样的诗人。我的偶像是一位更年轻的诗人。他是那年头突然闪现出的新星中最灿烂夺目的一颗星。当年北京民间沙龙中几乎没有不知道毛头的诗的人。毛头要比三午年轻得多，他狂妄地出现在三午的客厅里，目空一切，孤芳自赏。

他似流浪汉的姿态睡倒
盖着当天的报纸，枕着黑面包
不在乎胡须上渍下的口水
也不在乎雀斑，在他脸上充满
嘲笑

这幅艺术家的速写似乎更适合于毛头本人。毛头是个天生的艺术家。他会唱歌，正经学过西洋美声唱法。那时候，谁手头有一盘好的意大利歌剧带，谁就有幸在短时期内，做他最好的朋友。孤傲的毛头并不是和什么人都可以交朋友。我对毛头的身世不太熟悉，只知道他家境不错，人在白洋淀插队，并且知道他曾当过学习毛泽东思想积极分子。在我作为文学少年的那个年头，父亲的书和三午的客厅，潜移默化地使我和文学产生了不解之缘，毛头的行为却直接为我提供了模仿学习的榜样。

毛头似乎具备了一个和常人不同的大脑，他的诗永远让人感到新颖感到震惊。我那时候虽然已经知道洛尔迦，知道普希金，知道巴尔蒙特，知道阿赫玛托娃，但是活生生的毛头，比任何一个诗人更实在，比任何一本诗集都耐读。

毛头的诗实在太多，太多。他每年都为自己编一本诗集。他的身上永远揣着笔，走到哪儿，想到哪儿，有时灵感来了，扯上一张纸，唰唰记下，然后把纸片藏进口袋里，继续海阔天空说大话。据说每年的十一月下旬，是他结集的痛苦时期。在这时期里，他把自己关在房间里，把写在乱七八糟纸片上的诗整理出来，绞尽脑汁，怨天怨地，仿佛女人坐月子。他年年都要为此掉一身肉，胡子拉碴，死去活来。大功告成，他又开始神气十足，重新露面。

毛头的魅力在于他自身就是一首充满激情的诗。他对诗歌本身的迷恋，对文学的执着，只有“过分”这两个字才能形容。1976 年的唐山大地震把北京人吓得不轻，就好像到了世界末日。毛头当时的行为最可笑，他拎着个旅行包，包里装满了他自己手抄的诗集，灰溜溜得像个流窜犯，非常狼狈、形迹可疑地东躲西藏。面对大自然的威胁，别人不过是怕死，他在怕死的同时，更担心他的天才作品会毁灭。

和大多数文学少年一样，我最初的文学梦想就是写诗，做个像毛头那样的诗人，生产太多太多的诗，满满一旅行包，拎着到处走。在三午客厅里，我学着三午或毛头的口吻，堂而皇之地说着“这哪儿叫诗，这哪儿是小说”。既然我认为毛头的诗最好，我便老气横秋用毛头的诗来压别人的诗，像不像毛头的诗是我在相当一段时间内判断好诗坏诗的唯一标准。

我学着毛头的样子开始写诗，疯疯癫癫，绝对形似。

在纸片上，在小本子上，甚至书的空白处胡涂乱抹。十七岁那年真值得我很好地回忆一番，我开始学着抽烟，偶尔也喝点酒，并且正经八百地开始幻想女人，我变得有些颓废，玩世不恭。我母亲因此对三午耿耿于怀，老觉得我是跟他学坏的。

我的读书趣味也是在那时候开始发生变化，我从雨果的忠实信徒，突然转变为和整个的19世纪西欧文学格格不入。浪漫主义文学作品尚未读完，我已经跳过了现实主义文学，一头栽进了20世纪西方现代派文学的皮毛之中。爱伦堡的《人，岁月，生活》，给了我无穷无尽的知识。回到南京，远离北京沙龙，便在爱伦堡的回忆录中寻找刺激。我决心不顾一切地写诗，希望有一天能在三午的客厅里像毛头一样露脸。

诗人也许真是天生的，我很快就写了不少分了行的诗句。这些诗丑陋得让人感到恶心。我学会了做作，学会了矫情，学会了把句子折腾得疙里疙瘩，就是写不出一句像样的好诗。在我的文学少年时代，令我最痛心的一桩事，就是发现自己实际上根本不可能成为一个好诗人。

我经常独自到野外去找诗，寻章摘句，在春天的草地上，想着想着便睡着了。干别的什么事，我的脑子里老在想诗，等到正正经经要写诗，我又肆无忌惮地开起小差。我像诗人一样活着，神经兮兮，无病呻吟，和时代绝对格格不入。我进了一家小厂当工人，早出晚归，逃避一切政治学习，并且从来不看报。当时的那些出版物和我没任何关系，在我越来越意识到自己的诗写得实在不像话的时候，我便发誓，除了外国小说，我什么都不看。

几年以后，形势发生了重大变化，小说尤其是短篇小说开始时髦。我考上了大学，也跟着起哄写小说。最初的小说和我最初的诗歌一样糟糕。我曾把这样的小说寄给北岛，北岛看了以后写信给我，说我的小说不行，但是很有写诗的潜力。他夸奖我有良好的感觉，大可以在诗坛上闯一闯。他的客气话让我绝望了很长时间。如果我的小说感觉还不如诗，要走文学这条路还不如去寻死。我已经清楚地知道自己的诗歌不可救药，而的的确确也正在明白，我当时的小说实在不怎么样。

时至今日，我的小说仍然没有真正写好过，重温旧作，羞愧难忍，苦不堪言。回想当年，我能够不懈地写小说，和退稿作斗争，本身就是桩了不得的奇迹。也许是为了赌气，当然也是自己另寻新欢以后，太喜欢小说这玩意儿，我总算没像写诗那样半途而废，我总算坚持了下来。

很多年以前，有一个文学少年幻想着将来会是个惊世骇俗的诗人。和大多数美好的理想注定要破产一样，我的诗人梦遥远得仿佛是别人的故事。我并不后悔自己销毁了那些惨不忍睹的诗稿，时光不会倒流，艺术永无止境，过去的一切都化为亲切回忆。我怀念三午，忘不了毛头，多少次旧梦重温，老毛病再犯。我向那个已经死去的已经虚无缥缈的我招手致意。海枯石烂，这毕竟是一个不能忘怀也无法忘怀的我。我看着我，脉脉含情，顾影自怜。我们曾经是个整体，我们永远是整体。

我们彼此思念
仍在无声地前进
就像雪橇
在伤口上继续滑行。

人，诗，音乐

从堂哥三午的客厅，我开始步入文学殿堂。那时候，我是一名文学少年，在他的引导下，读世界文学名著，追捧喜欢的作家，过着一种有诗意的生活。三午是我们这一辈中的老大，很有才，却总是一事无成，年纪轻轻一场怪病，不当回事地便去了。

三午会拍照，有一段时间拍得很不错，用一架老式的德国照相机，拍人像，一时有“三午肖像”之美誉，记得当年许多人都慕名要他拍照。在我们这个文人家庭中，他对我的影响最大。早在20世纪70年代初期，除了拍照，三午还是一位很不错的先锋诗人。那是真正意义的先锋，在那个时代，能像三午那样写诗的，都是毫无疑问的怪人。

比诗和摄影更能吸引三午的是音乐。他算得上是玩音乐的好手，先玩唱片，以后又玩老式大盘子录音带，最后才是盒带。如果不是过早离世，他一定会成为激光唱盘的收藏者。有一段时间，他收藏的盒带，在北京小圈子里很有些名气。一位诗写得非常好、脾气绝对古怪的诗人，也是音乐的收藏者，都是四十岁出头的人，为了点芝麻小事，和三午孩子气地翻了脸，知道三午盒带收藏丰富，托人带话给三午，说是只要打开柜子，任他挑两盘磁带，便和三午和好。

三午一向喜欢这位诗人的诗，私下里，一直和我谈起他。三午觉得这位诗人的诗是中国最好的诗。他们曾经是很好的朋友，翻脸之后，三午不止一次回忆起他们之间过去的友谊，他们一起写诗，写那些好好坏坏的诗，一起玩音乐，用自行车驮着笨重的录音机，四处折腾去翻录带子。重新寻找失去的友谊是三午多年的心愿，但是要三午心甘情愿牺牲两盘珍藏的盒带，等于在他心头硬挖去一块肉：

“他爱和好不和好，挑两盒带，让别人可以，让他挑，那还得了。”

知己知彼，三午说什么也不敢冒风险，他坚信这位诗人会抢走他最棒的两盘磁带。量小非君子，无毒不丈夫，犹豫再三，三午非常坚决地拒绝和好：

“哼，不和好了，夺人所爱，这不行。”

在一个搞音乐的人眼里，三午是十足的外行。音乐对于他，既谈不上专业，甚至也不是业余。他只是喜欢听音乐。

“喜欢”这两个字概括了他对音乐的一切感情。音乐仿佛是烟，是酒，是他生活中不可缺少的一种奢侈品。很难想象一个对音乐迷恋到如痴如醉地步的人，一个人听着听着，就会手舞足蹈号啕大哭，竟然对五线谱不甚了了。除了没完没了听音乐，我很少听到过三午哼上一句半句。

诗和音乐是三午生活中的一部分，有了音乐，自然而然也就有了诗歌。他不止一次向我描述，在优美的音乐声中，写诗的激情如何油然而生。“没有音乐怎么能写诗呢？”我至今仍忘不了他说这话时，一本正经不容置疑的夸张表情。对他来说，音乐是耳朵里的诗，诗却是纸上的音乐。

现在我对你颂诗的时候
那老彩笔已从天才的手
落到百年的尘埃里
你为他
忠诚地
贞洁地
保持着
你千年和真挚的感情
世人谁也听不见
你圣洁的声音

这是三午写的一首诗中的一个片断，当时是1964年，他二十岁出头，青春年华，是一个非常帅非常潇洒的小伙子。十年后，我开始在一个硬壳的笔记本上，用很拙劣的钢笔字，毕恭毕敬地抄写三午的诗集。十年的岁月，十年动乱，三午似乎已经变了一个人。

我唇角常常
浮起一丝
苦笑

人呵岁月呵——
苦楚成了嬉笑

山盟的无影
海誓的无踪
信义的甩脱
情谊的轻抛

冷嘲热讽
明嫉暗妒
深深挖了陷阱

紧紧勒住圈套

人呵岁月呵
残酷成了骄傲

苦笑苦笑
都变形了
我的唇角

不仅思想境界发生大变化，三午的身体也变得让人感到悲哀。因为类风湿，因为在农场不堪忍受的体力劳动，他的背驼了腰弯了，成了标准的残疾人。他的诗风变得非常厉害，颓废像面黑色的旗帜，在长长短短的诗行中耀眼闪现。他对人世和生活的绝望，严重地影响了刚步入社会的我。那一年，我十七岁，正高中毕业，待业在家，根本就没有考大学这回事，前途渺茫，无所事事。我很快变得像三午一样颓废，一样无病呻吟，一样远离活生生的现实生活。

除了学写诗，我便是陷在音乐的误区里，迷迷糊糊不肯出来。听音乐也成了我的嗜好，至今我仍然保持着这样一个坏习惯，那就是写作时，耳边一定要放着音乐。音乐的旋律极有助于思考。万籁俱寂或者噪音袭耳，音乐使人在枯燥写作的寂寞中，既感到孤独，更感到充实。和诗歌一样，我爱听音乐，也是受了三午的影响。他总是夸夸其谈，一谈起音乐就没完。有趣的是他对乐理一窍不通，能告诉我的只是音乐家的故事和传说。

音乐家的故事和传说对我写作起了潜移默化的作用，我渴望着自己能成为一名像莫扎特和贝多芬那样的音乐家。音乐使我在意志消沉颓废的时候，不时体会到崇高，体会到净化的纯洁。当我抄到三午下面这首诗的一个片断时，禁不住热泪盈眶，心里说不出是喜还是悲：

你的手指安抚着
键盘

我双肩抽动
只能把脸伏在手心
因为我就是——
你手下
黑色
白色
的键

三午的才华从来没有得到过充分发挥。和真正意义上的先锋诗人一样，他孤独寂寞，在世人眼里一事无成。他的诗少得可怜，变成铅字的更是微乎其微。他的才华和时代趣味距离太远，而且根本就是格格不入。1975 年以后他好像再也没写过诗，诗人的热情在一个悲哀的时代里早已烟消云散。1972 年 10 月 29 日这一天，三午像受了伤的野狼一样号叫：

我们像块木头
被削着刨着
钉着锯着
最后连自己看着
都陌生了

对整个宇宙我们还将
嘲笑地说
心总是那一颗

粉碎“四人帮”以后，新的诗人像雨后春笋一样冒出来。除了听音乐，没完没了地收集磁带，诗对于三午来说，已经成了一个遥远的过去。我不止一次问他为什么不写诗，不止一次问他为什么不把自己的诗拿出去发表。然而他没有

在一家冷漠的咖啡馆前，一位执着于舞蹈的女郎，孤独地跳着舞，她自顾自跳着，如痴如醉，仿佛早已被这世界所遗忘。她跳着跳着，终于用她那独特的舞姿，吸引了在场所有的人。

一次正面回答过这些问题。他似乎一直过着一种静止的生活，天天老一套，吃，睡，看女儿弹琴，在音乐声中活着。这些年来，我读大学，读研究生，写小说，结婚，为养活和养好女儿挣钱，一次次变化，越变越俗，越变越现实。

三午的死永远是个谜，作为一个残疾人，他总是病恹恹的模样，谁也不会把他偶然的不舒服当回事。他的背已经驼得不能再驼了，心地虽然还像少年一样单纯，身体却仿佛风烛残年的老人一样龙钟。和他在一起，老是看见他痛苦不堪，孩子气地呻吟，不是牙疼，就是胃疼。他永远像一个被宠坏了的公子哥。我最忘不了他吃小苏打的腔调，别人吃药不过吃几片，他要么别吃，一吃就是半瓶，或者干脆满满一瓶。关于三午的死因，医院的诊断是恶性痢疾。从发病到咽气，还没到二十四小时。死有时实在是太容易。他动不动就呻吟，就叹息，习惯成自然，因此他逝世的那一夜，躺在床上哼个不歇，也没人太当回事。

三午死的前几天，有人给他送去了一盘福瑞的《安魂曲》。他一边听，一边和大嫂戏言，说他若死了，就用这首曲子代替哀乐。三午死后，朋友们在《安魂曲》的乐声中，向他告别。这个场面被摄像机记录下来，无数遍地播放给那些没来得及向三午告别的朋友看。哀乐低低徘徊，三午像生前一样苦着脸，躺在花丛中，朋友们手持康乃馨，一一走上前，把康乃馨往他身上扔，这是三午生前最喜欢的鲜花。三午的一个朋友含着热泪，把他生前爱听的两盘盒带，揣在他怀里。在另一个世界里，这两盘盒带将永远伴随着他。

堂姐小沫曾和我商量为三午出一本诗集。一个人死了，总希望能有些什么东西纪念纪念。诗和音乐都是身外之物。三午年纪轻轻的就撒手去了，留下了一大堆他视之如生命的磁带，留下一本抄在硬壳笔记本上的诗集。比三午诗写得更好名气更大的诗集都出版不了，三午的诗集何时能出，实在难以想象。

我和三午都特别喜欢拉威尔，尤其喜欢《鲍列罗舞曲》。记得三午曾向我描述过这首曲子所表现的内容。他告诉我那是一首关于葬礼的素描，下着蒙蒙细雨，人们穿着黑色的丧服，排着队，无声地在雨中走着。乐曲一遍遍反复，发展，有那么一点点细微的变化，越来越庄严，越来越辉煌。多少年来，我一直按着三午的话理解这首曲子。

直到有一次，偶尔翻开一本书，我才知道三午的阐释完全是错的。正确的答案应该是关于一位舞蹈着的女郎的故事。在一家冷漠的咖啡馆前，一位执着于舞蹈的女郎，孤独地跳着舞，她自顾自跳着，如痴如醉，仿佛早已被这世界所遗忘。她跳着跳着，终于用她那独特的舞姿，吸引了在场所有的人。大家一起欢快地跳起舞来，乐曲在热烈的气氛中结束。

错误或者正确地理解一首曲子，丝毫不妨碍欣赏音乐本身。有的人一生就像一首优美的诗，像一首哀婉动听的曲子。人生中有太多的误会，误会有时候一样很美，一样让人心抽紧着难以忘怀。

学日语

我也算学过几天日语，这实在是一件荒唐事。那一年我在北京，正好中学毕业以后待业，反正闲着也没事可干，我的堂哥有一群朋友，一个个心血来潮了，说是大家学日语吧，于是立刻上街买了教材，请了位老先生教我们。地点就在我堂哥的客厅里，说好了一星期上一次课。

老先生是日本帝国大学的毕业生，日语好得就跟日本人一样。他出生于清朝的王爷家庭，是地道的贵族后裔，据说北京有条不小的胡同，过去全是他们家的。我们称他老先生，其实他也只有五十多岁，那一年是 1974 年，请他教书完全是免费的。他好像也和我们一样，闲着无事可干，教我们日语，对于他来说，起码也是一种打发时间的方式。很显然，他这样的人，在“文革”急风暴雨的日子里，狠狠地吃过一些苦头。

只有第一节课是认真的。我们跟着老先生，煞有介事地一遍遍读日文中的假名，最后再学一句日本话的“再见”。日语听起来总觉得有些滑稽，第一次课上完以后，我和堂哥之间，老是忍不住用才学的“再见”插科打诨开玩笑。从第二节课开始，就不太像话。我的堂哥老是忍不住要笑，像小和尚一样有口无心地跟着念，念了没几句，便让老先生给我们讲讲他当年在日本留学时的故事。老先生说：“好吧，讲一点，调剂一下大家的情绪。”

老先生当年在日本的故事当然好玩，听起来，比上课有趣得多。当时还是“文革”期间，有许多话不敢说，有许多话只能点到为止。然而老先生是那种乐意暴露隐私的人，吞吞吐吐好汉不提当年勇地承认，自己既然出生于挥金如土的豪门，年轻时难免荒唐，而日本的女人，实在怎么样怎么样。结果，课依然往下教，却越上越不像话了，大家跟着胡乱念，一有机会，就纠缠住老先生，让他从过去的生活中，挖出点精彩的故事来，调剂调剂情绪，活跃活跃气氛。老先生根本禁不起哄，他一肚子的往事烂在心里也太可惜。学生爱听，老先生更爱说，一边是洗耳恭听，一边是如实招来。话越说越深，很快，不敢说的话全说了。

老先生的往日故事一发而不可收。往日的故事越来越精彩。学日语很快就成了诱饵，颠来倒去就学了那么几句话，一到老先生开讲故事的时候，一个个没精打采的学生，顿时像刚吸足了鸦片，眼睛发亮神气十足。学日语本身成了非常次要的一件事。不仅学生是这样，老先生也是如此。往日的故事震撼了老先生已经萎靡的精神，他立刻忘了自己是在给我们上课，仿佛复活在往日的故事中。

荒唐的学日语留给我的记忆，就是我们老盼着正经八百的课快点结束，就是老先生突然振作精神，开始眉飞色舞漫谈他的过去。残存在老师记忆中的繁华梦，常常会无意中，从我眼前像风一样地吹过。

想起了老巴尔扎克

初读老巴尔扎克是在1974年，那一年我十七岁，脑子里最美好的小说家是维克多·雨果。我阅读了雨果的大多数作品，如痴如醉地在本子上胡抄乱画。十七岁这一年对我文学上的长进至关重要，意味着我正在告别浪漫主义小说，步入更为广阔的新小说世界。那是读书无用的年代，我高中刚毕业，没有大学可以上，没有工作，对前途既不悲观也不乐观，时间多得像是百万富翁。

在祖父的辅导下，我同时读了巴尔扎克的《高老头》和托尔斯泰的《战争与和平》。那个年代像我这年纪，读完《战争与和平》可不是件容易的事，实际上这部人类史上最伟大的史诗，我读到第三卷就再也读不下去。我不明白祖父说的好与了不起究竟藏在什么地方。

使我爱不释手的是《高老头》，这本书要好看得多，很轻松就读完了，从头至尾趣味盎然。对于一个十七岁的文学少年来说，名作家巴尔扎克如此容易接受，真让人想不到。我一连读了好几本巴尔扎克的小说，有的好看，有的并不好看。差不多全是傅雷翻译的，扉页上有毛笔留下的笔迹，毕恭毕敬地写着他的名字，那是他送给祖父的签名本。记得还有北大教授高名凯的译本，和傅译比起来，简直就是云泥之别。

巴尔扎克诱惑我的时间并不长久。我开始大量地阅读世界名著，目的不是想当作家，甚至也不是为了提高所谓的文学修养。我拼命读名著的直接原因，就是想在和别人吹小说的时候，立于高人一等的不败之地。说起来真是好笑，巴尔扎克当时只是我吹牛的资本和砝码。真正迷恋巴尔扎克是我自己开始写小说的时候，那已是20世纪70年代末，我从一个无知的文学少年，过渡为一个货真价实的文学青年。

读了太多的20世纪小说以后，我自以为是地认定19世纪的小说已经完全过时，满脑子海明威、福克纳、萨特、加缪，开口现代派、意识流、新小说、黑色幽默。时至今日，我最喜欢的仍然是美国小说，20世纪的美国小说生气勃勃，充满了创新意识。然而完全是出于偶然，老掉牙的巴尔扎克，突然给了我一种全新的刺激。我重读了《欧也妮·葛朗台》，让人吃惊不已的是，这部极其简单的小说，竟然蕴藏了丰富的绝不简单的东西。

巴尔扎克最容易给人们留下某种错觉，仿佛他只会批判现实，老是在喋喋不休地谴责金钱，好像对钱有着刻骨仇恨，虽然事实上他和同时代的人一样爱钱如命，并且让人失望地追逐功名。我第一次在巴尔扎克的小说中读到了全新的思想，这全新的思想就是人们嘴里已经谈得有些可笑的爱。在许多著名爱情小说的书本里，我们读到的是人的欲望，是灰姑娘的故事翻版，是市民的白日梦，甚至是偷鸡摸狗的掩饰。爱在崇高的幌子下屡屡遭到污辱。《欧也妮·葛朗台》引起了我对巴尔扎克一种新的热情。

我情不自禁地又一次读了令人震惊的《高老头》，又一次读了《幻灭》，读了《贝姨》，读了《搅水女人》。傅雷的译本像高山大海一样让我深深着迷。我不止一次地承认过，在语言文字方面，傅雷是使我受惠的恩师。巴尔扎克的语言魅力，只有通过傅译才真正体现出来。是傅雷先生为我提供了一个活生生的巴尔扎克。

在字里行间，在汪洋恣肆的语言宫殿里，在一个对理性世界充满怀疑的年代，我开始重新思索老掉了牙的爱。从表面上看，欧也妮付出的代价是爱，得到的却是不爱，“这便是欧也妮的故事，她在世等于出家，天生的贤妻良母，却既无丈夫，又无儿女，又无家庭”。作为一名极普通的女子，欧也妮的爱使人终于想起圣母玛利亚。正如高老头对女儿的爱让我们想起基督一样，在巴尔扎克的笔底下，爱是无理智，无条件。爱是一道射向无边无际世界的光束，它孤零零奔向远方，没有反射，没有回报，没有任何结果。爱永远是一种可笑幼稚的奉献。欧也妮“挟着一连串善行义举向天国前进”。小说的意义根本不在于表现谁是否得到爱，也不仅是表现谁有没有付出爱，巴尔扎克在无意中探讨了爱的本意，探讨了爱的尴尬处境，探讨了爱的最后极限。高老头对女儿的爱和女儿对他的不爱，这对矛盾关系揭示了人类令人失望的事实真相，爱并不会因为无结果就失去夺目的光辉，金钱可以使爱扭曲，荣誉地位可以使爱变形，然而爱的本意却永远也不会改变。

巴尔扎克对于今天的读者来说，的确有些太古老。他那高度写实力透纸背的技巧今天看来已经有点啰里啰唆。但是我却在他的作品中读到了最具有现代小说意义的特征，读到了最古老话题的新解释。重读巴尔扎克使我获益匪浅，无论是欧也妮，还是高老头，还是于洛男爵夫人，还是伏脱冷，或者是拉斯蒂涅，或者是吕西安，我得到的理解就是，虽然巴尔扎克发现金钱欲的巨大作用，但是他的小说首先是爱，其次才是批判或者别的什么东西。

对巴尔扎克的入迷使我有机会想入非非，再也没有什么比罗丹的雕像更能抓住巴尔扎克的本质。那是一个被睡眠折磨得无可奈何的大师神态，他被莫大的幻想迷惑和惊吓，蒙眬的睡眼，嘴唇紧闭，一头失魂落魄的乱发，抖动他的病体就像抖动他的那件睡衣一样。这是一架疯狂的写作机器，仿佛传说中的那位令人惊骇的独眼怪物。他以非凡的创造力建构了一个全新的世界，巴尔扎克是这个凭空创造出来的奇迹世界的君王，正如勃兰兑斯极力赞美的一样，他拥有自己的国度。就像一个真正的国家一样，有它的各部大臣，它的法官，它的将军，它的金融家、制造家、商人和农民，还有它的教士，它的城镇大夫和乡村医生，它的时髦人物，它的画家、雕刻家和设计师，它的诗人、散文作家、新闻记者，它的古老贵族和新生贵族，它的虚荣而不忠实的情人、可爱而受骗的妻子，它的天才女作家，它的外省的“蓝袜子”，它的女演员……

巴尔扎克所创造的世界，成了后来无数作家的梦想。一个固定的文学词汇产生了，这就是“巴尔扎克式的野心”。是否具有不同凡响的创造力，成了我们检验一个好作家的唯一标准。除了令人眼花缭乱的众多人物之外，巴尔扎克小说形式的多样化，同样让后来的作家感叹不已自愧不如。他不是仅靠一两部小说维持自己声誉的小说家，他的绝技生龙活虎般地体现在他的一系列作品中。就像一滴水也能反射出太阳的光辉一样，巴尔扎克的好小说中几乎都有震撼人心的场面，都有几个了不起的人物，这些人物都具有原始质朴的纯情，都以一种永不疲倦的执着和追求而不朽。

自从文学上出现了巴尔扎克以后，要想成为大作家，再也不是一桩轻而易举的事。巴尔扎克式的野心刺激着那些在文学上渴望能有一番作为的人。小说作为一门独立的科学，一门独立的艺术，正在越来越博大精深，越来越趋于成熟和完整。巴尔扎克是小说史上最耀眼的一块里程碑。我常常不知不觉地陷入痴想，想入非非头昏脑涨，目瞪口呆不知所措。因为有了伟大的巴尔扎克，我们可怜兮兮的脑袋瓜里，我们那支胆战心惊的笔，还能够制造出一些什么样的小说来，“我们还能怎么写”这个命题将折磨我们一辈子。

图书在版编目（CIP）数据

流水：藏汉对照 / 叶兆言著；更措吉，尕仲译
. -- 西宁：青海人民出版社，2019. 11
（我们小时候）
ISBN 978-7-225-05920-4

Ⅰ. ①流… Ⅱ. ①叶… ②更… ③尕… Ⅲ. ①散文集
—中国—当代—藏、汉 Ⅳ. ① I267

中国版本图书馆 CIP 数据核字（2019）第 249005 号

我们小时候
流水（藏汉对照）
叶兆言 著
更措吉 尕 仲 译

出 版 人 樊原成
出版发行 青海人民出版社有限责任公司
西宁市五四西路 71 号 邮政编码：810023 电话：（0971）6143426（总编室）
发行热线 （0971）6143516 / 6137730
网 址 http://www.qhrmcbs.com
印 刷 陕西龙山海天艺术印务有限公司
经 销 新华书店
开 本 850mm × 1168 mm 1/32
印 张 7.125
字 数 100 千
版 次 2020 年 3 月第 1 版 2020 年 3 月第 1 次印刷
书 号 ISBN 978-7-225-05920-4
定 价 35.00 元

我们小时候

流　水

叶兆言 著

青海人民出版社

目　录

CONTENTS

第三章　文学少年

第一章　祠堂小学

祠堂小学

我在农村念过两年小学，其中有大半年是在村祠堂小学度过。祠堂小学顾名思义，是一座极小的祠堂改建的。就一间教室，一个老师，门口挖了个坑，埋上一口大缸，中间隔一块木板算是男女厕所。大约三十名学生，从一年级到三年级，都挤在一个教室里上课。

老师三十多岁，胸前挂着哨子，上课下课，十分潇洒地吹几声哨子。他长得很白净，见了大姑娘小媳妇，眼睛顿时发亮，常常忍不住说几句笑话，开一些无伤大雅的玩笑。小学门前是生产队的打谷场，来来往往的人很多。

有一次正上着课，老师的媳妇找来了，把他拉到打谷场上训话，一训就是半天。早过了下课时间，学生们在教室里自然不肯老实，除了不大声喧哗，什么调皮捣蛋的事都敢干。黑板上被涂抹得一塌糊涂，画了只大乌龟，几句标语似的脏话后面跟着好大的感叹号。唯一的一把扫帚和一个铁皮小桶放在了虚掩的门上。老师的媳妇火冒三丈，训起话来没完没了，老师一头一脸低头认罪的模样，正在教室里的学生早被他忘到九霄云外。

做好的圈套迟迟派不上用场，等得不耐烦的学生黔驴技穷，终于大叫：

“老师，我们肚子饿了。”

老师好像突然想到什么似的奔过来，一边吹哨子，一边往教室里冲。铁皮小桶“咚”的一声砸在地上，那把扫帚非常准确地落在他头上。所有的学生快活地大笑，老师年轻漂亮的媳妇也笑，老师一边生气，一边也乐呵呵地傻笑。

我那时仍然算是三年级的学生。当时正是“文革”最激烈的年头，我父母在同一天里双双进了牛棚，转眼间我成了无人管教的野孩子，便避难到了农村的外祖母家。既然是避难，也顾不上许多。三年级是祠堂小学的最高学历，于是我不得不做留级生，屈尊再读三年级。

上课要教的内容我似乎都懂。老师同时给不同年级的学生上课，一年级做算术，二年级写毛笔字，三年级大声地朗读课文。教室里永远乱糟糟，永远生气勃勃。老师仿佛是乐队的指挥，眼观六路耳听八方，有条不紊地安排着一切。祠堂小学没什么太较真的事，出点小差错也无妨。老师严格起来，学生随便笑一笑他都会发火，马虎的话，学生上课时，跑出去撒尿拉屎也没关系。常常有学生很潇洒地从本子上撕下一张纸来，急匆匆跑出去，光天化日之下，屁股撅得老高，大模大样地在离教室不远的茅坑里方便。

教室里的学生叫道："喂，你屁股都让人看到了！"

那边不服气地说：

"看到就看到，你又不是没有。"

有时老师上着课，心血来潮，便把我叫到侧面的厢房里。那是老师简陋的办公室，放着一张课桌、一把椅子，桌上堆着作业本，放着一盏油灯。老师将作业本往边上挪挪，摊开了象棋，拿掉自己的一个车，然后和我斯杀，不杀得只剩下一个光杆司令绝不罢休。有时棋下多了，影响他批改作业，他便一本正经地改出几个样本，指使我依葫芦画瓢，照着他的样子改。他像抢什么似的，不一会儿工夫就把作业改完，火烧火燎地发还给学生，然后接着下棋。

我的棋艺很快有了长进，先是承让一个车，再下来是让马，到了后来，不用让一子，我和老师下棋竟然也互有胜负。老师是小孩脾气，不能输也不能赢，赢了喜欢乘胜追击，轻轻哼着"宜将剩勇追穷寇"，眉飞色舞。输了当然不肯服气，一遍遍重来，脸色沉重地将棋子重新放好，走到教室里，吹吹哨子，喊着“下课了，下课了”。不一会儿再折回来，看着棋盘说：

“好，再来一盘，决一雌雄。”

于是昏天黑地乱杀一气，一直杀到我外祖母找来。

老师终于吃了批评，谁批评了他，我始终不曾知道。有一天，老师把我叫到办公室，脸色深沉地说：

“我们再下最后一次，以后不下了，省得人家乱说话。”

这一盘棋下了很长时间，临了到底是谁赢了，已经记不清。我记得最清楚的是，这以后，我再也没和老师下过棋。事实上，我从此也就失去了下象棋的兴趣。

作文一百零五分

我的小学有些不明不白，留过一级，也跳过一级，糊里糊涂地进了中学。小学五年，差不多有一半时间在乡村度过。那时候的江南农村穷得厉害，先读复合班，一个班约三十名学生，从一年级到三年级，你上数学，我上语文，哇啦哇啦乱叫，大家比嗓子，这样的课堂最适合拍电影。

四年级以后去镇上读书，比复合班正规许多，有一个竖在那儿的篮球架，篮球场比教室大不了多少。记忆中，那时候上不上课，无所谓，而语文课教过些什么，现在回想起来，一片混沌。只记得语文老师若有事要走，便用毛笔蘸了水，匆匆在黑板上写几个大字，然后让学生一遍遍临写，写多少遍，看老师离开的时间，有时候，他干脆就不回来了。

语文老师是复员军人，眼睛不大，喜欢老瞪着，个子不高，看人总昂着头。他热爱理发，是替别人忙，谁头发长了，下课休息，立刻揪到走廊上当众剃头。技术一塌糊涂，所有学生的发型都是怪怪的，像是集中营的难民。

有一次作文课，题目是将《七律二首·送瘟神》翻译成白话语体文。我那时大约太寂寞，借题发挥，发挥得特别好，觉得自己也成了伟人，浮想联翩，洋洋洒洒，一口气写了很多。写什么已记不清，就知道很长，口气很大，理直气壮。老师非常满意，不仅满意，甚至有些激动，在课堂上大加称赞，说这种作文可以破格，应该打一百零五分。

据说这“一百零五分”也曾是毛主席他老人家的轶事之一，是他给了别人这分数，还是别人给他打了这么高的分，全忘了，只记得语文老师在讲台上眉飞色舞，两个拳头在空中乱比画，坐前排的女生不停地回头看我。放学路上，有个不是很漂亮的女孩子，主动要和我一起走，回家的路很长，穿过弯弯曲曲的田埂，还要经过一片坟场，差不多走四十分钟。

在农村上小学的时候，我屡屡受人欺负。这次作文课也许是唯一一次有亮色的地方。我对写作文一向没什么兴趣，不喜欢语文课，又不敢不上课。语文老师对我也谈不上什么特殊的关照，他为人多少有些人来疯，风风火火，动不动就激动，想干什么就干什么。我一直想不明白，为什么我的那篇作文，会让他那么兴奋。

那一阵子他正忙着要结婚，新娘子是一个大队干部的女儿，长得很白，大眼睛，小嘴，不爱说话，手不停地撩着又粗又黑的辫子。她曾站在教室外听过一节语文课，课堂纪律一向不好，她像一幅画一样镶在窗框里，害得全班同学老是回头看。

恐怖之夜

仍然是在乡下过年。

乡下人过年，新年期间要走亲戚。那是在乡下过的第二个年，上海姨妈带着三个小孩来，正赶上下大雪。在农村还有一个姨妈，离外祖母家有十几里路。上海姨妈和外祖母一家都去了那个在农村的姨妈家。

去的时候是倾巢出动，因为外祖母家没有留人看家，于是临时决定，由我赶回去看家。下雪天，农村的泥泞路特别难走。我在四里路外的镇上小学上学，已经走惯了这种泥泞路，因此丝毫也不在乎，我担心的是自己晚上一个人睡觉有些害怕。

我从小就是个胆小的孩子，即使是到现在，我的胆子依然还不够大。在农村的两年多，我一直和外祖母睡一个房